La Vallée des belles rencontres

Tome 1 : Chez Léonie

Jenny Richard

LA VALLÉE DES BELLES RENCONTRES

Tome 1 :
Chez Léonie

Jenny Richard

www.feelsogood-editions.com

© Crédit dessin : DEGORCE Pauline

Prologue

Établie dans la vallée de Torallefort, la délicieuse ville de Château-sur-foin prospérait là, prise entre les bois et les collines.

D'ouest en est, la ville était traversée par un fleuve qui se séparait plus loin, en deux vives rivières.

À l'aube, lorsque le soleil se levait derrière les plaines, la lumière se reflétait sur l'eau et les habitations sortaient doucement de leur sommeil. Les ombres au pied des maisons s'étiraient comme des bras engourdis. Les volets s'ouvraient péniblement comme des paupières encore alourdies par la nuit. Les lampadaires s'éteignaient un par un dans les rues. Et plus haut dans les cieux, les étoiles disparaissaient dans les premières lueurs du matin.

Les portes bâillaient, les rues toussotaient. La ville s'éveillait de toutes ses cellules, comme animées par une même énergie. Tout au long de la journée, on observait dans ses veines et ses artères un trafic dense mais fluide. L'unique feu rouge donnait la pulsation au rythme cardiaque de cette ville.

Le soir, cette grande entité d'ardoises et de pierres retrouvait sa tranquillité et se replongeait dans un sommeil serein. Dès que les usines s'endormaient et que le vent prenait congé, on entendait de nouveau fredonner le courant. Chaque soir calme, cette mélodie revenait bercer les esprits, derrière les fenêtres et les paupières closes. L'éclairage public reprenait sa place et arrosait de nouveau les ruelles de sa fine lumière, les étoiles faisaient de même.

Les maisons pouvaient dormir en toute quiétude sous le doux rayonnement des veilleuses électriques et célestes.

Immanquablement les journées succédaient aux nuits, infatigablement les mêmes rituels s'opéraient, inlassablement les personnes n'y voyaient rien à redire et tous y trouvaient leur compte dans cette infernale routine.

Cette bourgade ne comptait pas moins de huit mille trois cent quarante habitants et en compterait huit mille trois cent quarante-deux à l'automne, comme l'avait indiqué le médecin de famille à Madame l'épouse du maire quelques semaines plus tôt.

À cette même date providentielle se tiendrait l'anniversaire du tricentenaire de la ville. Château-sur-foin était né il y avait deux cent quatre-vingt-dix-neuf ans et six mois, de l'union de deux familles aisées de la région. Les Cassaudant avaient fait fortune en travaillant la terre et le bois, et les Ilenmare avaient constitué la leur dans la pierre et le fer. L'héritier des premiers avait épousé l'héritière des seconds et, ensemble, ils avaient joint leurs forces pour bâtir Château-sur-foin.

Au cœur de la commune s'élevait ce qui était autrefois la première maison construite à dix lieues à la ronde, à savoir la demeure des jeunes mariés. Il s'agissait d'une bâtisse bien trop coquette pour être qualifiée de maison, mais surestimée si on en parlait en des termes castraux. On s'accordait donc à dire que c'était un petit manoir pittoresque avec l'âme d'une forteresse. Ce château de cœur donnerait donc de son nom pour créer celui de la ville.

Le couple dirigea la commune jusqu'à sa mort. Leur lignée s'éteignit sept générations plus tard, quand la dernière des Cassaudant mourut en couche, emportant le nouveau-né avec elle. Le manoir fut transmis de père en fils jusque-là et devint par la suite un bien public. En hommage aux fondateurs, la demeure devint le nouveau fief de l'hôtel de ville, dont l'aile nord fut reconvertie en musée.

Tout autour étaient dressées de charmantes maisonnettes aux toits pentus. Les murs épais en pierres taillées évoquaient le savoir-faire d'autrefois et l'on reconnaissait facilement dans la sculpture des portes et des volets l'art des anciens. Peu de maisons pouvaient se vanter d'avoir conservé les pièces d'origine, mais les descendants ébénistes avaient œuvré pour que la différence soit à peine perceptible.

Les maisons poussaient en cercles concentriques autour du château et repoussaient, année après année, les limites de la ville pour creuser les bois et tapisser les coteaux. Limitées par le relief, les habitations avaient surtout évolué le long du fleuve, plus haut vers la source et plus à l'est dans les plaines.

À Château-sur-foin, on ne vivait pas spécialement vieux. On ne mourait pas non plus forcément jeune. L'hygiène était correcte et le taux de criminalité relativement faible. Pour autant, la mort avait l'habitude de faucher ses clients quand ils étaient encore vaillants de corps et d'esprit.

La population était à l'image des maisons, sinueuse, caractérielle, souvent forte et parfois même décrépie. Chacun apportait un charme certain et un certain lot de contrariétés. Tout le monde se connaissait et portait une attention particulière à son prochain. Même si la proximité pouvait étouffer les plus solitaires, c'était le genre de communauté où il faisait bon vivre.

Chapitre 1 :
Le café et le repos

Avril

Le doyen du village s'appelait Edgard et avait quatre-vingt-deux ans. Hormis un genou parfois un peu branlant, Edgard était en très bonne santé. Il avait trouvé un équilibre entre l'élégance et la prudence et ne sortait jamais sans sa canne.

C'était un homme de lettres réfléchi et discret. Avec le temps, sa bibliothèque personnelle s'était enrichie et rivalisait désormais avec celle de la ville. Il chérissait ses livres. Ensemble, ils avaient vécu bien des aventures, engloutis par son fauteuil. Il avait connu la guerre, disait-il aux jeunes enfants du village qui venaient subtiliser ses fruits. Sous cette fausse menace, il appréciait avoir de la compagnie humaine même si elle était de courte durée. Il riait de bon cœur et se remettait à genoux pour désherber le sol. Il cultivait deux choses : son savoir et son jardin.

Tous les lundis et les jeudis après-midi, il allait *Chez Léonie*, un café en ville, retrouver ses vieux amis, et Léonie. Léonie, de huit ans sa cadette, servait le meilleur café du quartier. Elle avait perdu son mari dans un triste accident domestique. L'homme, à l'aube de ses soixante ans, était parti sans douleur tandis que le gaz de la cuisine emplissait ses poumons. La veuve n'avait jamais refait sa vie, jugeant intérieurement ne pas avoir la force de tromper son défunt mari.

Depuis, elle vivait seule, jusqu'à l'arrivée de Duchesse, une chatte blanche à la fourrure soyeuse, qui était venue la trouver il y a quelques années, un jour de neige. La pauvre bête, frigorifiée, s'était blottie contre ses jambes puis contre la cheminée. Elle n'était jamais partie depuis. La chatte était devenue la mascotte du café et échangeait volontiers un ronron contre une lichette de crème pâtissière. Elle avait même réussi à séduire Charlie, le petit-fils de Léonie. Il avait été embauché un été pour s'occuper, et son excellente prestation avait convaincu Léonie de le garder. Elle pouvait compter sur lui en toute occasion et reconnaissait volontiers qu'il lui était d'un grand secours.

Ainsi, deux fois par semaine, des sourires timides s'échangeaient entre Edgard et Léonie. Un tendre lien s'était créé sans qu'aucun ne fasse le premier pas, par respect, sans doute. Edgard s'était mis au café il y a quatre ans, quand un ami l'avait traîné jusqu'ici pour le sortir de ses plants de tomates. Hébété par la présence de Léonie, il n'avait pas jugé bon de refuser la tasse de café et avait même ajouté qu'il adorait ça. Par la force des choses, c'était devenu vrai.

Nous étions en avril, la célébration du tricentenaire arrivait dans moins de six mois, et le comité des fêtes de la ville avait dépêché une équipe pour faire les choses en grand.

Un jeudi, Edgard reçut un courrier tamponné de la mairie. Une simple lettre signée de la main du maire lui demandait en qualité de doyen de Château-sur-foin de faire un discours le premier jour de la fête du tricentenaire, le premier week-end d'octobre.

— Être l'aîné du village devrait m'exempter de ce genre d'activités, maugréa Edgard.

Puis un sourire malin s'afficha sur son visage et il reprit :

— Puisque je vous ai tous vus naître, j'ai quelques secrets de polichinelle en boutique !

Jugeant avoir largement le temps de l'écrire, Edgard remit à plus tard son discours. Avec ses amis, ils reprirent leur activité favorite, à savoir remplir la grille de mots fléchés donnés avec la gazette de la ville. Chacun avait son exemplaire et se hâtait de finir le jeu en premier. Le dernier offrait une tournée de pâtisseries.

Ce jour-là, la bataille intellectuelle fut plus dure à mener pour Edgard, bien trop déconcentré par les allées et venues de Léonie, ce qui n'échappa pas à ses deux compères. Edmond et Ernest gagnèrent le défi et, déjà repus, choisirent de donner un gage à Edgard. Filous mais pas méchants pour deux sous, les deux hommes y réfléchissaient depuis longtemps.

— Edgard, prêt à découvrir ton gage ? commença Edmond.

— Tu vas voir, tu vas adorer, continua Ernest, espiègle.

— Nous avons bien réfléchi et…

— … on pense que tu devrais tenter ta chance avec Léonie, glissa Ernest à voix basse.

— Tu dois l'inviter à sortir ! proposa Edmond, enjoué.

Edgard resta bouche bée tout du long. Cet échange le déstabilisa. Il n'avait jamais franchement parlé de ses sentiments pour Léonie à ses amis. Il ignorait même qu'ils en parlaient. Edgard pensait qu'ils étaient arrivés à un âge où les histoires de cœur faisaient partie de leur passé, pas de leur avenir.

— Tu as été très comblé, mais ta vie n'est pas finie, tu peux encore t'amuser. Parle-lui.

Le vieil homme entendait ce qu'on lui disait. Son visage passa d'une expression motivée à une moue défaitiste. Mille questions le taraudaient. Pour autant, c'était un très bon perdant, il relevait toujours les défis. Alors il allait écouter ses amis.

Entre ces mêmes murs, à quelques tables de là, travaillait un comptable. Gatien avait trente-quatre ans et fuyait la solitude. Il n'avait jamais investi dans un bureau et préférait une compagnie bruyante à pas de compagnie du tout. Léonie lui réservait immanquablement sa table près de la fenêtre tous les jours de la semaine. Pour le geste, il lui avait proposé de payer un loyer. Elle avait ri et lui avait resservi une part de tarte aux prunes.

Gatien rentrait chez lui seulement quand il était sûr que sa femme y était aussi. L'unique chose qu'il aimait plus que les chiffres était sa ravissante épouse — et, éventuellement, sa précieuse collection de timbres. Marie était institutrice de l'autre côté de la ville. Les enfants étaient pour elle ce que la comptabilité était pour son mari. Malheureusement, ils peinaient tous deux à avoir les leurs.

Il était attablé avec une montagne de feuilles, une calculatrice et quelques crayons. Dans un angle de son plan de travail se tenaient une tasse de café et une assiette à dessert. Léonie veillait continuellement à les réapprovisionner. Il n'était pas rare pour la clientèle de Gatien de trouver quelques miettes de pâte feuilletée dans leurs comptes.

— Vous aussi, vous êtes réquisitionné pour le tricentenaire ? lui demanda Léonie.

Gatien avala sa gorgée de café tout en acquiesçant.

— J'ai reçu un courrier en début de semaine. Pour la réélection des membres du comité, ma demande pour être trésorier a été approuvée. Je vais donc gérer les dépenses des festivités.

— En voilà une bonne nouvelle ! Cela mérite bien une part de tarte ! s'exclama-t-elle en le resservant. J'imagine que Marie est contente. Elle va faire jouer sa classe cette année ?

À chaque célébration, quelle qu'elle soit, Marie faisait participer ses élèves avec une petite pièce de théâtre, un spectacle de danse ou un récital. Cette fois-ci, Marie avait en tête quelque chose de différent et de plus grand. Elle avait imaginé travailler de concert avec les autres établissements scolaires de la ville pour offrir au public une représentation artistique grandiose.

Elle se rendit chaque samedi d'avril aux archives de la ville pour rassembler toutes les informations possibles sur ce qu'était la vie il y a trois cents ans. Les habitudes alimentaires, les tenues vestimentaires et même le jargon de l'époque intéressaient l'institutrice. Elle désirait s'imprégner de leur passé pour le faire vivre une nouvelle fois. Puis, elle alla quérir le comité des fêtes avec différents ouvrages et représentations iconographiques pour illustrer son idée. À l'unanimité, les membres du conseil applaudirent Marie pour l'encourager dans son projet.

— ... et donc sur la place de l'ancien hôtel de ville, nous recréerons les décors d'antan. On mettrait de grands panneaux peints, on ferait même venir des chevaux du centre équestre. Les enfants porteraient des costumes. Tu vois ce que je veux dire, Gadou ? expliqua Marie à son époux avec un enthousiasme débordant.

— Je ne suis pas très sûr, mais continue.

Il l'écoutait expliquer comment ses collègues, les enfants et elle réussiraient à restituer à Château-sur-foin son image d'autrefois le temps d'un week-end. Il la regardait parler en agitant ses mains, assis là en tailleur sur le lit, l'obscurité naissant dehors, les volets encore ouverts. Son écoute attentive la faisait rire et son rire le faisait tomber amoureux, encore et encore.

Marie avait passé toute une batterie d'examens pour comprendre pourquoi elle ne tombait pas enceinte. Impuissant devant les résultats, son médecin lui avait prescrit une vie normale.

— Vivez votre vie, et cela vous tombera dessus un jour, sans prévenir… comme la vérole sur le bas clergé, si je puis dire.

Sa familiarité avait fait sourire Marie, elle avait sorti son carnet et noté cette expression d'un autre temps.

Chapitre 2 :
Le rêve et l'impatience

Janvier

Château-sur-foin comptait trois écoles maternelles et élémentaires, deux collèges et un lycée. Et jusqu'à récemment, ceux désireux d'étudier dans le supérieur devaient quitter la ville et se rendre à la capitale. Mais, depuis deux ans maintenant, le lycée de Bois-en-terre offrait la possibilité à des étudiants de venir valider un semestre entre ses murs. Il y en avait dans des domaines variés, comme la littérature, les langues vivantes, le tourisme ou encore la biologie.

Une poignée d'enseignants travaillaient donc à présent sur les deux tableaux. Un professeur tout juste diplômé avait préféré s'éloigner du train-train de la grande ville pour se retrancher dans des contrées plus verdoyantes et plus calmes, pour le plus grand plaisir de ses concurrents qui visaient un poste en agglomération. Pour un biologiste, il était préférable de se rapprocher des champs que du béton.

En plus de ses classes de première et de terminale, Matthew avait donc à charge un petit groupe d'étudiants à qui il devait inculquer quelques rudiments en biologie forestière. L'enseignement était séparé en deux volumes horaires : un théorique dispensé en classe, et un autre, plus pratique, sensible, interactif, donné lors de leurs escapades en forêt. Qu'il pleuve ou qu'il neige, les élèves étaient prévenus, ils ne seraient pas ménagés. Sur la liste de fournitures scolaires, Matthew demandait expressément, en plus du matériel de bureau, une paire de chaussures de randonnées, un manteau imperméable et une bouteille isotherme.

Le semestre commença début janvier, après les réjouissances habituelles du premier de l'an. Des sept élèves, une seule était originaire d'ici. Les autres venaient de tous horizons.

Gwen fêta ses vingt-et-un ans la semaine précédant son emménagement à Château-sur-foin. Elle accueillait ce changement comme une occasion de voir le monde, d'apprendre et de se faire de nouveaux amis. Après une licence en art, Gwen n'était pas encore prête à travailler, elle avait soif de connaissance. Elle ne voyait pas ce nouveau cursus comme une réorientation mais comme une continuité. Elle voulait comprendre comment était fabriquée la nature afin de mieux en représenter la beauté.

Gwen était impatiente. C'était un petit bout de femme plein de rêves et d'espoirs. Elle était d'une curiosité sans limites et émerveillée d'un rien. Elle travaillait fort aussi pour cacher ce qu'elle croyait être un vilain défaut, une sensibilité à fleur de peau.

De son côté, Matthew était un de ces enseignants fougueux qui espéraient chaque année faire naître chez l'une de leurs brebis une vocation d'explorateur ou, mieux, de professeur. Il aimait passionnément son métier et on le lui rendait bien.

Qui de Gwen ou de Matthew était le plus enthousiaste, nul n'aurait su le dire.

— Bonjour à tous, je suis monsieur Leprince, votre professeur en biologie des écosystèmes forestiers. Je vous souhaite tout d'abord une bonne année et bienvenue à ceux qui viennent d'arriver en ville. J'espère que vous vous y plairez. Avant d'aller plus loin, je vais faire l'appel. N'hésitez pas à me reprendre si j'écorche votre nom…

À l'évocation de son nom, Thomas leva la main et sourit. Il était donc le premier sur la liste. En même temps, dans un si petit effectif, la probabilité de ne pas être le premier n'allait pas en sa faveur. Puis Romane, une fille aux cheveux blond doré, s'écria « présente ! ». Elle surprit sa classe avec un tel enthousiasme. Le Nouvel An ne semblait pas avoir eu d'impact sur son métabolisme. Un second Thomas leva également la main. Il ne put s'empêcher de jeter un coup d'œil au premier Thomas. Celui-ci lui rendit son sourire et se fit une réflexion sur la probabilité que deux individus dans un groupe de sept portent le même prénom. Derrière, Maxime bredouilla un timide « bonjour ». Matthew lui répondit machinalement. Juan se montra plus franc et doubla la main levée par un « oui » presque trop brusque. Luc se restreignit aux quelques doigts agités qui dépassaient de sa manche.

— Gwenaëlle…

— Gwen, le coupa-t-elle. Tout le monde m'appelle Gwen, Monsieur.

Matthew leva le nez de sa liste et regarda Gwen. Il détailla son visage. Ses yeux étaient d'un vert semblable à celui des feuilles du *Fagus sylvatica*, le hêtre commun en été. Une petite touche de maquillage soulignait la profondeur de son regard. Quand il vit ses pommettes rougir, Matthew revint à la réalité, détacha son regard d'elle et le posa lourdement sur ses notes.

— Oui, bien sûr, pas de problème, balbutia Matthew. Nous allons donc nous voir chaque semaine jusqu'à la fin de l'année scolaire. En juin, reprit-il. Puisque nous allons passer beaucoup de temps ensemble, je pense que c'est important d'en connaître un peu plus les uns sur les autres. Je vais me présenter rapidement et je vais vous demander ensuite d'en faire autant.

Après cet échange, Matthew donna son premier cours de l'année, un second avec sa classe de terminale, et rentra chez lui. Il repensa aux premières impressions laissées à ses étudiants. Il était plutôt fier de lui, mis à part ce léger malaise, qu'il s'efforça de vite oublier. Matthew lut quelques pages d'une revue bimensuelle scientifique et s'endormit en imaginant son prochain cours.

Le lendemain matin, profondément endormi, Matthew n'entendit pas son réveil. Il se leva donc à la dernière minute et ne prit le temps ni de déjeuner ni de se coiffer, avant de sauter dans sa voiture et de rejoindre sa classe qui l'attendait depuis quelques minutes à peine.

— Allumez le vidéoprojecteur, je reviens tout de suite ! lança-t-il au groupe avant de disparaître dans le couloir en direction de la machine à café.

Matthew avait la tête posée contre la vitre de la machine et attendait que le gobelet se remplisse. Il avait l'esprit aussi embrumé que la vitre qui le séparait de son doux nectar.

— Je crois que c'est bon, monsieur, vous pouvez le prendre, dit une voix.

— Hm, pardon ? dit Matthew en se redressant.

— Le café, monsieur, répéta Gwen avec un léger sourire.

— Ah, bonjour Gwen. Oui, le café, merci.

— Et, monsieur, je vous prie de m'excuser pour mon retard.

— Oh, ne vous en faites pas, je viens d'arriver. Panne de réveil... et vous ?

— Panne de GPS, j'ai encore du mal à me repérer en ville, répondit Gwen en se frottant la nuque.

— Aucun problème. J'espère que vous aurez un meilleur sens de l'orientation dans les bois ! dit-il en riant. Allez, venez.

Puis tout se brouilla, une mélodie se fit entendre dans le couloir, et Matthew se réveilla. Il se frotta les yeux, mit ses lunettes et éteignit son alarme. Il se releva et s'assit dans le lit.

— Voilà que maintenant, je rêve de mes élèves...

Le professeur se prépara tranquillement. Il but sa tasse de café emmailloté dans sa couverture, assis sur sa terrasse. Les matins étaient encore bien frais. Le soleil émergeait par-delà les pins et ne donnerait pleinement sur la vallée que dans une heure ou deux. Il mit de l'ordre dans ses cheveux, attrapa ses clefs et alla se présenter devant sa classe qui était déjà réunie devant la porte à l'attendre.

— Gwen, vous avez trouvé le chemin facilement ?

— Euh, oui, monsieur, pourquoi ? demanda-t-elle sur un ton hésitant.

Aussitôt sa question posée, Matthew se sentit désorienté. Il peinait à faire la différence entre son rêve et la réalité.

— Non, pour rien, laissez, répondit-il en passant la clef dans la serrure. Bonjour à tous, installez-vous. Quelqu'un peut-il m'allumer le vidéoprojecteur, s'il vous plaît ?

La journée se passa et laissa une sensation désagréable à Matthew. Il avait fui le regard de Gwen pendant tout le cours. Il ne voulait pas réitérer la maladresse de la veille. Il ne savait pas non plus comment interpréter son rêve, lui qui croyait au pouvoir de l'inconscient. Il se rassura en se disant que, au moins, son rêve était innocent, qu'il n'avait rien à se reprocher. Ce soir-là, Matthew vérifia trois fois son réveil.

De son côté, Gwen avait également trouvé le comportement de son professeur étrange. D'abord, il l'avait fixée du regard, puis, le lendemain, il lui avait fait remarquer précisément à elle seule qu'elle était bien arrivée. Gwen se demandait ce qu'elle avait bien pu faire pour attirer l'attention comme cela.
— Tu avais peut-être un truc entre les dents.
En l'espace d'un cours, Gwen s'était fait une nouvelle amie en la personne de Romane, sa camarade de promo. Solidarité féminine oblige, les deux représentantes du beau sexe avaient formé une alliance. À mi-chemin entre leurs deux appartements, Gwen et Romane s'étaient installées au bistrot Double Cœur, élu quartier général jusqu'à nouvel ordre. Les milk-shakes et les brownies y étaient bons.
— L'horreur… Dis-le-moi si ça m'arrive. Enfin, peu importe, demain je vais me faire la plus discrète possible, il va en oublier mon existence. Surveille mon sac, je reviens ! lança Gwen en cherchant les toilettes.
— Ne t'inquiète pas, ça ne risque pas ici, le quartier est sympa, la rassura Romane.
— Tu vis ici depuis combien de temps ?
— Depuis trop longtemps ! File, je te raconte après.

Romane avait deux ans de moins que Gwen et n'avait pas quitté Château-sur-foin depuis qu'elle y avait emménagé. C'était la première année qu'elle étudiait dans le supérieur. Elle rêvait d'aventures, de quitter la région, ou ne serait-ce que de goûter à la vie en solo. Depuis la mort de leurs parents dans un accident de voiture, Romane vivait avec sa sœur Suzanne, son mari William — Monsieur le Maire — et leur petit garçon, dans une somptueuse maison de ville sur la rue principale.

En quelques semaines, les filles prirent l'habitude de se rendre au *Double Cœur* après les cours et janvier fut englouti. Romane estimait que l'on n'était jamais trop vieille pour prendre le goûter — et profiter du Wi-Fi. Monsieur le maire avait chez lui accès à Internet mais n'offrait pas de succulentes pâtisseries ; le choix était vite fait.

— Parlons sérieusement. Lequel tu préfères dans la classe ? demanda Romane avec un regard coquin.

— Euh… Comment ça ? Physiquement ?

— Oui, quel est celui que tu trouves le plus à ton goût ? continua Romane.

— Je ne sais pas, je n'y ai pas franchement réfléchi…, répondit Gwen, gênée par la question.

— On est enfermées avec cinq beaux mâles et…

— Six… si on compte le prof… Enfin, je ne dis pas que…

— Attends, le prof ? Lequel ? Pas Dubon ou Laplanche quand même ? Le prof de bio ? répéta Romane. T'es en train de me dire que t'en pinces pour Leprince ? Il te plaît ? fit Romane, les yeux ronds et la bouche blanchie par le sucre glace.

— Non, non, pas du tout, mais c'était pour te reprendre, sans ça, ta phrase était inexacte, tu comprends, tenta d'expliquer Gwen.

— À d'autres ! Je ne te savais pas comme ça, ma chère Gwen, tu m'avais caché ce petit penchant pour le corps professoral, la taquina Romane.

— Mais non, mais tu me demandes de choisir parmi des garçons qui sont quasi tous plus jeunes que moi, le baby-sitting, non merci, dit Gwen en passant la main sur l'arrière de sa tête.

— Bon, je te l'accorde, sur ce coup-là, je reconnais qu'il est pas mal. Un peu trop intello à mon goût et un tri dans sa garde-robe ne serait pas du luxe...

— Et du coup, toi, tu trouves qui de mignon ? suggéra Gwen pour dévier la conversation sur quelqu'un d'autre.

— Juan est craquant, son petit côté solaire me donne envie de jouer des maracas, répondit Romane en se dandinant sur sa chaise haute.

Les deux amies partirent dans un éclat de rire.

Romane et Gwen se distinguaient beaucoup par leurs goûts, notamment en matière d'hommes, mais elles partageaient les mêmes valeurs.

Elles planchèrent de nouveau sur leurs devoirs, après quoi Gwen regagna son logement tandis que Romane avait rendez-vous au restaurant où l'attendait sa sœur, porteuse d'une bonne nouvelle.

Chapitre 3 :
La pluie et les pleurs

Mai

Il avait plu toute la nuit et il pleuvait encore ce matin-là. De grosses gouttes se heurtaient aux carreaux. Elles fusionnaient, et le tout ruisselait jusqu'en bas des vitres, rejoignant le petit jardin dans l'arrière-cour. L'extérieur était à peine visible pour une fin de matinée. L'épaisse couche de nuages rendait la tâche impossible au soleil.

Ce tableau dépeignait le quotidien d'un mois de novembre, pas celui d'un mois de mai. Et pourtant, dans près de deux mois, c'était l'été.

Fort heureusement, grâce aux quelques bûches incandescentes dans le foyer, il faisait bien meilleur à l'intérieur. Les parapluies séchaient dans l'entrée, à côté des serpillières disposées là à l'intention des nouveaux arrivants. Les clients de *Chez Léonie* avaient délaissé les boissons froides pour trois thés brûlants, un café noir et deux chocolats chauds. Certains n'avaient pas hésité à prendre une part de tourte aux pommes tout droit sortie du four. Une de ces parts se trouvait sur la table d'Edgard. Il ne l'avait pas encore mangée. Son estomac à cet instant était incapable d'accueillir un quelconque aliment, aussi délicieux pût-il être.

— Vous n'avez pas touché à la tarte, vous ne vous sentez pas bien ?

— En mai, fais ce qu'il te plaît…, murmura Edgard, le regard perdu.

— Qu'est-ce que vous dites ? Ah, oui, la pluie… C'est vrai que ce n'est pas un temps à laisser son chat dehors. D'ailleurs, je dois…

— Léonie ? l'interrompit-il.

— Oui, Edgard ?

— Voudriez-vous être ma cavalière pour le bal de l'automne ?

— Eh bien, mon cher Edgard, c'est dans longtemps, vous vous y prenez tôt…, commença Léonie.

— Je comprends que vous ne vouliez pas, la coupa Edgard. Ce n'est pas grave…

— Mais je n'ai pas dit non. J'accepte volontiers votre invitation, mais j'espérais juste sortir plus tôt en votre compagnie, voilà tout.

Edgard se figea devant son interlocutrice, un sourire fendit son visage. Il n'était pas certain qu'elle accepterait, mais il ne se doutait pas non plus qu'elle serait si enthousiaste à l'idée d'être vue à son bras. Edgard se leva, baisa la main de Léonie et s'en alla galamment, le pas léger et l'âme réchauffée. Léonie gloussa comme si ces soixante dernières années s'étaient envolées. Elle saisit l'assiette et la monnaie, ouvrit la fenêtre et laissa rentrer Duchesse qui fila aussitôt devant la cheminée se lustrer le poil. La gérante de ces lieux s'installa derrière le comptoir en dégustant son œuvre. Le soleil perçait au loin, le mauvais temps se dissipait.

Le lendemain matin, en ouvrant le bistrot, Léonie trouva une enveloppe sur le carrelage froid de la nuit. Elle avait été glissée une heure plus tôt sous la porte. L'enveloppe renfermait une invitation à dîner ainsi qu'un petit billet doux dont le contenu sera laissé à leur discrétion.

La déclaration de Léonie n'était pas tombée dans l'oreille d'un sourd. Edgard avait pris ses paroles au sérieux et voulait faire les choses en grand. Léonie était donc attendue sur le pas de sa porte le soir même à 18 h 30, tenue chic appréciée.

La maison de Léonie attenait au café. Il était bientôt l'heure et Léonie était déjà prête depuis quelques minutes, elle était assise sur son banc dans l'entrée et caressait Duchesse. Un vrombissement de vieille guimbarde se fit entendre. Edmond avait enfilé la casquette de chauffeur pour la soirée et lavé sa voiture pour l'occasion. Edgard sortit de la banquette arrière pour ouvrir la portière à sa prétendante.

Edgard avait revêtu son costume du dimanche, et Léonie, son plus bel ensemble. Ils étaient tous deux très élégants. Edgard n'omit pas de la complimenter. Edmond les déposa à moins d'un kilomètre de là, à la *Tour des vents*, un petit restaurant. Ce n'était pas le plus luxueux de la ville, mais il était tout ce que Léonie et Edgard aimaient : l'intimité des lieux, des produits du terroir et des serveurs attentionnés.

L'une et l'autre étaient intimidés. Quelques minutes suffirent à ce qu'ils se mettent à l'aise et la situation leur parut rapidement normale, voire banale. Ils se parlaient comme s'ils se voyaient tous les samedis depuis toujours. Et c'était précisément ce qu'ils décidèrent de faire à la fin du repas : sortir ensemble une fois par semaine. Edgard avait demandé un rendez-vous, il en avait obtenu des dizaines, voire des centaines si le Ciel le voulait bien. Il n'eut jamais été aussi heureux d'avoir pris autant de temps à remplir une grille de mots fléchés.

Léonie et Edgard étaient rentrés à pied, bras dessus bras dessous en longeant le fleuve. Il y a deux mandats de ça, le maire avait fait aménager une promenade éclairée et sécurisée. Les lampions se reflétaient dans l'eau calme. Les gerbes de fleurs sur la rambarde sentaient bon. Le moment était très agréable.

La soudaineté des beaux jours — en dépit des quelques averses — avait fait pousser quelques marchands ambulants. Les plus courageux pouvaient donc s'offrir une glace tandis que les plus frileux se réservaient à des beignets bien chauds.

— Vous avez envie d'une petite douceur ? demanda Edgard.

— Oh, non…, fit Léonie, trop coquette pour avouer qu'elle en mourait d'envie.

— Je vais prendre un beignet, cela vous tente de partager ?

— Si vous ne le finissez pas, je ne vais pas le laisser se perdre, bien entendu, répondit-elle du bout des lèvres.

Il rit intérieurement. Elle savoura l'encas, il savoura le moment. Léonie était d'une nature très gourmande mais essayait de maîtriser ce trait de caractère, en vain. Ce qu'elle prenait pour un défaut était une qualité aux yeux d'Edgard.

De la même façon, il était gêné de s'aider de sa canne pour la raccompagner. Elle, au contraire, trouvait cela très distingué. Elle s'imaginait au bras d'un vicomte en redingote et chapeau haut de forme, comme dans les romans d'amour de son écrivaine préférée.

— Vous lisez ? osa-t-elle.

— Oui, assurément.

— Début juin à la bibliothèque des *Pins blancs*, des comédiens vont lire des extraits d'œuvres classiques. Je me disais que nous pourrions y aller et prendre le thé à la maison.

— Fort bien, ce me semble une excellente idée. D'ici là, nous pourrions trouver d'autres occupations…

Sous le perron de chez Léonie, ils se dirent bonne nuit, et sur ces douces paroles, chacun rejoignit son lit et s'endormit.

La mairie avait demandé à Gatien d'étudier leurs finances et de déterminer s'il était possible de dégager des fonds supplémentaires pour les festivités du tricentenaire. Le comptable s'activait donc à la tâche. Il avait repéré quelques dépenses inutiles et des budgets non utilisés dans leur entièreté. Ce premier bilan avait réjoui le comité des fêtes, et surtout Marie.

Si *Chez Léonie* était le bureau de Gatien, les *Pins blancs* étaient celui de Marie. La bibliothèque consacrait une de ses ailes aux archives de la vallée. Depuis qu'elle avait eu l'accord et le soutien du comité pour réaliser son projet, Marie passait deux fois plus de temps à étudier. Son mois de mai lui avait permis d'approfondir ses recherches sur l'histoire de la ville.

— Tu savais que lors d'une des premières années d'existence de Château-sur-foin, le fleuve était sorti de son lit et avait inondé la ville ? Les villageois ont gardé si longtemps les pieds dans l'eau qu'ils ont failli rebaptiser la ville Château-sur-mer ! s'étonna Marie.

— En voilà une belle anecdote, lui répondit Gatien. Tu penses traiter le sujet ?

— Je l'ignore encore. J'attends de voir ce que va donner le rendez-vous avec le centre aéré, dit-elle en bâillant.

Marie menait trois batailles de front. Gérer une classe d'enfants de plus en plus impatients à l'approche des grandes vacances, organiser la partie artistique de la commémoration la plus importante de la décennie et se dégager assez de temps libre pour se reposer, en vue d'augmenter ses chances de procréer.

Cela faisait très exactement cinq semaines et trois jours que Marie se savait presque stérile. Ce n'était pas les mots de son médecin, mais c'est ainsi qu'elle les avait compris. Elle était sortie en pleurs du cabinet médical et était tombée dans le hall sur une âme charitable qui l'avait réconfortée. Cette personne venait faire le suivi de sa grossesse et malgré toute la joie qu'elle ne pouvait contenir, elle comprenait bien la douleur que pouvait ressentir sa nouvelle amie.

— Après avoir eu notre petit garçon, mon mari et moi avons essayé pendant de longs mois avant que je retombe enceinte. Ce fut un cadeau du Ciel, ou plutôt deux cadeaux : j'attends des jumeaux. Ils sont arrivés quand je ne m'y attendais plus. Gardez espoir, reprit-elle, peut-être vous aussi vous aurez des jumeaux !

Depuis Marie était passée par différentes émotions, dont l'abattement, la renonciation, et la culpabilité. Gatien avait œuvré pour consoler son épouse, il ne supportait pas de la voir dans pareil état. Alors, un soir, il était rentré avec un dépliant dans les mains.

— Marie, je sais que tu vas m'en vouloir. Non, ça ne veut pas dire que j'abandonne. Sache que je t'aime, avait-il dit en tendant le prospectus.

— Mais de quoi tu parles ? avait-elle demandé en le saisissant.

« Tout savoir sur l'adoption » étaient les derniers mots qu'elle avait prononcés avant de fondre en larmes. Gatien l'avait prise dans ses bras, des larmes coulant également sur ses joues.

Un paquet de mouchoirs usés plus tard, le couple avait discuté. Elle ne lui en voulait pas. Elle s'en voulait à elle-même d'avoir cru une seconde qu'il voulait divorcer. Il avait ri.

— Moi, te quitter ? Même pas en rêve, tu as signé, c'est pour la vie ! lança Gatien, rieur, avant de reprendre sur un ton aimant, ne t'inquiète pas, il y a d'autres manières d'avoir un bébé. Un enfant, ce n'est pas seulement génétique, c'est aussi tout l'amour qu'on lui porte, et je sais que tu seras une très bonne mère.

Elle s'était remise à pleurer, cette fois-ci émue par la déclaration de son mari. Elle était rassérénée de se savoir au côté d'un homme si bon, si compréhensif.

Toutefois, elle voulait se donner une dernière chance. Ils se laissaient jusqu'à l'automne pour concevoir un enfant. Elle irait consulter dès le lendemain son médecin pour entreprendre un traitement d'aide à la fertilité. Si celui-ci ne fonctionnait pas, ils feraient appel à une agence d'adoption.

Ils firent passionnément l'amour cette nuit-là, en évitant toutefois les jeux de rôles de l'infirmière et du médecin.

— Tu savais, Gadou, que du temps de la lèpre, on demandait aux prostituées de jouer les infirmières ? Donc à l'origine, les infirmières étaient des…

— Je l'ignorais ! coupa Gatien. Et j'imagine que de jouer à l'instit', ça ferait bizarre ?

— Sauf si tu veux que je t'envoie au coin ! Ne ramenons pas le travail à la maison, monsieur le comptable.

Marie s'empara des lunettes de Gatien et les glissa sur son nez.

— J'ai une meilleure idée.

Dans la pénombre, une jeune bibliothécaire viendrait exiger le silence auprès d'un lecteur un peu trop bruyant…

Chapitre 4 :
Le dîner et le dessin

Février

— Elle attend des jumeaux ! s'écria Gwen.

Romane acquiesça. Elle irradiait tant elle avait du plaisir à annoncer la bonne nouvelle.

Devant, les garçons et le professeur marchaient.

— Un peu de nerf, et on se concentre derrière ! lança Matthew à la cantonade.

Monsieur Leprince les avait prévenus : le sol gelé et le vent froid de février ne constituaient pas un motif d'annulation. Ils allaient en montagne même si le mercure ne volait pas haut dans le thermomètre.

— J'ai trop hâte de savoir si ce sont des garçons ou des filles, reprit Romane plus bas. Mais on le saura pas avant la prochaine échographie. Déjà, celle-là, elle l'a demandée car elle était bien plus nauséeuse que quand elle était enceinte de Ben, et tout de suite, ça l'a préoccupée.

Gwen parut aussi troublée.

— D'ailleurs, il a quel âge, ton neveu ?

— Benjamin va avoir cinq ans à la fin du mois. Qu'est-ce qu'il pousse vite, je ne me rends pas compte. Je me souviens encore quand Suzanne était enceinte de lui. J'ai l'impression que c'était hier.

En guise de réponse, Gwen sourit. Elle peinait déjà comme ça à grimper la colline et préférait économiser son souffle.

Le week-end précédant la sortie, Gwen était allée dîner chez eux. Entre le fromage et le dessert, Suzanne avait sorti l'album de famille. Gwen avait pu ainsi voir Romane en pleine adolescence, du temps où elle arborait un look rebelle. Elle avait aussi entraperçu leurs parents, mais ni elle ni Suzanne n'avait fait une remarque à leur propos. Les pages suivantes concernaient le petit Ben, ses premiers mois, ses premiers sourires édentés.

— Il faudra que je mette cet album à jour, les photos sont toutes mélangées, avait soupiré Suzanne. L'occasion d'en commencer un nouveau aussi.

— Vous allez en faire un sur votre grossesse ?

— Dis-moi « tu », voyons ! Et l'idée m'a traversé l'esprit, oui. Mais je ne sais pas comment m'y prendre, j'ai peur que ça devienne vite lassant de voir mon bidon pousser.

— Faites... Fais un diaporama en accéléré, se reprit Gwen. En prenant une photo par jour jusqu'au terme de la grossesse, le rendu sera chouette !

— C'est une excellente idée. William, tu as entendu ? s'était renseignée Suzanne auprès de son mari.

William, en train de découper le gâteau à ce moment-là, était revenu, Romane sur les talons.

— Des photos, vous dites ? Commençons tout de suite !

William était allé chercher l'appareil, avait pris des photos de sa femme sous tous les angles puis de sa belle-sœur et de son invitée, et de Ben qui s'était endormi sur le canapé. Ces dernières photos se retrouveraient dès le lendemain en fond d'écran de l'ordinateur dans le bureau de Monsieur le Maire.

Pendant la soirée, Gwen avait questionné Ben sur ses aspirations de grand frère. Il avait dit être content de la nouvelle, qu'il aurait enfin un petit frère avec qui jouer.

— Ou une petite sœur ! avait rajouté Romane, impatiente de l'emmener faire les magasins.

L'heureux couple se réjouissait de la réaction de leur fils et de Romane. Cette dernière avait beaucoup mûri depuis la dernière grossesse.

À la mort de leurs parents, Suzanne avait recueilli sa petite sœur âgée alors de neuf ans tandis qu'elle-même n'en avait que vingt-et-un. Elle venait d'emménager avec William, seulement son petit ami à l'époque. Romane avait trouvé en eux deux de nouveaux parents, d'autant plus que le souvenir des siens s'amenuisait d'année en année.

Quand Benjamin arriva, elle crut que sa sœur cesserait de l'aimer pour chérir son véritable enfant. Fort heureusement, William, plus âgé, se rendit compte de ses sentiments douloureux et lui tint de longs propos sur l'amour que lui et Suzanne continueraient de lui porter. Grâce à cela, Romane accepta bien plus facilement le nouvel arrivant et la famille n'en fut que plus soudée.

— Allez mon fils, au lit ! On ne va pas tarder non plus, demain à la première heure, j'ai l'échographie. On va savoir qui de Ben ou de Romane pourra s'accaparer le bébé. Gwen, tu es venue en voiture ou à pied ?

— Ah, justement, Suzie chérie, se précipita Romane, puisque tu en parles… est-ce que par hasard, tu voudrais bien que Gwen reste dormir cette nuit, s'il te plaît ? demanda-t-elle le plus mignonnement possible.

— Oui, mais pas de bruit ! avait répondu Suzanne en montant les escaliers. Bonne nuit les filles !

En haut des marches William avait tendu un billet à sa femme.

— Bien joué, sur ce coup-là, je ne pensais pas que Romane te le demanderait dès la première visite de sa copine.

— J'ai compris que j'avais gagné le pari quand elle a proposé de faire la vaisselle ! lança Suzanne en riant.

Benjamin fut le premier de la maisonnée à s'endormir et Gwen, la dernière. Son esprit avait divagué un moment avant de laisser place aux rêves.

Mars arrivait à grands pas, et depuis près de deux mois déjà, Matthew partait avec sa classe, une fois par semaine, en expédition. Tantôt le matin, tantôt l'après-midi, selon les besoins du cours.

Quand la sortie se faisait le matin, le groupe avait pris l'habitude de déjeuner tous ensemble sur un rocher escarpé avec vue sur la ville. C'était un moment partagé en silence où chacun se ressourçait dans le vent et la hauteur. Pas un mot n'était échangé et tous se comprenaient. La ville était si belle. Une pigmentation de toitures granuleuses sous un ciel cotonneux. Si certains prenaient des photos, Gwen, elle, préférait dessiner.

La première fois, Gwen avait regretté de ne pas avoir pris son matériel de dessin. Alors, la fois suivante et toutes celles qui suivirent, elle prit systématiquement de quoi crayonner. Dans son bloc à dessins, on trouvait des esquisses d'arbres, de chevreuils, de ruisseaux, mais aussi des portraits de ses camarades, de son professeur. Elle les avait tous dessinés, pour camoufler le premier portrait qu'elle avait fait de Matthew, au cas où un nez trop curieux tomberait dessus et ferait une quelconque remarque. Le dessin était ce qui l'animait réellement. Pas une journée ne passait sans qu'elle ait du graphite sur le bout des doigts.

Même si les effectifs étaient restreints et la forêt tranquille, Matthew demandait systématiquement à ses étudiants de former des binômes. Chiffre impair oblige, une personne se retrouverait donc toute seule. Gwen avait donc proposé que Romane se mette avec Juan et qu'elle les suive. Les deux tourtereaux pouvaient donc roucouler tandis que Gwen flânait quelques pas derrière. Chacun y trouvait son compte.

Le groupe avait trouvé son équilibre et ses marques dans la forêt. Même si les liens qui les unissaient étaient encore fragiles, on constatait une cohésion naissante. Chacun prenait du bon temps et du plaisir à parcourir les sentiers et les plaines dégagées. Il arrivait qu'un des apprentis randonneurs se plaigne d'un mal aux pieds, auquel cas le professeur lui glissait un petit mot d'encouragement et la troupe reprenait son chemin de plus belle.

Depuis longtemps Gwen avait oublié ce premier jour de classe durant lequel son professeur maladroit l'avait longtemps regardée. Elle avait aussi oublié le lendemain quand il l'avait mise mal à l'aise. Elle avait préféré mémoriser d'autres souvenirs. Toutes ces fois où il était bienveillant avec elle, ou qu'il avait le mot pour rire.

Une fois, tandis que le groupe déjeunait à l'ombre des arbres, Gwen s'était éloignée pour ramasser quelques feuilles mortes. Quand elle revint retrouver sa classe, tous semblaient s'affairer autour d'un même point.

— Qu'avez-vous trouvé de si intéressant ? Des empreintes de sangliers ? lança-t-elle, enjouée.

— Mieux encore, l'artiste, tes dessins ! répondit quelqu'un.

— Oh, n'y touchez pas s'il vous plaît, ils ne sont pas très beaux, se précipita Gwen.

En toute humilité, elle se savait talentueuse mais ne voulait pas que tous découvrent quels étaient ses modèles. Incapable d'arracher des mains des deux Thomas son cahier, elle regarda les garçons tourner une à une les pages. Leur acte n'était pas méchant mais mettait en péril toute sa stratégie. Au fur et à mesure que les dessins défilaient, elle regardait les réactions de ses camarades. Ils étaient tous subjugués par la finesse des coups de crayon et le souci du détail. Elle comprit alors qu'ils étaient sincères et ne voulaient en aucun cas la blesser. Ils ne firent pas non plus de remarque sur le choix de ses modèles. Matthew, à l'écart, entrevoyait le sujet des acclamations.

Plus tard, sur le chemin du retour, tandis que chacun avançait d'un pas nonchalant, Matthew s'arrêta sur le côté pour refaire ses lacets. Il laissa passer les étudiants et reprit sa route à hauteur de Gwen. Ils fermaient la marche.

— Vous êtes plutôt solitaire à ce que je vois, commença Matthew pour converser.

— Oui ! affirma Gwen. J'aime être tranquille pour profiter du paysage, vous voyez ?

— Hm, d'accord, message reçu, dit Matthew, gêné, en accélérant le pas.

— Non, ce n'est pas ce que je voulais dire, restez. J'apprécie votre compagnie… Enfin, je veux dire…

— Oui, je comprends. Je suis aussi du genre à faire cavalier seul, mais je ne dis pas non à quelques contacts humains. Enfin, je veux dire…

Gwen pouffa de rire, ce qui fit rire Matthew à son tour.

— Vous dessinez depuis longtemps ? se lança Matthew.

— J'ai commencé à parler tard. En attendant, je m'exprimais avec des feutres. Mes parents en ont eu vite marre que je colorie la tapisserie, alors ils m'ont tendu une ramette de papier. Et me voilà aujourd'hui, je n'ai pas changé, expliqua Gwen. Vous dessinez, vous ?

— Seulement pour la science, des croquis, ce genre de choses. Vous me faites voir les vôtres ? J'ai cru comprendre tout à l'heure que les biches n'étaient pas vos seuls modèles.

Gwen tendit son cahier. Elle appréhendait la réaction de son professeur quand il se découvrirait dans ses dessins. Elle ne se fit pas attendre. Il écarquilla les yeux, haussa les sourcils et entrouvrit la bouche un certain temps avant qu'un son en sorte.

— Je… waouh… je ne sais pas quoi dire, commença Matthew. Je suis mieux dessus qu'en vrai !

Gwen se retint de le contredire et chercha ses mots.

— Vous trouvez ? osa-t-elle.

— Oui, oui, c'est indéniable. Vous êtes très talentueuse, en particulier pour les visages, dit-il en feuilletant le bloc de feuilles. J'ignore ce qu'en pensent les autres, mais je trouve que mes portraits sont les plus réussis.

Une explication soudaine vint à l'esprit de Matthew, il s'empressa de la chasser.

— Ce que je vais vous dire va vous paraître étrange mais, artistiquement parlant, vous avez un très beau visage et...

Matthew rougit.

Gwen se livra dans une explication soutenue en ne quittant pas le sol du regard tout du long.

— ... pour moi c'est un exercice très enrichissant. La courbe de vos sourcils et l'angle de votre mâchoire présentent des singularités très agréables à regarder. D'autant plus que votre visage n'est pas du tout symétrique... et c'est une très bonne chose ! se hâta d'ajouter Gwen en entendant sa respiration fluctuer.

— Je suis heureux d'être votre cobaye, lui répondit un Matthew amusé et empourpré. Si je peux aider...

Gwen tenta un regard vers son interlocuteur. Elle déduisit de son expression qu'il n'avait ni l'air froissé par ses dessins intrusifs ni vexé par les propos qu'elle tenait. Elle en conclut qu'il la comprenait et qu'elle avait son accord pour continuer.

Elle reposa les yeux sur le sol à temps pour éviter de se prendre les pieds dans une racine. Gwen était à cet instant trop occupée pour voir que Matthew, par réflexe, avait tendu les bras pour la retenir.

Pour le plus grand bonheur de Gwen, il rompit le silence en prétextant devoir donner quelques conseils de direction pour repasser en tête du peloton.

— Alors, alors, ça discute bien derrière ? gloussa Romane en se retournant.

Elle avait délaissé quelques instants Juan pour se rapprocher de sa confidente et en soutirer quelques informations croustillantes. Depuis la première fois qu'elles avaient abordé dans une même phrase la gent masculine de la classe et leurs goûts en matière d'hommes, Gwen s'était un peu plus livrée. Elle avait osé affirmer, qu'en effet, éventuellement, pourquoi pas, elle le trouvait très mignon, même qu'il lui plaisait, mais avait tu toutes autres allégations comprenant des sentiments plus forts.

— Pas autant que vous deux ! glissa Gwen à Romane en lui adressant un clin d'œil exagéré.

Les filles interrompirent leurs messes basses quand l'attroupement se planta devant un *Fraxinus excelsior,* ou frêne élevé. En bordure de chemin et isolé, il se tenait là, entièrement noir et fendu en son milieu. Ses deux branches principales étaient renversées, chacune de son côté, les feuilles roussies tombées au sol.

— Que lui est-il arrivé, monsieur ? demanda Gwen, inquiète.

Il posa ses yeux sur elle et vit toute la peine qu'elle avait pour l'arbre mort.

— Il a, comme qui dirait, eu un coup de foudre, expliqua Matthew.

— Je ne pensais pas que cela pouvait faire autant de dégâts…

Chapitre 5 :
La lecture et la sieste

Juin

— Excusez-moi, ces deux places sont-elles prises ?

— Non, allez-y messieurs-dames, vous pouvez vous asseoir, répondit une dame souriante et coiffée d'un chapeau cloche en feutrine olive.

Léonie sourit quand, à la vue de cette couleur, elle repensa à son dîner de la veille, une assiette de pâtes aux épinards.

— Joli chapeau ! lança Léonie.

Juin ne s'était pas fait prier et, comme convenu, Léonie avait emmené Edgard à la bibliothèque des *Pins blancs* afin d'assister à une séance de lecture d'œuvres classiques.

Au rez-de-chaussée, à la place des tables d'étude, avait été installée une petite estrade. Une cinquantaine de chaises lui faisait face.

— Mesdames, messieurs, nous allons commencer…, dit un homme à l'auditoire.

Derrière son pupitre, l'homme d'une quarantaine d'années présenta rapidement le déroulement de l'après-midi. Il laissa place à la première comédienne sous quelques applaudissements timides.

La jeune femme rehaussa ses lunettes, s'éclaircit la voix et, en approchant sa bouche du micro trop bas pour elle, entreprit la lecture. Il s'agissait d'une nouvelle réaliste d'une écrivaine en vogue il y a près de deux siècles. La comédienne donnait l'impression de connaître le texte par cœur. Elle ne fit pas une seule erreur de prononciation. Pour autant, selon Léonie, elle ne sut pas non plus retransmettre la même émotion qu'avait sa mère dans la voix quand elle lui faisait la lecture, petite. Léonie connaissait cette histoire sur le bout des doigts et attendait beaucoup de cette rencontre littéraire.

Edgard, lui, ne connaissait pas cette œuvre et, à en croire son expression, était dans l'expectative d'un rebondissement rassasiant. Léonie comprit alors que ça ne venait pas de la comédienne. Elle tenta de se détacher du souvenir de sa mère pour apprécier la nouvelle expérience. Elle fut déçue de ne pas y arriver.

La deuxième lecture était, cette fois-ci, inédite pour Léonie et un incontournable dans la bibliothèque d'Edgard. Ils eurent très exactement les réactions inverses de la précédente session.

— Comment ai-je fait pour ne pas connaître cette œuvre plus tôt ! dit Léonie, stupéfaite. La lecture de ce premier chapitre m'a donné envie de lire le roman en entier.

— Je vous le prêterai si vous le souhaitez, ma chère. Et si vous le voulez bien, je vous ferai moi-même la lecture. Bien que charmante et volontaire, j'ai trouvé que la prestation de la jeune femme manquait un peu de piquant…, glissa Edgard, l'air ronchon.

— J'ai besoin de me dégourdir les jambes, allons faire un tour avant la prochaine lecture. Vous ne sortez pas ? demanda Léonie à la dame au chapeau.

— Je préfère rester ici, je vous garde vos places, répondit la dame en sortant son canevas de son gros sac à main. Et j'ai de quoi grignoter, argumenta de nouveau la dame avec quelques miettes dans le décolleté.

Edgard suivit Léonie jusqu'au buffet où étaient mis à disposition quelques douceurs et plusieurs pichets de jus de fruits.

— Il reste encore six lectures, mais avec d'autres lecteurs, lut Edgard sur le programme.

— Cela nous emmène jusqu'au souper alors !

— Vous voulez rester jusqu'à la fin ?

— Pas vous ? demanda Léonie. Sinon, je vous propose que l'on reste jusqu'au goûter puis que l'on rentre se faire une boisson chaude. Qu'en dites-vous ? J'ai dit à Charlie de remettre des chaussons au four.

Une heure plus tard, les deux amis se regardèrent, esquissèrent un sourire comme si chacun avait lu dans les pensées de l'autre, saluèrent la dame au chapeau et s'en allèrent.

— Charlie, ressers-nous un peu de thé, je te prie. Et toi, viens, ma belle, dit Léonie à l'attention de Duchesse qui sauta sur la banquette et se blottit contre sa maîtresse.

— Il se débrouille bien, Charlie. Il gère le café comme un chef, dit Edgard en repensant au jeune homme à ses débuts.

— Je trouve aussi ; il repart une semaine en formation sous peu. Il va apprendre quelques notions de gestion. Cet organisme fait des miracles avec mon Charlie.

— Une formation en comptabilité l'an dernier, une en commerce il y a quelques mois, et maintenant en gestion. Vous me cachez quelque chose, Léonie ? insinua Edgard, un sourire éclairant son visage bienveillant.

Edgard avait vu juste. Charlie accumulait les formations pour de bonnes raisons.

— Je crois qu'il est temps que je laisse la place aux jeunes…, laissa tomber Léonie. Je commence à fatiguer et Charlie m'a confié, il y a quelque temps, ne pas être dérangé à l'idée de reprendre la boutique.

— C'est une bonne chose. Pour autant, vous ne semblez pas heureuse de ce choix…

— Mon mari et moi — qu'il repose en paix — avons monté ce café ensemble il y a quarante ans et j'ai du mal à l'abandonner. Ce n'est pas la première fois que je pense à le quitter, vous savez, mais je n'arrive jamais à m'y résoudre.

— De deux choses l'une, intervint Edgard. Tout d'abord, je ne connaissais pas votre mari, mais je suis certain qu'il n'aurait jamais voulu que vous y laissiez votre santé. Ensuite, vous n'abandonnez pas le café si c'est votre petit-fils qui s'en charge. Voyez ça comme une avance sur héritage. Et vous, je vous connais, vous ne disparaîtrez pas du paysage si facilement. Même quand Charlie sera le chef, vous resterez la véritable patronne, l'âme de ces murs. Peut-être devriez-vous procéder par étapes, allez-y tout doucement.

Léonie n'osa pas lever le nez pour regarder son interlocuteur…

— Dis-lui, toi, à ta maîtresse, que tout va bien se passer.

La chatte cessa de faire sa toilette pour quémander une caresse à Léonie. Cette dernière passa la main sur sa fourrure d'un blanc éclatant et acquiesça en souriant, soudainement confiante.

On entendit tout à coup un grand fracas métallique dans la cuisine. Charlie venait de faire tomber un plateau de récipients et d'ustensiles.

— Y'a pas de mal ! fit une voix lointaine.

Les deux amis en rirent.

Voilà quelque temps maintenant que Marie et Gatien s'activaient sérieusement à la procréation. Le soutien de son mari et de ses amis l'avait réconfortée et elle se sentait plus forte que jamais. Elle savait l'importance du mental sur le physique et voulait donner toutes les chances à son corps avant de capituler, comme elle se plaisait à dire. Gatien était content de voir son épouse joyeuse et optimiste. Si ce traitement ne marchait pas, il avait au moins le mérite de donner du piquant à leur vie intime.

Un matin, très tôt, tandis qu'il faisait encore nuit, Marie se réveilla, nauséeuse. Elle eut à peine le temps de rejoindre la salle de bain pour s'épancher sur les toilettes. En se relevant, la main sur le ventre, une lueur d'espoir traversa son esprit. Elle entendit Gatien se lever. Tandis qu'elle retournait vers la chambre, le sourire aux lèvres, prête à lui annoncer une bonne nouvelle, il lui passa devant en courant, la main sur la bouche.

Plantée là, en T-shirt et culotte dans le couloir, elle l'entendit vomir. Elle resta figée dans le noir. La chasse d'eau fit de nouveau son œuvre et emporta avec le repas de la veille son cœur brisé.

— Tu t'es levée pourquoi, toi ? Moi, c'est la deuxième fois, je crois que le dîner n'était pas très frais. Tu ne m'as pas entendu cette nuit ?

— Non, je devais dormir profondément…, dit lentement Marie, le regard abattu.

— Allons nous recoucher, le réveil ne sonne que dans deux heures, fit Gatien en la prenant par la main.

— Gadou, j'ai cru que j'étais enceinte.

— Oh. Je vois.

Gatien disparut dans la chambre et revint les bras chargés de la couette et de leurs deux oreillers.

— Viens, ma belle.

Elle le suivit tandis qu'il descendait les escaliers en s'aidant de la rambarde et du mur en espérant ne rien avoir laissé sur les marches. Puis, il installa Marie dans le canapé, alluma la télé et partit dans la cuisine faire le petit-déjeuner qu'il ramena sur un plateau.

Gatien fit défiler les chaînes d'informations jusqu'à arriver sur les dessins animés.

Marie sécha ses larmes dans les bras de Gatien.

— Tu as raison, je dois me tenir au courant de l'actualité pour avoir une conversation sensée avec mes élèves ! lança-t-elle, les yeux mouillés.

Il l'aida à attraper son bol de céréales. Il avait sorti les spéciales « coup de mou » : un mélange d'étoiles de toutes les couleurs, autant dire un concentré chimique que Marie nierait plus tard avoir mangé.

— Je sais ce que tu penses et tu as tort. Tu n'es pas bête d'avoir pensé que tu pouvais être enceinte. Moi-même je l'aurais cru si je n'avais pas été aussi malade.

Il l'embrassa sur le front et ils regardèrent ensemble la télévision tandis que le soleil se levait à l'horizon.

Leurs téléphones restés à l'étage retentirent à quelques secondes d'intervalle.

— Je file à la douche ! fit Gatien.

Il laissa un moment l'eau chaude couler sur sa tête. Elle balaya ses larmes avec ses peines. Il s'efforçait de se montrer fort en présence de Marie mais de temps à autre, il avait aussi besoin de faire ressortir ses émotions.

Marie adorait chez lui sa sensibilité. C'est lui qui, d'ailleurs, avait la larme facile devant les romances dramatiques. Mais concernant la situation particulière dans laquelle se trouvait le couple, il essayait d'afficher un optimisme à toute épreuve.

En s'essuyant la tête, Gatien entendit Marie râler après les personnages de la télé. Il pouffa de rire.

Gatien avait rendez-vous en ce jour avec le chargé de communication de la mairie chez un imprimeur dans la ville voisine, dans le cadre de l'organisation de la célébration du tricentenaire. Le tricentenaire avait lieu dans un peu plus de trois mois et des devis avaient été demandés auprès des différents prestataires de la région. Au vu du rapport qualité-prix, un d'eux avait attiré l'attention du comptable.

En sortant de l'entretien, Gatien et son collègue étaient contents. Ce dernier avait réussi à négocier une petite réduction sur les tarifs. De ce fait, pour le même montant, ils avaient quelques affiches de plus. La mairie avait choisi de communiquer auprès des communes de la vallée de Torallefort et quelques-unes plus éloignées. Leur argument premier était qu'une partie des bénéfices irait à la rénovation de l'orphelinat de Château-sur-foin.

— J'ignorais qu'il y avait un orphelinat, lança Gatien pour converser sur le chemin du retour.

— Il y en a bien un ; il est derrière l'église, à Château. Il est presque aussi vieux que la ville. Il était déjà en piteux état et prêt à fermer quand l'incendie l'a achevé il y a quelques hivers de ça, continua le conducteur.

— Qu'est-il arrivé aux enfants ? le coupa Gatien.

— Aucun blessé, je te rassure. Ils ont été placés en catastrophe dans des familles d'accueil. Mais ç'a été fait à la hâte, quelques-uns ne se sentent pas très bien, des fratries ont été séparées…

Gatien soupira en témoignage de son mécontentement.

— Ouais, comme tu dis. Et du coup la mairie a estimé que la célébration du tricentenaire et les bénéfices qui allaient s'en dégager pourraient couvrir la remise aux normes du bâtiment et la rénovation de l'aile qui a été touchée par les flammes.

— Et tu as des contacts avec les responsables des enfants ?

— Les assistantes sociales, tu veux dire ? Je dois avoir ça au bureau. Pourquoi ?

— J'aurais quelques informations à leur demander, c'est juste comme ça… Garde ça pour toi, s'il te plaît, glissa Gatien en voyant l'air enthousiaste de son collègue qui avait compris ce qu'il en retournait.

Gatien resta muet le restant du trajet. Il se demandait s'il allait en parler à Marie. Autant elle avait bien réagi quand ils avaient abordé le sujet la première fois, autant il se demandait si ça allait être la même chose sachant qu'ils avaient fait un pacte depuis.

À l'école, c'était l'heure de la sieste. Marie faisait un brin de rangement dans les jouets pendant que les petits dormaient.

— Madame Marie, tu fais quoi ? demanda une voix.

— Tu ne dors pas, mon garçon ? répondit Marie en se retournant.

— Non, je ne suis pas fatigué. Tu fais quoi ? répéta l'enfant.

— Je range les jouets, vous avez mis un sacré bazar ce matin, répondit gentiment Marie.

— Tu veux bien me lire une histoire, s'il te plaît ?

— Oui, va choisir un livre et mettons-nous là.

Marie s'était assise en tailleur sur le tapis duveteux. Le petit garçon était revenu vers elle avec un grand livre imagé dans les bras. Il s'était installé dans le creux de ses jambes pour suivre en même temps l'histoire.

— « Il était une fois dans un château vivaient un roi et une reine. La reine attendait un enfant… »

— Ça veut dire qu'elle est enceinte, madame Marie ? intervint l'enfant.

— Oui, elle est enceinte.

— J'ai un oncle et une tante aussi qui sont enceintes.

Marie lut le conte. Elle ne put s'empêcher de faire des rapprochements avec sa propre vie. Avant la fin de l'histoire, le garçon s'endormit contre elle. Elle ne bougea pas et profita de ce répit pour réfléchir un peu. Perdue dans ses pensées, elle se surprit à caresser la jolie tête brune qui respirait doucement dans ses bras. Ses jambes commençaient à s'engourdir, mais elle ne voulait pas interrompre le moment.

Les autres enfants vinrent le faire pour elle.

— Madame Marie, on est réveillés ! crièrent les enfants.

— Votre camarade ne l'est pas, répondit Marie en chuchotant, donc un peu de calme, s'il vous plaît. J'arrive.

L'enfant dans ses bras sortit de son sommeil et se frotta les yeux.

— À la fin, la reine retrouve son bébé ?

— Il est un peu plus vieux, mais ils sont réunis, oui.

Chapitre 6 :
Le séminaire et la poussette

Mars

— C'est bon, tout le monde a fini de noter ? J'efface. Avant que vous ne partiez en week-end, je dois vous signifier un changement d'emploi du temps, commença Matthew.

La classe espérait de tout cœur que ce soit une bonne nouvelle.

— Lundi, nous étions censés partir en excursion, je vais devoir la reporter à mercredi. Lundi et mardi, je dois assister à un séminaire, une prévention sur le harcèlement. Je n'ai pas le choix, c'est l'établissement qui veut ça, justifia le professeur.

— Tous les profs y vont ou juste vous, monsieur ? demanda Luc.

— Je sais qu'on doit tous y aller mais pas en même temps, donc je ne m'avance pas, voyez ça avec vos autres enseignants. Et comme je vois que vous êtes très peinés de manquer un cours, je vous ai préparé un petit quelque chose à me rendre, lâcha Matthew, amusé.

Les étudiants émirent un soupir plaintif général. Les week-ends de trois jours étaient rares et ceux de quatre, inespérés. Si l'arrivée imminente d'avril annonçait les vacances, mars laissait plutôt un arrière-goût de labeur. Cette pause était donc la bienvenue. On aurait dit que mars voulait se rattraper auprès des étudiants et concurrencer avril dans leur estime.

— Écoutez-moi avant de râler, ça risque de vous plaire. Je veux que chacun d'entre vous cherche un film où sont mis à l'honneur un ou plusieurs arbres, et qu'en faisant des recherches, vous trouviez à quelle espèce d'arbre réel, ce ou ces arbres de fiction ressemblent. Des questions ?

— On peut se mettre en groupe ? tenta Maxime.

— Non. Et c'est à rendre avant mercredi, sans faute. J'attends un travail approfondi et argumenté. Oui, ça comptera dans la moyenne. Vous avez, grâce à moi, au moins votre lundi après-midi donc vous avez tout le temps de le faire. Envoyez-le-moi par mail, ça suffira. Allez, bon week-end !

Les étudiants se hâtèrent de quitter la salle de cours pour se rendre au secrétariat. Avec un peu de chance, leur autre cours du lundi serait annulé. Gwen et Romane n'étaient pas pressées et préférèrent attendre que les garçons reviennent avec les informations.

— La secrétaire dit que lundi et mardi tous les enseignants du supérieur seront au séminaire, donc c'est sûr, on n'a pas cours. Vous faites quoi du coup, vous, ce week-end ? demanda Thomas.

— Pour ma part, je ne vais pas bouger, répondit Gwen.

— Pareil, ajouta Romane. Tu rentres chez tes parents, toi ?

— Ouais, je rentre faire mon sac et je repars aussitôt. J'arriverai à la tombée de la nuit, je pense. Amusez-vous bien ! lança-t-il en s'éloignant.

Gwen et Romane s'installèrent au *Double Cœur*, à la table haute, près de la fenêtre.

— Juste un café, s'il vous plaît.

— La même chose, merci, dit Romane à l'attention du serveur. Tu as une idée pour le devoir de Leprince ?

— J'hésite entre une trilogie où des arbres se déplacent au ralenti ou une licence de super héros dans laquelle un arbre un peu idiot sauve ses amis, répondit Gwen.

— Ah oui, pas mal. Moi, je pensais au dessin animé où l'arbre ne bouge pas mais communique avec ses visiteurs. Il lui arrive même de chanter, expliqua Romane.

Les deux amies firent leurs recherches et prirent de quoi noter avant de regagner chacune leur logement.

— On se voit demain ? s'informa Gwen en ouvrant la portière de sa voiture.

— Oui, si tu veux, mais ça sera chez moi alors, je dois garder Ben. Emmène ton ordi, on fera le devoir de ton prince charmant ! lança Romane en ricanant.

— Oh, ne l'appelle pas comme ça, Romane !

La soirée passa et Gwen avait bien avancé sur son devoir. Il ne lui manquait plus que quelques étymologies et des illustrations pour embellir le tout.

Le téléphone sonna.

— Allô, maman ?

— Bonjour, ma chérie, tu fais quoi ?

— Je fais mes devoirs pour être tranquille ce week-end. Je vais voir des amis.

— Je te reconnais bien là, ma fille. Dis, j'appelais pour savoir si t'étais inscrite à l'agence pour l'emploi.

— J'ai encore trois mois de cours, je pensais m'en occuper après les examens.

— Je te dis ça parce que la voisine m'a dit que le collège où enseigne son fils cherche un professeur d'arts

plastiques pour la rentrée de septembre. L'actuel part à la retraite. Ça ne t'intéresserait pas ?
— Décidément, les profs…, marmonna Gwen.
— Qu'est-ce que tu dis ? Je ne t'entends pas très bien, fit sa mère.
— Nan, rien. Oui, je trouve que ça serait un bon plan, pourquoi pas. Écoute, le week-end prochain, je rentre pour les vacances. J'irai voir à ce moment-là.
— D'accord, je te laisse, ma chérie, mon émission commence. Papa t'embrasse !

Il était quatorze heures tapantes quand le gong de la porte d'entrée retentit.
— Entre, c'est ouvert ! cria Romane.
— Tiens, bonjour Ben, dit Gwen en poussant la porte.
— Tata est encore en pyjama, dit le garçon sur le ton du sermon, avant de refermer la porte derrière elle.
— Installe-toi dans le salon, je t'ai noté le mot de passe du Wi-Fi. Je monte enfiler quelque chose de plus présentable, dit Romane du haut des escaliers.
Gwen alluma son ordinateur portable, rentra méticuleusement « RomaneEstLaMeilleure » pour accéder à Internet.
— Alors Ben, tes parents t'ont demandé de surveiller Romane en leur absence ? interrogea Gwen.
— Oui, je suis l'homme de la maison, papa a dit ! Mais je crois qu'il a dit ça pour rire, se renfrogna le jeune garçon.
— Suzanne et William sont partis en repérage pour une poussette double et d'autres trucs de bébés. Ils rentrent ce soir, expliqua Romane en enfilant un sweat sur lequel était inscrit le nom d'une université.

— Comment se sent la future maman ?
— Elle répond à tous les clichés de la femme enceinte. Elle n'a plus trop de nausées mais commence à avoir de l'appétit pour tout et n'importe quoi. Cette nuit, je me suis levée pour aller aux toilettes, j'ai vu de la lumière en bas, alors je suis allée voir. Elle était en train de se préparer un sandwich roquefort-compote de pêche. Et quand je l'ai surprise le nez dans le frigo, elle m'a demandé s'il restait des cornichons, raconta Romane en grimaçant.

Pendant ce temps, Suzanne et William en étaient à leur troisième magasin de maternité. Le coffre de la voiture avait chaleureusement accueilli une poussette pour jumeaux — elle était en promo –, et quelques sacs de vêtements de grossesse commençaient à s'entasser sur la banquette arrière.
— On demandera à ce qu'ils nous livrent les lits, ça sera plus simple, suggéra William.
— Tu sais s'ils proposent le montage des meubles ? se renseigna Suzanne.
— Moyennant supplément, je pense que ça peut se faire. Du coup, on repeint la chambre en beige ?
— Avec un mur en bleu. Pour y coller des motifs. Des nuages sur le bleu, et éventuellement des dinosaures sur le beige, proposa Suzanne.
La maison édifiée sur trois étages comptait une chambre parentale, une chambre pour Ben, ainsi qu'un bureau chacun pour Suzanne et William. Romane avait sa chambre sous les combles. D'un commun accord, Suzanne laissait sa pièce personnelle aux jumeaux tandis

que William abandonnait sa garçonnière et en faisait un bureau commun avec sa femme.

— Dis, ma puce, tu voudras qu'on change de maison quand les bébés seront plus grands ? Je me disais aussi que ça serait bien qu'ils aient un jardin pour jouer, qu'ils connaissent la nature, ajouta William.

— Tu veux quitter la ville ? Mais ta carrière politique ? Tu veux arrêter ?

— Non, non, pas forcément. Je m'y plais bien. Je brigue un troisième mandat, mais après ça j'aimerais retrouver un peu de verdure et chercher un emploi moins accaparant, plus reposant.

— D'accord, c'est bien qu'on en parle, je ne savais pas. Je m'inquiète aussi pour Romane. Normalement, elle aura son chez elle avant que les petits entrent à l'école, mais je ne veux pas qu'elle se sente chassée, tu comprends.

— Oui, elle a le temps, en effet. Et où qu'on aille, elle sera toujours la bienvenue.

William prit tendrement sa femme dans ses bras. Son petit ventre commençait à se voir. William le sentait contre lui.

— J'ai faim, grommela Suzanne, le visage enfoui dans le pull de son époux.

— On passe en boulangerie prendre un gâteau ? Je t'accompagne mais je ne te suis pas. Je n'ai pas l'excuse de manger pour trois, moi, répondit William en riant. Sauf si tu prends un muffin. Dans ce cas, je ne réponds plus de rien.

Les amoureux firent également escale dans un magasin de décoration pour prendre des autocollants pour la chambre. Ils y trouvèrent également de jolis mobiles et un grand tapis à poil long. Se sentant fatiguée, Suzanne remit à plus tard l'achat des premiers vêtements de bébés et ils rentrèrent tous deux en milieu d'après-midi.

— Toc, toc, vous êtes là, les jeunes ? On est rentrés.
— On est dans le salon, brailla Romane.
— Viens aider William à sortir les affaires de la voiture, s'il te plaît.

Romane revint quelques minutes plus tard avec un sac dans chaque main, suivie de William, la poussette dans les bras.

— Bonjour, Suzanne, bonjour, William, comment allez-vous ?
— Bonjour Gwen, très bien, merci. Benjamin ne vous a pas trop embêtées ?
— Non, un amour, il dort sur le canapé.
— Je suis réveillé ! accourut le garçon.
— Les filles, je vous ai pris ça, pour vous remercier, leur tendit Suzanne.
— T'es la meilleure ! se réjouit Romane en saisissant le paquet de bonbons. On vient d'envoyer nos devoirs au prof. On est officiellement en week-end.
— Bien joué. Tu seras là, lundi ? demanda Suzanne en s'adressant à Romane. J'attends la livraison des lits. Je devrais avoir quitté le bureau mais je préfère que tu sois là. Le technicien devra aussi les monter. D'autant plus qu'il faudra que je m'absente pour récupérer le petit à l'école.
— Pas de soucis, Suzie.

Le long week-end défila rapidement. Les deux amies le passèrent ensemble presque dans sa totalité.

— Tout le monde a pris sa boussole ?

— J'ai une appli sur mon téléphone, ça compte ? fit Juan, inquiet.

— Ça passe pour cette fois... Si tout le monde est prêt, on est partis, poursuivit Matthew.

Le professeur était sorti sur les rotules de ces deux jours de séminaire. Autant dire qu'il était heureux de s'aérer la tête. Cependant, il ne se sentait pas à son aise. La formation portait sur les signes avant-coureurs du harcèlement vis-à-vis des collègues, des parents d'élèves et des élèves eux-mêmes. On lui avait alors expliqué comment les repérer, s'en prémunir et y faire face. Chaque cas de figure était abordé dans les deux sens, c'est-à-dire quand le professeur se trouvait être la victime de harcèlement puis quand, au contraire, il en était l'origine et le responsable.

Jusqu'à mardi matin, Matthew avait pris ce stage comme une expérience enrichissante. Mais la session du mardi après-midi portait sur la relation professeur-étudiant. Les paroles des intervenants vinrent trouver écho dans les situations que Matthew rencontrait. À plusieurs reprises, il se retrouva dans les exemples donnés par les formateurs.

Matthew repassait ses derniers cours en boucle dans sa tête, plus particulièrement les moments qu'il partageait avec Gwen. Il revit toutes les fois où il avait « initié un contact physique » comme poser la main sur son bras ou sur son épaule, où ils avaient ri ensemble, ou que leurs paroles avaient pu être mal interprétées, les fois où ils parlaient de choses qui sortaient du cadre scolaire.

Au fur et à mesure que ses pensées défilaient, sa mâchoire se serrait. Ses paupières clignaient fortement comme pour chasser ses souvenirs. Sa respiration devenait plus profonde et soutenue, et ce n'était pas dû à la marche qui, elle, lui apportait un minimum de réconfort.

Les intervenants avaient été clairs. Le harcèlement peut prendre différentes formes et même s'il peut parfois commencer pas des actions anodines, il ne mènera jamais à une issue favorable.

Matthew avait soudainement compris que sa personnalité chaleureuse pouvait gêner et que sa position de force pouvait aussi s'avérer intimidante si Gwen émettait l'envie de s'éloigner. Matthew se rendit compte alors qu'il était une menace pour Gwen et qu'il pouvait nuire à sa scolarité. Il se résolut donc à restaurer une relation neutre et cordiale entre lui et l'ensemble de ses élèves, comme l'intimait le protocole scolaire.

Déterminé dans son raisonnement, le professeur anxieux serrait les poings.

— Tout va bien, monsieur ? s'enquit Gwen.
— Oui, ça va, répondit sèchement Matthew.
— Bon, d'accord, renonça Gwen en s'éloignant.

À contrecœur, Matthew se montra distant.

Il fit signe au groupe de s'arrêter.

— Prenez votre boussole et dites-moi vers quelle direction nous marchons.

Les étudiants tournèrent sur eux-mêmes, la tête penchée sur leur appareil. La scène était amusante à voir. Matthew esquissa un sourire avant de se ressaisir.

— Juan, comment auriez-vous fait sans votre téléphone ?

L'étudiant prit cette question pour un reproche et ne donna pas de réponse.

— Sérieusement, tout le monde, comment fait-on pour se repérer quand on n'a pas de boussole ?

— Avec la mousse sur les arbres ? proposa Maxime.

— Développez, répondit Matthew.

— La mousse pousse sur la partie du tronc qui est exposée à l'humidité, donc le plus souvent au Nord, donc à partir de ça, on peut se repérer...

— Alors, comme vous le dites, le plus souvent. C'est aussi par rapport aux vents, donc il faut connaître un minimum le coin. Autre chose ?

— Par rapport au soleil, essaya Luc. Le soleil se lève à l'Est et se couche à l'Ouest, sachant qu'il est au zénith à midi...

— Très bien. Et s'il fait nuit ?

— Avec les étoiles, en espérant que le ciel soit dégagé, monsieur.

— En effet. Je prends la suite, merci Gwen, répondit le professeur sans la regarder.

Pendant son explication sur la constellation de la Grande Ourse et l'étoile Polaire, Gwen prit à part Romane.

— Là, t'as bien vu, cette fois ? Il m'évite, chuchota Gwen. Et je n'ai rien entre les dents, j'ai vérifié.

— Nan, tu exagères. Il est peut-être un peu distant mais pas plus, regarde comment il a parlé à Juan, avec son téléphone.

— Tu as sans doute raison, il faut que j'arrête de m'inquiéter pour rien. Je réessayerai plus tard.

Gwen se pencha pour ramasser quelques glands et les glissa dans sa poche.

— Et puis, regarde, les hommes aussi sont lunatiques et susceptibles, dit-elle en jouant du coude avec Juan.

— Je suis contente pour vous deux, tu sais. Vous êtes mignons, ensemble.

Les deux amies se reconcentrèrent sur les explications de Matthew.

— ... bon, bien sûr, là, il fait jour, donc la technique des étoiles attendra notre prochaine sortie après les vacances, je vous expliquerai ça en fin de séance, se dépêcha-t-il de rajouter. Pour l'heure, compte tenu de la position du Soleil et de sa trajectoire dans le ciel depuis que nous sommes sortis, est-ce que cela coïncide avec les résultats de vos boussoles ?

Cette fois-ci, Matthew vit sept têtes regarder en l'air, la main en visière, et réfréna de nouveau un rictus.

Le groupe entama la descente qui les conduisait vers la ville. Gwen hésita un moment avant de retenter une action auprès de Matthew. Elle craignait une nouvelle fois de se faire refouler mais ne voulait pas non plus partir en vacances sur un malentendu. Il restait un unique cours en classe avant son départ et elle savait que ce n'était pas dans ce cadre qu'elle pourrait lui parler. Alors elle se lança et accéléra le pas pour le rejoindre quelques mètres plus loin.

— J'ai bien aimé tout à l'heure l'explication sur le nom des étoiles, commença Gwen.

— J'aime bien leur histoire aussi, poursuivit Matthew, qui se laissa avoir sur un sujet qu'il appréciait beaucoup.

— Et du coup, je me demandais, tenta Gwen, votre prénom, il vient d'où ? Je veux dire, il n'est pas commun. Vous avez des origines... ?

Matthew s'arrêta net, fixa Gwen dans les yeux, et prenant son courage à deux mains, mit fin une bonne fois pour toutes à leur conversation actuelle et à toutes celles à venir.

— Écoute Gwen, t'es bien gentille, mais là, ça suffit, ça ne te regarde pas. Mêle-toi de tes affaires et suis un peu mieux en cours.

Matthew reprit sa course. Gwen resta figée sur place, la bouche ouverte. Ses paroles résonnaient dans sa tête. Romane et Juan la prirent entre eux deux au passage. Personne d'autre n'avait assisté à cette remise en place.

Gwen ne dit pas un mot. Des larmes coulaient sur ses joues. Elle ne comprenait pas ce qui venait de se passer et rapidement, elle se reprocha d'avoir été si intrusive.

D'un coup, elle comprit.

— Le séminaire. Il a dit que le séminaire était sur le harcèlement. Toute la journée, il a été sec avec moi. Tout devient clair, je le harcèle. Il croit que je le harcèle. Tu crois que je le harcèle ? demanda Gwen entre deux sanglots.

Aussitôt arrivée chez elle, Romane avait demandé à sa sœur la permission de dormir chez Gwen un soir de semaine. Le ton très sérieux et inquiet de sa cadette avait incité Suzanne à dire oui.

— Mais non, ne dis pas ça. Les harceleurs, ce sont les personnes qui suivent les stars ou leur ex jusque chez eux, qui les prennent en photo et recouvrent leurs murs avec. Tu ne fais pas du tout ça, la rassura Romane.

— Oui, mais j'ai des dessins de lui, continua Gwen. Il le sait, ça. Ils ont dû lui dire que les étudiantes craquaient facilement sur leur prof et que dans l'histoire une avait dû en kidnapper un et…

— … et le découper en rondelles avant de l'enterrer dans son jardin. C'est bien connu, la taquina Romane.

Allez, allez, attendons de voir vendredi comment ça va se passer. Ne lui parle pas, laisse couler les choses et ça ira mieux.

Gwen dormit mal cette nuit-là, elle fit des cauchemars absurdes où tout le monde la pointait du doigt et se moquait d'elle.

— Alors, comment tu te sens ? osa Romane au réveil.

— Comme si je venais de me faire ridiculiser…, grogna Gwen. Mais ça va.

— T'as les yeux tout bouffis. Mets tes lunettes de soleil, on dira qu'on a la gueule de bois, ça passera mieux.

— Merci, Romane. Merci d'être là pour moi.

— Ah, mais ce n'est que par intérêt, comme ça tu m'évites de prendre le bus !

Chapitre 7 :
La farine et les fleurs

Juin

Depuis sa conversation avec Edgard en début de mois sur les formations de Charlie, Léonie avait mûrement réfléchi à l'avenir de son café. Elle avait pesé le pour et le contre du legs de son bien, en s'efforçant d'être la plus objective et honnête possible. Au vu de l'imposante liste des arguments dans la colonne des « pour », Léonie s'était rendue à l'évidence : elle devait enfin prendre sa retraite.

— J'ai pris ma décision, dit Léonie.

— Alors, chausson aux pommes ou macarons ?

— Non, Edgard, je parle du café.

— Vous préférez le thé ? osa Edgard, qui affichait un enthousiasme soudain.

— Vous le faites exprès ? demanda Léonie. Je me suis décidée à léguer le salon, expliqua Léonie à voix basse.

— En préférant le thé, ça serait moins incongru de dire salon de thé que salon de café, marmonna Edgard dans sa moustache.

— Mais qu'est-ce que vous avez ce matin ?

— Je vous taquine. Vous en avez parlé à Charlie ?

— Pas encore, mais je dois aussi en parler à son frère, répondit Léonie.

— Ah oui, je me souviens. Un grand châtain toujours de bonne humeur. Il vous avait offert des jonquilles, il me semble. Vous m'aviez même chassé du café ce jour-là, se rappela Edgard, faussement choqué.

— C'est ça, quand il était venu manger en avril, précisa Léonie sans relever sa remarque. D'ailleurs, il avait laissé sa bonne humeur au placard cette fois-là… Enfin, je veux dire par là que *Chez Léonie* lui revient aussi de droit.

— Je peux me permettre une question indiscrète ?

Léonie acquiesça par un hochement de tête.

— Votre fille n'a pas voix au chapitre ? se renseigna Edgard en grimaçant des sourcils.

— Je ne sais pas de qui elle tient ça, commença Léonie, mais leur mère n'a jamais réussi à tenir en place. C'est une véritable globe-trotteuse. Quand les garçons sont devenus grands, elle a tout vendu pour partir en voyage. Elle revient régulièrement faire un coucou mais ne pose jamais longtemps ses bagages.

Edgard fit une moue étonnée. Il ignorait ce pan de l'histoire de la famille de Léonie.

— Bien évidemment, je lui en avais déjà parlé, pour le café, quand on avait abordé le sujet sensible des héritages, poursuivit Léonie. Elle m'avait dit qu'elle ne saurait pas s'en occuper et que je ferais mieux de voir ça avec les garçons, qu'ils seraient bien contents d'avoir une activité à faire fructifier.

— Et c'est après que Charlie est venu travailler ? demanda Edgard.

— Voilà, cette discussion lui avait donné envie de s'essayer dans cette branche. Un été en tant que serveur l'avait décidé à passer un diplôme en pâtisserie.

— Et son frère en avait dit quoi ?

— Il allait bientôt finir ses études et préparait ses concours pour rentrer dans l'Éducation. Il n'avait pas la tête à jouer avec de la farine. Il préférait le grand air. D'ailleurs, il tient ça de sa mère, visiblement, s'égara Léonie.

— Vous pensez qu'il refusera lui aussi le café ?

— Pour prendre du thé ? proposa Léonie, l'air plein de malice.

— Vous vous y mettez maintenant, vous !

— Je ne sais pas, et je ne préfère pas qu'il refuse. Je veux quelque chose d'équitable pour les deux. C'est pourquoi je vais l'inviter à dîner prochainement. Mais pour l'heure, avez-vous apporté ce que je vous ai demandé ?

— Oui, madame ! Me voilà affublé de vêtements « qui ne craignent rien », fit Edgard en se levant et en montrant ses habits usés.

Edgard portait son pantalon de jardinage, c'est-à-dire un pantalon à pinces avec deux carrés cousus au niveau des genoux et une tache de peinture sur la cuisse droite, datant de la fois où il avait entrepris de repeindre son abri de jardin. Faute de pire, Edgard avait pris une chemise impeccable — à laquelle il manquait un bouton de manchette — et un gilet un peu grand pour lui, dans lequel, d'habitude, il aimait bien lire.

Malgré tous ces efforts pour se vêtir selon la consigne de Léonie, Edgard n'en restait pas moins très élégant. C'était le genre de personnes à qui un sac à pommes de terre allait et le rendait encore plus attachant. Plus jeune, Edgard en avait fait tourner, des têtes.

— Parfait, venez. Je vais vous donner l'immense privilège de passer derrière le comptoir, dit-elle, amusée. Enfilez ce tablier, mettez cette toque et lavez-vous les mains.

Edgard obéit aux instructions de son nouveau professeur avec la plus grande assiduité qui soit. L'élève désirait bien faire. Edgard savait cuisiner mais manquait d'idées pour les desserts. Cette initiation à la pâtisserie constituait donc un nouveau rendez-vous.

— Qui y a-t-il au menu ?
— Nous allons faire des cannelés façon Léonie.

Léonie ouvrit un tiroir devant elle et en sortit un gros album.

— Je le tiens de ma mère qui le tenait de sa mère avant elle. J'y ai annoté quelques améliorations, concernant le four notamment, mais sinon je n'y ai pas touché.
— Vous ne connaissez pas la recette par cœur ?
— Pas toutes, non, répondit-elle. Je sais les ingrédients, mais pas les mesures. Et, surtout, si je veux vous les enseigner, il me faut cette fois-ci utiliser les valeurs exactes. D'habitude, je fais à vue de nez, vous voyez…
— Tout s'explique alors… ! lança Edgard, amusé.

Léonie feignit l'agacement et lut la liste des ingrédients.

— « Farine de blé, sucre en poudre, beurre doux, des œufs, du lait, une pincée de sel et bien sûr, du rhum. » Toujours mettre du rhum. Si vous avez un doute, mettez du rhum. Sauf dans les gaufres, ne me demandez pas pourquoi… Vous qui faites le malin, attrapez sur l'étagère le récipient à mesurer, celui avec le bec verseur, et le grand saladier. Puis suivez-moi, je vais chercher les ingrédients au frais.

Cet échange professeur-apprenti n'était pas sans rappeler celui qu'avait partagé Léonie avec Charlie quelques années plus tôt.

Léonie était fière de constater qu'Edgard jouait le jeu et s'appliquait dans la confection de leur dessert. Il faisait tout pour l'épater.

Deux heures plus tard, une soixantaine de mini cannelés refroidissaient dans leur moule.

Les deux amis avaient pris soin de nettoyer la cuisine pendant la cuisson.

— On a de quoi nourrir un régiment avec ça, dit Edgard, les mains sur les hanches, un reste de farine sur le front.

— Oh, ne vous inquiétez pas, je ne vais pas les laisser se perdre, ajouta Léonie, amusée. Tenez, regardez qui va là. Vous avez suivi l'effluve de rhum, mon jeune ami ?

Gatien s'avança au comptoir pour se resservir du café et vit les plaquettes de cannelés. Un sourire fendit son visage. Ses pommettes rehaussèrent ses lunettes. Sa bouille enjouée lui donnait l'air d'un enfant devant une vitrine de jouets le jour de son anniversaire.

— Vous en voulez ? demanda Léonie.

— Oh bah vous savez, moi…

— Ne bougez pas, je vais vous en démouler quelques-uns, il y en a assez pour tout le monde, affirma Léonie. Et comment va votre dame, mon cher Gatien ?

— Je vous remercie. Oh, c'est chaud, fit-il en les prenant. Marie va bien, elle se donne corps et âme pour le projet du tricentenaire. Tout se passe comme prévu, autant dire qu'elle est aux anges.

— Que c'est formidable ! Tenez, pour l'encourager, prenez quelques cannelés, lança Léonie.

— C'est gentil, merci, mais vous lui donnerez vous-même, elle ne va pas tarder à arriver.

— Oui, regardez, la voilà ! fit Edgard.

Il sortit une boîte pliée de sous le comptoir, la mit en forme et l'emplit de ces délicieux mets.

— Ils ont été faits avec amour, je vous le dis ! fit Edgard à Gatien en lançant une œillade à Léonie.

— Que ça sent bon ici ! Oh, des cannelés ! Bonjour tout le monde, bonjour mon amour, fit plus discrètement Marie à l'attention de son époux.

— Alors, que racontez-vous de beau, ma petite dame ? On me dit que vous êtes bien occupée, dit Léonie.

— Oui ! Je sors justement d'un entretien avec le comité des fêtes. On a eu une idée formidable, et ils me soutiennent !

— Dis-nous tout, fit Gatien, la bouche pleine.

— Tu te souviens, aux archives départementales, je suis tombée sur des peintures des premiers habitants de la ville. Ces personnes-là avaient de très beaux habits.

— Oh, je me souviens, déjà même les tuniques de ma grand-mère avaient beaucoup de charme, se remémora Léonie en essuyant le comptoir.

— Voilà, et je me suis dit que ça serait drôlement chouette qu'il y ait des figurants habillés de la même façon, reprit Marie. Sauf qu'on n'a pas le budget pour acheter des vêtements, mais on peut en fabriquer !

— On est d'accord qu'il vous faut du tissu ? osa Gatien.

— Ce que vont nous fournir les habitants ! On a préparé une annonce pour solliciter les gens. S'ils veulent se débarrasser de vêtements, tissus ou chutes de tissus, c'est l'occasion de les donner à la mairie. Ils étaient en train de mettre une annonce sur le site de la mairie et sur les réseaux sociaux quand je suis partie.

— Du recyclage, en somme, conclut Gatien, attentif aux paroles de Marie.

— Bon, par contre, il manque un léger détail de rien du tout. Je ne sais pas encore qui va confectionner les habits. Je ne sais pas coudre et…

— Faites appel au club du troisième âge, elles seront heureuses de vous aider, intervint Edgard.

— Comment ça ? De qui parlez-vous ? répondit Marie, intéressée.

— Le club du troisième âge, les seniors de la ville, les mamies qui tricotent. Elles sévissent, elles et leurs aiguilles, du côté de la Poste. La petite maison avec les bégonias qui fait l'angle.

— Ah, oui, je vois. Et vous dites qu'elles pourraient faire les habits ?

— Elles se réunissent tous les après-midis, amènent leurs propres affaires et discutent des heures durant, poursuivit Edgard. Et si vous leur demandez, elles feront tous vos travaux de couture pour une pièce. Ou des gâteaux. Au choix. Allez les voir, dites-leur que c'est moi qui vous envoie. Comment croyez-vous que j'aie appris à coudre ces deux sublimes pièces de jean à mes genoux ? dit-il à l'attention de Léonie.

— Ça te dit, on passe les voir avant de rentrer ? demanda Marie.

— Oui, ça tombe bien, je prendrai un carnet de timbres en même temps.

Le couple salua Léonie et Edgard et s'en alla main dans la main, une boîte presque vide sous le bras.

Quelques minutes plus tard, leur voiture était garée devant un parterre de bégonias.

— D'ici la fin du mois, ils seront tous en fleurs, dit Gatien en se baissant pour humer le parfum des quelques premières fleurs.

— Bonjour mesdames, je…

— Oh regardez toutes, des jeunes tourtereaux ! fit une dame avec un canevas entre les mains.

— Qu'ils sont mignons, dit une autre derrière sa machine à coudre. Mademoiselle, à combien vous laissez-nous ce beau garçon ? ajouta-t-elle en gloussant.

— Mesdames, je crains que son cœur ne soit plus à prendre, répondit fièrement Marie, le regard empli d'amour et de malice.

Une dame un peu plus jeune que ses congénères se leva de son fauteuil et les rejoignit.

— Arrêtez, les filles, vous voyez bien que vous lui faites peur. Que pouvons-nous faire pour vous, jeunes gens ? dit-elle à l'attention de Marie et de Gatien.

Marie se présenta, elle, son mari, leur fonction et le projet. Elle parla de l'appel aux dons de tissus et de son besoin de main-d'œuvre. Elle tenta de se montrer la plus douce, la plus claire et la plus motivée possible pour encourager le club du troisième âge à les suivre dans leur démarche.

La dame qui avait tout l'air d'être la présidente du club la regarda longuement expliquer sa venue, se débattre dans une longue tirade en gesticulant des mains. Marie tentait d'appliquer les conseils du responsable de communication de la mairie. Elle se rendait compte qu'il était plus facile d'argumenter auprès des tout petits que des adultes.

À bout de souffle, Marie se tut pour laisser la parole à son interlocutrice.

— Oui, c'est déjà prévu, répondit-elle calmement.

— Je vous demande pardon ? fit Marie.

— William a appelé avant que vous veniez, il m'a expliqué, les filles sont d'accord, on commencera dès qu'on aura de quoi coudre.

— William… ?

— Monsieur le maire est un habitué de nos services. Je lui arrangeais ses costumes bien avant qu'il ne soit élu.

Sous le regard hébété de Marie, la dame rajouta :

— C'était drôle de vous voir gesticuler, je vous ai laissée faire. Pardonnez-nous, on n'a pas beaucoup d'animation par ici.

— Mais qu'en est-il du financement, qu'avez-vous conclu ?

— Un local plus grand. On continue de faire ce que l'on aime gratuitement mais on veut être à l'aise. Regardez Violette, elle est serrée avec sa machine. D'ailleurs, permettez-moi de nous présenter. Je suis Rose, la présidente du club, et voici Hortense avec le canevas, Églantine au tricot, Pétunia qui s'est endormie — on a de la visite, Pétunia ! –, et vous connaissez déjà Violette. Iris n'a pas pu se joindre à nous aujourd'hui, elle doit être en train de conter fleurette.

Marie et Gatien saluèrent chacune d'entre elles. Gatien était intimidé par autant de paires d'yeux posées sur lui.

Rose et Marie échangèrent leurs coordonnées et se promirent de se donner rapidement des nouvelles sur l'avancée de la collecte de tissus.

Ils retournèrent à la voiture et Marie soupira d'aise. Elle était heureuse de voir que son plan se déroulait encore mieux que prévu. Elle voyait se combiner les différentes facettes du projet avec une telle facilité que c'en était étourdissant.

— J'oubliais, les timbres ! Ne bouge pas, je reviens, dit Gatien en claquant la portière.

Marie s'enfonça dans son siège et regarda par la fenêtre. La mairie avait reçu les affiches pour le tricentenaire. Ils n'avaient pas perdu de temps pour les placarder.

— « Une partie des bénéfices est reversée à l'orphelinat… », lut Marie.

Chapitre 8 :
Le gel et la bougie

Avril

Une gelée avait saisi la ville ce matin-là. Les habitants avaient été surpris de se réveiller avec quelques degrés en moins et s'étaient activés autour de leur cheminée. Les plus sages étaient unanimes, en avril ne te découvre pas d'un fil.

Des nuages gris s'élevaient dans les airs çà et là. La chaussée brillait par endroits et les voitures laissaient derrière elles plus de fumée blanche que d'ordinaire. Quelques piétons vigoureux marchaient à tâtons, les bras ouverts pour maintenir l'équilibre. On aurait dit de jeunes poulains apprenant à marcher. Les lampadaires et autres poteaux susceptibles d'éviter les dérapages étaient les bienvenus.

Assise au fond de la classe, Gwen regardait la buée se former sur les vitres. Il lui tardait d'être en vacances.

Derrière la fenêtre, dans la petite cour prise entre les bâtiments, la pelouse était légèrement blanche et l'unique arbre avait perdu de son volume avec le poids du froid sur ses feuilles. Pas un insecte ne butinait, pas un oiseau ne volait. Le soleil peinait à réchauffer le sol et l'atmosphère semblait figée dans le temps.

Gwen se remémorait son dernier anniversaire passé en compagnie de ses parents. Ils étaient allés se promener sous un ciel semblable à celui-ci. Gwen, chaussée de ses bottes, s'était plu à écraser les rares touffes d'herbe gelées pour écouter le doux craquèlement de l'hiver. Après son passage, les brins de verdure épars s'étaient redressés comme en témoignage d'une vitalité sans faille.

Il régnait dans la salle un calme plat, encore plus glacial qu'à l'extérieur. Chacun était perdu dans ses pensées, leurs projets de vacances, sans doute. On entendait seulement le professeur donner son cours, même les Thomas ne participaient pas.

— Voilà, le chapitre est bouclé, dit Matthew en rebouchant son marqueur à tableau. J'ai oublié de vous parler mercredi de la prochaine sortie, celle de la rentrée. Elle aura lieu dès le lundi. Et je dois vous prévenir, cette excursion a deux particularités. La première est qu'elle se déroulera la nuit, ou plutôt, tard en soirée.

Les étudiants donnèrent l'impression de sortir de leur torpeur.

— La seconde, reprit-il, est que nous serons accompagnés par deux guides forestiers, étant donné que nous irons dans un coin que je connais moins bien. Avant que vous ne m'inondiez de questions, je vous précise que vous allez recevoir un e-mail ce week-end avec tous les détails, notamment le matériel à emmener. Maintenant, je vous propose de faire une petite pause, histoire d'aérer les neurones. Je vous vois dormir, là, c'en est presque vexant…

Le professeur mit de l'ordre dans ses affaires, éteignit le vidéoprojecteur, prit une pièce dans son porte-monnaie et sortit.

— Je vais prendre un café à la machine, tu veux quelque chose ? proposa Romane.

— Rien, merci…, répondit Gwen, étendue sur sa table, les bras croisés sous son menton.

Gwen se retrouva seule dans la pièce. Elle laissa échapper un soupir plaintif et enfouit son visage dans le creux de ses bras. Elle avait hâte de rentrer à l'appartement, de rassembler ses dernières affaires et de partir retrouver sa famille. Trois heures de route les séparaient. Elle avait avancé son voyage initialement prévu le samedi matin au vendredi soir, pour fuir au plus vite cette situation gênante qui la préoccupait.

Gwen ressassait cet échange chaotique qu'elle avait eu avec son professeur, mercredi, en forêt. Le chagrin qu'éprouvait l'étudiante ne s'était pas amoindri. Elle était abattue mais gardait ses effusions de larmes pour le trajet du soir. Romane avait été témoin la nuit précédente de ce trop-plein d'émotions et lui avait fait remarquer que ce n'était pas normal de réagir de la sorte juste pour un différend avec un professeur.

— Tu ne crois pas qu'il y aurait d'autres raisons pour que ça te touche autant ? avait demandé Romane en appuyant sa question d'un regard plein de sous-entendus.

— Si, je crois que tu as raison… Je suis si fatiguée, tellement à fleur de peau qu'un rien m'irrite…

— Ne fais pas celle qui ne comprend pas, Gwen.

— Tu veux que je dise quoi, Romane ? avait-elle répliqué en retenant de nouveau ses larmes. Que « j'en pince pour Leprince », comme tu aimes si bien le dire ? Bah oui, tu as raison…, avait-elle lâché avant de se répandre en sanglots.

— Mais ce n'est pas grave, tu sais, l'avait rassurée Romane en caressant son dos. C'est un homme, t'es une femme, ça arrive souvent entre deux individus.

— Mais c'est mon prof !

— Ouais, enfin, t'es étudiante, pas collégienne. On aurait eu cette conversation il y a dix ans, je t'aurais répondu autre chose, mais là, vous êtes tous les deux majeurs.

— Oui, mais il a je-sais-pas-combien d'années de plus que moi…

— T'as vingt-et-un ans. À tout péter, il doit en avoir vingt-sept ou vingt-huit. Ma sœur et William ont huit ans d'écart, tu sais.

Gwen était restée muette devant l'argumentation de son amie et avait ouvert la bouche. Un silence avait précédé une question qui resta sans réponse.

— Mais… comment je vais faire ?

— C'est bon, tout le monde est là ? On peut reprendre. Chapitre quatre…, commença le professeur.

La voix de Matthew fit sortir Gwen de sa rêverie. Elle se redressa, créa un nouveau fichier de traitement de texte et prit note du cours.

Le cours se finit sans un bruit, excepté l'intervention de Juan qui demanda à se faire réexpliquer un point de vocabulaire. Puis tous se saluèrent, prirent la route et rejoignirent leur famille pour deux semaines de vacances, les seules de cette durée auxquelles auraient droit les étudiants pendant le semestre.

Gwen arriva chez ses parents peu après le coucher du soleil. Elle mit son linge sale à laver, se fit un sandwich avec les restes qu'elle emporta et ne tarda pas à se mettre au lit.

— Ça va, ma chérie ? Tu veux que je te fasse une infusion ?

— Non, merci, maman, ça ira. Je vais dormir, la route a été longue, on parlera demain. Bonne nuit.

Gwen passa les premiers jours de ses vacances en pyjama à errer entre sa chambre et le salon.

— Demain, on va déjeuner chez mamie, fit la mère de Gwen en se présentant dans l'embrasure de la porte. Elle va faire une tarte avec les pommes du jardin... Dis, tu m'écoutes, Gwennaëlle ? s'inquiéta sa mère.

— Oui, oui, je t'écoute, mamie, déjeuner, pommes.

— Tu m'as l'air à l'ouest, ça ne va pas ? C'est à cause d'un garçon ?

— Mais non, maman...

— Tu veux que je lui casse une jambe ? intervint son père en entrant dans la pièce.

Autant sa mère était un petit brin de femme un peu replète, qu'on aurait pris volontiers de dos pour une enfant, autant son père, descendant direct d'une longue lignée d'armoires massives, peinait à passer les portes. C'était le genre de personnes que l'on imaginait bébé et dont on plaignait la mère à l'accouchement. Cependant, il n'existait pas de parents plus affectueux que ceux que chérissait Gwen.

Tous les deux, désarmés, et avec leur maladresse, remarquaient bien que leur fille unique était renfermée, qu'elle était là, sans vraiment l'être.

— Je vais faire des courses, tu m'accompagnes ? s'enquit sa mère en ajustant le couvre-lit. Il me faut de la lessive. Je n'en ai plus.

Devant l'absence de réaction de sa fille, elle persista :

— File à la douche, on décolle dans une demi-heure.

Gwen fit des efforts chaque jour pour interagir avec ses proches. Elle rendit plusieurs fois visite à ses grands-parents, ceux du côté de son père comme ceux du côté de sa mère. Elle se rendit même au collège dont lui avait parlé sa mère pour s'informer du poste vacant. On lui demanda de faire parvenir sa candidature au plus tard avant l'été.

Sa tristesse s'envolait peu à peu. Les allées et venues dans sa famille lui faisaient oublier progressivement ses tracas qu'elle commençait volontiers à relayer au second plan. Le recul lui avait aussi permis de relativiser sur la gravité de l'incident des bois.

Pour autant, elle n'était pas pressée de rentrer à Château-sur-foin pour se confronter à l'objet de ses tourments, si ce n'était pour retrouver sa fidèle amie Romane, dont le discours optimiste commençait à lui manquer.

— Tu me vois, là ? fit Gwen devant son ordinateur.

— Non, il doit y avoir une étrange poussière devant mon objectif. Ah, mais… c'est ta tête !

— Ha. Ha, fit Gwen en tirant la langue à la webcam. Comment tu vas ? Tu racontes quoi de beau ?

— Je m'ennuie, c'est affreux, reviens, lâcha Romane en serrant grossièrement autour de son visage le cordon de la capuche de son sweat aux couleurs universitaires. Il n'y a personne en ville, c'est mort et j'ai froid.

— Mais dis-moi, c'est ta sœur ou toi qui es enceinte ? dit Gwen en riant.

— Ah ne m'en parle pas ! Elle se trouve trop grosse. Elle a dit qu'elle était « le croisement entre une baleine et un poids lourd » ou je sais plus trop quoi…

— Toujours plus, objecta Gwen.

— Du coup j'ai ri et elle s'est mise à pleurer. Et William qui ne supporte pas de la voir pleurer a voulu la réconforter en lui prenant un pot de glace. Et tu sais ce qu'elle a fait ?

— Nan, dis-moi.

— Elle a tout mangé en pleurant qu'elle allait grossir. Et le pire... C'est qu'elle n'est pas grosse du tout. Elle continue de faire du sport et tout.

— Je crois qu'il ne faut pas trop chercher à comprendre alors...

— Les hormones, qu'ils disent, oui. Après, sinon, c'est un véritable rayon de soleil. Tiens, la voilà. Suzie chérie, fais coucou à Gwen !

— Bonjour Suzanne, alors ce bedon, ça pousse ?

— Bonjour Gwen, oui, regarde !

Suzanne se plaça de profil devant la caméra et cambra le dos pour faire ressortir davantage son ventre.

— William continue de prendre une photo chaque jour, le diapo est déjà surprenant !

— Tu es rayonnante. La grossesse te va à ravir, fit Gwen sous le regard approbateur de Romane.

— Merci ! répondit l'intéressée, enjouée. Je vous embrasse, les filles, j'ai une réunion dans un quart d'heure, lança Suzanne en attrapant son sac à main. Surveille Ben, William rentre dans deux heures.

— Waouh, elle est toujours comme ça ? s'interrogea Gwen en voyant Suzanne filer à toute vitesse.

— Oui. Toujours partie à droite, à gauche. Je crois qu'elle culpabilise aussi pour son chef. Il lui a proposé une promotion peu avant qu'elle tombe enceinte. Du coup, elle a peur qu'il lui en veuille d'abuser de son congé maternité.

— Ah, elle est en congé mat' ? s'étonna Gwen.
— Non, même pas. C'est dans deux mois. Mais elle anticipe. Surtout que son chef n'est pas méchant du tout. Elle ne craint rien.

Gwen écoutait attentivement son rapport. Savoir Suzanne aussi active lui donnait déjà envie de dormir. Elle se retenait de bâiller tout en hochant la tête à la caméra.

— Quand il est là, mon beau-frère lui court après pour faire une sieste. Et au final, il n'y a que Ben qui obéit.
— Sacré Ben, releva Gwen.

Pendant ce temps-là, à Château-sur-foin, Matthew ruminait lui aussi ses derniers cours avec amertume. Lui qui aspirait à devenir un enseignant bienveillant se voyait muer en un professeur désobligeant.

À la rédaction de son e-mail d'informations, Matthew avait longtemps réfléchi à en écrire un personnalisé à Gwen pour s'excuser de ses propos blessants. De la même manière qu'une corbeille à papier pouvait se remplir de brouillons froissés, la touche effacer de son clavier s'activait frénétiquement. Il se résigna finalement à un envoi groupé, sans une once d'humour ou de connivence, ce avec quoi il aimait tant composer autrefois.

Son téléphone émit un bruit, quelque part, sous une pile de livres empruntés à la bibliothèque. Matthew poussa *Tout savoir sur les hêtres* et vit l'objet de sa recherche afficher un message « Prendre pain et fleurs, déjeuner famille midi ». Il s'était fixé une alarme pour ne pas oublier son seul rendez-vous des vacances : un déjeuner avec sa grand-mère et son frère.

En d'autres circonstances, il aurait adoré voir du monde. Mais aujourd'hui, comme depuis une semaine, il n'avait envie de voir personne. Cependant, sortir était moins pire que devoir annuler et se justifier.

— Bonjour grand-mère, salut frangin, fit Matthew en embrassant tour à tour Léonie et Charlie.

— Oh tu m'as pris des fleurs, qu'elles sont belles ! Merci, mon garçon.

— Des *Narcissus jonquilla*, fraîchement cueillies ce matin dans mon jardin. Et voilà du pain.

— Du *panus aux céréalus* ! fit Charlie en le débarrassant, amusé par l'habitude qu'avait son frère de toujours donner le nom latin des plantes.

— C'est presque ça ! répondit Matthew, amusé. Alors, que nous as-tu préparé de bon, grand-mère ?

Léonie avait fermé le salon le temps du déjeuner et dressé deux tables accolées sous une nappe à carreaux rouges et blancs.

— Charlie a tenu la boutique ce matin, le temps que je fasse le fameux gratin de pâtes que tu aimes.

— Celui avec le gruyère supplément cheddar et avec un peu de parmesan dans le milieu ? s'enquit Matthew.

— Lui-même, mais avant que tu ne te mettes à saliver, prends donc des asperges. Elles viennent du jardin.

Charlie prit un morceau de pain et le mit dans le plat. Il se gonfla de vinaigrette et alla se fourrer aussitôt dans la bouche de Charlie qui déglutit de plaisir.

— Ne te gave pas trop de pain, tu n'auras plus faim après. Bon, qu'est-ce que tu nous racontes de beau ? s'informa Léonie auprès de Matthew.

— Je suis en congé encore une semaine et la reprise va être tranquille, mes terminales partent en voyage.

— Tu fais toujours des sorties avec les étudiants ? Ça se passe bien ?

— Oui, oui, la routine, on va en forêt, on étudie les arbres, ce genre de choses.

— Et t'as une copine ? intervint Charlie.

— Roh, un peu de tenue, Charlie, voyons. Réponds à sa question, veux-tu ? fit Léonie à l'attention de Matthew.

— Non, non, je n'ai personne, répondit-il, le regard fuyant.

— Mais tu nous caches quelque chose, n'est-ce pas ? soupçonna Léonie.

— Il y a bien une fille ? Tu travailles avec elle ? se réjouit Charlie.

— Si je dis « oui », on change de sujet ?

— Non, fit Charlie, railleur.

— Et toi, dis-nous, tu ramènes beaucoup de filles dans ta chambre, chez grand-mère ? relança Matthew sur un sujet qu'il savait épineux.

— T'as gagné. Qui veut du gratin ?

Léonie observait Charlie et Matthew se chamailler avec un regard affectueux. Les deux frères s'aimaient beaucoup. Charlie admirait Matthew pour sa sagesse et sa passion et Matthew enviait Charlie pour sa fougue et sa désinvolture. Cette fois-ci, Léonie trouva Matthew un peu trop sage et pas assez passionné. Elle se demanda si le sujet abordé plus tôt encombrait plus son esprit qu'il le laissait entendre.

— Un délice, comme toujours, fit Matthew en se levant et en débarrassant la table. Laisse, je m'en occupe, grand-mère.

— Bon, d'accord, pendant que tu y es, ramène les assiettes à dessert. Charlie, ajouta-t-elle en chuchotant, va chercher la bougie, je prends le gâteau.

Matthew disposa les petites assiettes et les cuillères, et Léonie revint, Charlie sur les talons, tous deux un sourire béat sur les lèvres. Elle tenait entre les mains un gâteau au chocolat au milieu duquel était plantée une unique bougie flamboyante.

— Joyeux anniversaire, mon grand garçon !
— Bon anniv', frérot, bientôt trente ans !
— Oh, merci beaucoup. Il a l'air très bon.
— C'est moi qui l'ai fait ! fit Charlie.
— Et j'ai naillé les noix, ajouta sa grand-mère en lui donnant un coup de hanche. Fais un vœu !

Matthew prit une mine grave, ferma les yeux, formula dans sa tête quelque chose de très inspiré et souffla sur la flamme. Elle vacilla et s'éteignit.

— Eh bien..., fit Léonie. Elle doit être très importante, cette fille-là.

Chapitre 9 :
La montagne et l'équilibre

Juillet

Le mois de juin avait donné de très bonnes récoltes, non pas en matière de céréales ni de légumes, mais bien en chiffons et autres étoffes.

— Presque deux cents kilos de vêtements, mes mignons ! fit Rose.

— Ah oui, je vois ça. Ce n'est pas mal, je dois dire, lâcha Marie en regardant le monticule au milieu de la pièce.

Le maire n'avait pas tardé à honorer sa part du contrat en dénichant un local plus grand pour le club du troisième âge. Il s'agissait d'une ancienne salle de représentations avec du mobilier laissé à disposition. Les dames s'étaient empressées d'y apporter une touche florale pour égayer la pièce avant de reprendre leur activité, confortablement installées.

Les citoyens s'étaient montrés très généreux quant à la donation de tissus. Anticipant la rentrée scolaire et la nécessité d'acheter de nouveaux habits, les parents n'avaient pas lésiné sur le ménage de printemps. On retrouvait donc entre autres, dans l'amoncellement de vêtements, des T-shirts trop petits et des pantalons usés. Des familles s'étaient aussi séparées des tenues de leurs aïeux, parfois avec un pincement au cœur mais dans l'espoir de les voir portées sur des figurants quelques mois plus tard.

Marie avait rejoint la présidente du club en début d'après-midi, une belle journée de juillet. Elle, son mari et quelques enfants de tous âges du centre aéré allaient servir de mannequins pour que les dames de l'atelier créent des costumes de tailles différentes.

À partir de ces étoffes seraient confectionnés les uniformes des figurants. Marie pensait que les élèves de sa classe pourraient en porter, ainsi que les serveurs du banquet et bien entendu, les comédiens pour les représentations théâtrales.

— Parfait, vous êtes cinq et nous aussi, fit Rose. On en prend un chacune, ajouta-t-elle à l'attention de ses consœurs.

— Je prends le jeune homme ! cria Violette.

Gatien, gêné, sourit et lança un regard de désespoir à son épouse en s'éloignant. Il vint se poster devant la dame et tendit les bras comme elle le demandait. Un crayon entre les dents et le ruban dans les mains, elle releva ses mensurations et les reporta sur son petit cahier. Rose fit de même avec Marie, tandis qu'Églantine, Pétunia et Hortense prirent en charge respectivement la fillette, le jeune garçon et l'adolescent.

— De toute façon, on ne va rien coudre aujourd'hui, fit Rose à l'assemblée. On prend juste vos mesures. Avant de faire quoi que ce soit, il nous faut faire le tri dans les vêtements. Tout n'est pas bon à prendre. Je pense notamment aux matières en jean…

— Il ne vous manque pas d'ailleurs une paire de mains ? s'enquit Marie.

— Si, Iris doit être en train de butiner quelque part, répondit Rose, amusée.

— Bien le bonjour, mesdames ! fit une voix chaleureuse.

— Bonjour William, que nous vaut ce plaisir ? entonna Rose.

— Je viens aux nouvelles, voir comment vous allez et, surtout, si vous êtes à votre aise, expliqua le maire.

— Nous sommes gâtées aujourd'hui, dit tout bas Violette à Hortense, en jouant du coude.

Gatien tenta d'éviter son regard lascif et implora mentalement l'Univers pour que sa tenancière se hâte de finir le travail.

— ... je vois que les habitants se sont montrés généreux, c'est très encourageant pour la suite des festivités. Marie, je suis content de vous trouver là. J'ai bien reçu la requête de la com' et puisque votre époux — tenez, bonjour Gatien ! — a mis la main sur une facture de pots de peinture, et que tout n'a pas été utilisé, je me suis dit que vos deux solutions pouvaient se combiner.

— Oui, Marie, j'ai oublié de te dire, accourut Gatien en se libérant de Violette, j'ai de la peinture ! Il y a deux ans, la crèche a été rafraîchie et ils avaient vu trop grand pour la peinture. T'en as besoin ?

— C'est formidable, ça, Gadou... Gatien, je veux dire, rajouta Marie en tentant de garder une conduite professionnelle. De mon côté, je pensais ériger de grands panneaux tout autour de la place pour recréer les décors d'antan, commença Marie.

Ses longues séances de dépoussiérage aux archives départementales avaient mis en lumière quelques représentations de la ville et de ses commerces. L'institutrice avait donc proposé de redonner un coup de « vieux » à la place centrale de Château-sur-foin en récréant les enseignes d'autrefois.

— ... le barbier, aussi. Je me suis dit que ce serait sympa de le mettre à l'honneur même s'il se trouve plus loin. Je n'ai pas trouvé d'illustrations mais des textes en parlent.

Elle avait conclu qu'un peu de peinture, des panneaux en bois et quelques mains talentueuses feraient l'affaire. Les enseignes factices seraient positionnées par-dessus les actuelles, le temps de la commémoration.

— Et donc cette montagne de tissus m'amène à croire que ce ne serait pas une mauvaise idée de solliciter une nouvelle fois les habitants, poursuivit le maire. Ou plutôt, les commerçants. Je pense que les détaillants ne verraient pas d'inconvénient à nous remettre leurs palettes, au lieu de les envoyer à la benne. Qu'en dites-vous ?

— On fait une deuxième annonce ? fit Marie, sur un air entendu.

— Je m'en occupe, je dois repasser à la mairie de toute façon. Par contre, qui va s'occuper de les peindre ?

— Monsieur, excusez-moi... Je pense qu'au centre aéré, ça pourrait nous plaire de le faire…, fit l'adolescent en s'approchant du groupe d'adultes.

— Ça me semble envisageable. Marie, je vous confie ça, mailez-moi quand c'est fait. Gatien, voyez avec le budget, comme toujours, fit le maire en serrant quelques mains. Bien joué, mon garçon ! lança William à l'adolescent avant de partir.

Le couple raccompagna les enfants au centre aéré et fit un détour par *Chez Léonie* pour le goûter.

— Je suis bien contente qu'ils acceptent de s'occuper des enseignes, fit Marie en égouttant son sachet de thé.

— C'est pas faux, glissa Gatien entre deux bouchées de scones aux myrtilles.

— Tout se passe comme vous voulez ? intervint Léonie, toujours souriante.

— Hm, c'est parfait, répondit Gatien, en s'essuyant la bouche.

Léonie retourna derrière le comptoir où Charlie était en train de récurer le plan de travail. Une heure plus tôt, il s'affairait encore sur le dressage d'une pièce de sa composition.

— La cliente ne va pas tarder, elle a appelé, annonça Charlie.

— C'est joli ce que t'as fait, je ne te savais pas si créatif, dit Léonie en détaillant la structure de l'édifice en chouquettes et nougatine.

— C'est grâce au sucre en grains, ça fait tout le charme, répondit Charlie, modeste.

— Je voulais savoir, tu as réfléchi à ce que je t'ai demandé ? tenta Léonie.

— Pour la succession ? Eh bien, j'ai trouvé un accord avec Matthew.

Léonie haussa les sourcils, impatiente.

— Je prends les trois quarts de l'entreprise. En plus de ma moitié, je récupère un quart, car c'est moi qui fais tourner la boutique et pas lui. Il ne compte pas travailler un jour ici..., digressa Charlie. Par la suite, soit je lui rachète sa dernière part si — ou quand — il voudra la vendre, soit il reste mon associé. Tu me suis ?

— Oui, oui, et quel serait son rôle dans l'avenir du salon ? s'enquit Léonie.

— Il a le droit de donner son avis, de faire des suggestions d'amélioration, ce genre de choses... et je dois lui verser un pourcentage des bénéfices, aussi. T'en penses quoi, mamie ?

— J'ai l'impression que vous y avez bien réfléchi, et ça me paraît équitable. De toute façon, on verra ça tous les trois avec le notaire le mois prochain, j'ai pris rendez-vous début août.

— Oh… ça devient réel alors, fit Charlie.

— Mais ne sois pas triste, ça sera la première succession en présence du défunt encore vivant, c'est quand même plus joyeux, fit Léonie en caressant le dos de son petit-fils. Et puis, je compte encore mettre mon nez dans le salon et voir si tu ne laisses pas trop cuire les tartes, hein.

— J'y compte bien, mamie, je ne serais pas là sans toi…

— Ah bah ça, c'est avec ton grand-père, on a eu ta mère et…, ironisa-t-elle au premier degré. Je vois ce que tu veux dire, rajouta Léonie en lui souriant.

— Les scones sont à ce point à tomber ? fit Edgard en s'installant au comptoir. J'ai vu Gatien rouler des yeux en avalant son énième, et maintenant vous deux qui débordez de tendresse.

— C'est presque ça, mon bon ami ! lui répondit Léonie en faisant un clin d'œil à Charlie. Je vous sers une tasse de café ? Je viens d'en refaire.

Léonie se jucha sur la chaise haute et soupira de douleur.

La veille, Léonie s'était rendue chez Edgard pour l'aider à cueillir ses tomates. Se rendant compte de l'invasion de quelques limaces, ils en avaient profité pour protéger le potager en déversant de la cendre et du marc de café autour des plants. Ces quelques contorsions avaient suffi à provoquer quelques courbatures dans le dos de Léonie.

— Je n'ai plus vingt ans. Je ne dois plus faire d'acrobaties comme celles-là, dit-elle en se massant les lombaires.

— Mais vous avouerez que la ratatouille était bonne…

— Un délice, même. J'insiste tout de même pour nous trouver des occupations moins périlleuses.

— Seriez-vous tentée par un ballet ? proposa Edgard.

— Je crois que j'ai ce qu'il me faut. En plus, Charlie a fait l'inventaire la semaine dernière et on a besoin de rien. Éventuellement un produit à vitre…, se confia Léonie.

— Je pensais plutôt au ballet que l'on voit à l'opéra, vous voyez ?

Léonie sentit ses joues rougir de la confusion qu'elle venait de faire. Elle acquiesça volontiers la suggestion en mettant en évidence le caractère calme et tranquille propre à ce genre artistique. En repensant au quiproquo, elle rit une dernière fois et but sa tasse de café en gardant les yeux baissés sur son breuvage.

Léonie avait fait le point sur ces derniers mois. Beaucoup de bouleversements les avaient ponctués. Des positifs, comme l'évolution du salon et son imminent changement de propriétaire, ou bien encore la compagnie d'Edgard qui se montrait très avenant. Mais comme chaque médaille avait son revers, ces améliorations comptaient aussi leur lot de désagréments. Léonie se trouvait plus fatiguée qu'à l'accoutumée, et cela se répercutait sur sa santé physique et son moral.

Elle en avait touché deux mots à son médecin traitant lors de son examen de routine quatre fois l'an.

— Votre cœur me semble bon. Votre tension est légèrement plus faible que la normale mais rien d'inquiétant compte tenu de votre âge, avait dit la doctoresse en ôtant le brassard du bras de Léonie. Peut-être devriez-vous vous ménager un peu. C'en est où, la gestion de votre café ?

— Mes petits-fils sont en pleines négociations pour savoir comment ils vont le reprendre, justement. Je devrais savoir ce qu'il en est incessamment sous peu.

— Rien que ça, ça vous donne matière à vous inquiéter. Réglez vite ce détail et vous verrez une amélioration.

Léonie avait reboutonné son gilet en silence.

— Après, je ne saurais quoi vous conseiller, avait repris la doctoresse. Votre alimentation est déjà équilibrée. Je vais vous prescrire une prise de sang de routine. Vous faites de l'exercice, un peu ?

— Une fois par semaine au moins, je sors… en bonne compagnie, avait ajouté Léonie sous le regard attentif du médecin. Et puis, je continue de servir les clients, comme d'habitude, bien sûr.

— Pensez à lever le pied quand même avec les clients. Je vais vous prescrire des ampoules de vitamines, cela vous fera toujours un peu de bien. Et puis, si je vois quelque chose d'anormal dans vos résultats sanguins, je vous revois. En attendant, retournez gambader !

Le surlendemain, Léonie parcourait ses résultats. Ils étaient revenus normaux pour l'ensemble des examens faits. Elle avait eu aussitôt son docteur au téléphone pour confirmer la bonne nouvelle.

— Il n'y avait pas de raison de s'inquiéter. Reposez-vous, prenez les vitamines et ne vous angoissez pas sur votre avenir. On se revoit cet automne.

La possibilité que Léonie soit malade ou ne serait-ce que fragilisée par leurs sorties avait atteint Edgard. Il ne voulait en aucun cas lui causer du tort. Il prit soin alors d'organiser des activités apaisantes ou excitantes seulement d'un point de vue intellectuel.

Peu de monde le savait, mais Edgard avait eu une femme il y a de cela une vie entière. Ils s'aimaient d'un amour fort qui défiait l'entendement. Ils projetaient d'avoir une famille, un domaine à construire ensemble, une vie à bâtir à deux, à cinq, à dix.

Ils n'eurent pas la possibilité de faire tout cela.

Elle avait une sensibilité cardiaque qui l'avait emportée beaucoup trop tôt, avant d'accomplir quoi que ce soit. C'était un temps où les avancées scientifiques ne permettaient pas un tel diagnostic.

Edgard ne faisait pas étalage de son passé. En réalité, seuls ses deux meilleurs amis étaient au courant de l'existence de sa défunte femme puisqu'ils s'étaient rencontrés tous les trois à une réunion de soutien pour veufs.

Edgard avait convenu qu'il était mieux pour lui-même de croire que ça n'avait été qu'un rêve, un doux rêve, beau, court, agréable et interrompu prématurément par un réveil malveillant et insensible.

L'état de santé de Léonie, bien qu'excellent et en aucun cas préoccupant, avait fait remonter chez Edgard des souvenirs aigres, enfouis jusque-là.

— Si vous le permettez, je préfère rentrer. La chaleur a eu raison de moi, je vais me retirer au frais, prétexta Edgard en partant précipitamment.

— Hydratez-vous bien, eut-elle à peine le temps de dire à son attention avant qu'il disparaisse derrière les battantes. À nous deux, Duchesse, tu veux de la crème fouettée ? Attends-moi, je passe voir nos convives.

— Marie, Gatien, vous reprendrez bien un peu de thé ?

— Non, merci, ça sera tout, Léonie, on va rentrer. Je crois que ce soir ça va être léger, nous sommes repus, répondit Gatien, la main sur l'estomac.

— Parle pour toi mon chéri, lança Marie en essuyant du pouce les lèvres de son homme.

Ils se levèrent en même temps, sans se quitter des yeux, comme si une unique pensée les liait. Ils réglèrent l'addition et rentrèrent à la maison, leur cocon dans le cœur historique de la ville, échafaudé sur trois étages.

— Bon et bien, plus besoin de réveil…, laissa tomber Marie, le soir venu, en consultant son téléphone.

— Ça va aller ? Tu sais, qui dit dernier jour d'école dit aussi premier jour des vacances, énonça Gatien en allant à la salle de bain.

— Ouais. Chaque année, en juillet, c'est pareil, répondit-elle assez fort pour qu'il l'entende. D'ici quelques jours ça ira mieux, tu me connais. Et puis, il n'y a pas que ça…

Gatien réapparut dans l'embrasure de la porte de la chambre, ôta sa brosse à dents de la bouche et dit :

— Qu'est-ce qu'il y a ?

Marie ne réussit pas à lever les yeux du lit sur lequel elle était assise. Elle ne répondit pas. Sa bouche se déforma, comme pour indiquer une imminente crise de larmes. Sa gorge se serrait sur des aveux qu'elle n'osait faire.

— Mais tu peux tout me dire, tu sais. Qu'est-ce qui te chagrine comme ça ? C'est grave à quel point ?

Marie ne répondit pas.

— Tu commences à me faire peur. Tu as fait une bêtise ? Ou, pire, j'ai fait une bêtise ?

— Je veux arrêter le traitement, lâcha Marie qui serra contre elle son oreiller.

Gatien se rinça la bouche et revint avec un tube de crème. Il attrapa les jambes de Marie, sans un mot, les déplia, prit un pied, y déposa une noisette de la solution et commença à le masser.

— D'accord, fit-il.
— D'accord ? répéta Marie.
— Bah oui, d'accord. Si tu ne veux pas continuer, je suis d'accord, je ne vais pas te forcer, voyons.
— Mais tu t'en fiches ?
— Est-ce que je m'en fiche ? Je te vois tous les jours lutter pour retenir tes larmes. Tu te caches pour pleurer. Tu te languis des enfants des autres. Tu pestes après le réveil le matin mais tu adores retrouver tes élèves. Tu te retournes dans la rue pour regarder une femme enceinte et tu t'inquiètes quand tu croises une poussette vide. Sans parler des doudous égarés qui te fendent le cœur. Les piqûres quotidiennes te deviennent insupportables. Tu ne constates aucun résultat si ce n'est une émotivité accrue, des migraines et une fatigue constante. Et tu me dis que tu veux redevenir la femme que j'ai épousée ? La Marie rieuse, heureuse et épanouie qui m'a dit oui il y a cinq ans ? Alors je dis d'accord. Je me fiche de devoir renoncer à un enfant biologique pour te garder toi. Car avoir un enfant si tu n'es plus là, ça n'a pas plus de sens. Je te soutiens, Marie, tu le sais. Qu'aurais-tu voulu que je te dise ? Je ne vais pas m'énerver, ce n'est pas de ta faute. Oui, je suis triste, bien évidemment, je suis triste. Je pleure l'enfant que nous n'avons pas quand tu ne me regardes pas. Je dresse des bilans de finances pour oublier que nous n'avons pas de budget couches à exploser. Mais qu'est-ce que nous pouvons y faire…

Gatien avait déballé tout ce qu'il avait sur le cœur. Marie s'étonnait toujours de la capacité insoupçonnée de son mari à produire de si beaux discours en des circonstances si dramatiques. Un silence de plomb alourdit la pièce. Gatien avait lâché les pieds de Marie, le tube de crème ouvert sur le lit.

— « Un enfant biologique », fit Marie, en brisant le silence.

— Oui...

— Tu as dit qu'on renonçait à un enfant biologique...

— Oui...

— On ne renonce pas à un enfant tout court ?

Gatien reprit le tube de crème, referma le bouchon et le garda dans les mains. Il soupira.

— L'orphelinat. L'orphelinat a besoin de parents le temps d'être reconstruit, et même après...

— L'orphelinat des affiches du tricentenaire ? demanda Marie.

Gatien hocha la tête.

— Tu veux adopter un enfant ? s'enquit Marie.

— Ou plusieurs. Je sais que des frères ont été séparés, expliqua Gatien.

— Tu sais ça comment ? Depuis quand ?

— Il y a un mois environ, au rendez-vous avec l'imprimeur. Le type du service communication m'en avait parlé.

— Pourquoi tu me l'as caché ?

— Je ne te l'ai pas caché, protesta Gatien. On venait juste de se donner une dernière chance, tu voulais réessayer. On se donnait jusqu'à l'automne... Je n'allais pas te mettre sous le nez une alternative que tu n'étais pas prête à entendre, se justifia Gatien.

— Tu as fait quelque chose ? Tu les as appelés ?
— Non, Marie. Mon collègue m'a donné leur numéro, oui, mais c'est resté là, je n'ai rien fait de plus.

Marie se renferma dans un mutisme dont elle seule avait la clef pour en sortir apaisée. Gatien sentit que sa vie prenait cette nuit-là un tournant. Il comprit qu'il pouvait tout perdre pour quelqu'un qui n'existait même pas.

Le premier jour des vacances, qu'il disait..., pensa Gatien avant d'éteindre la lumière.

Chapitre 10 :
La spatule et la pomme de pin

Avril

Le soleil baignait la ville de ses derniers rayons. Le ciel commençait à rougir au loin. Le flux de voitures s'amenuisait. Château-sur-foin tombait peu à peu dans un calme feutré. Sur le parking, l'enseigne de la quincaillerie brisait la douceur du moment par ses néons blancs.

Comme prévu, en ce jour de rentrée à la mi-avril, Matthew emmenait sa classe en excursion de nuit.

— Quelqu'un a des nouvelles des filles ? Nous n'attendons plus qu'elles, fit Matthew.

— Je les ai appelées, ça ne répond pas, répondit Juan.

— Nous ne sommes pas en retard mais j'aurais aimé faire le plus gros de la marche avant que la nuit ne tombe.

— Il va faire nuit très noir, monsieur ? se risqua Maxime, mal à l'aise.

Matthew fit une grimace explicite qui n'allait pas plaire à Maxime.

— J'en ai bien peur.

Le professeur et ses étudiants s'étaient donné rendez-vous sur le parking de la quincaillerie du vieil Harold, au sud de la ville. C'était le dernier point d'ancrage avant d'investir les bois.

— Tant pis pour elles, elles rattraperont. Je vais commencer par vous présenter les guides et vous redonner les instructions. Donc voici Simon et Daniel, ils sont gardes forestiers, et frères.

Les deux hommes hochèrent la tête en guise de salut.

— Ils vont nous guider jusqu'au sommet de l'Ours noir. C'est le mont que vous voyez là, fit-il en le pointant du doigt. Ce n'est pas le plus haut mais il est facile d'accès et éloigné de la ville. On aura moins de pollution lumineuse là-haut. Je vous rappelle que l'objectif de ce soir est de vous initier en astronomie et donc de pouvoir voir les étoiles. Quant aux consignes de sécurité, j'espère que vous avez relu mon mail, poursuivit Matthew.

— Monsieur, elles arrivent ! le coupa Thomas.

Une petite voiture verte arriva en trombe et se gara à la hâte près du groupe. Seule Gwen en sortit, comme essoufflée. Elle semblait à la fois triste et choquée, ce qui n'échappa pas à Matthew.

— Bonsoir, excusez-moi du retard. Monsieur, Romane ne viendra pas. Sa sœur, qui est enceinte, est à l'hôpital. Elle a eu un souci. Romane est restée avec elle. Elle me tient au courant.

— Oh, d'accord, j'espère que ce n'est rien de grave, dit le professeur qui se sentit soudainement coupable de les avoir méprisées.

Gwen acquiesça et fit mine de s'intéresser à ce qui était en train de se passer avant son arrivée.

— Vous n'avez rien manqué, Gwen, reprit Matthew. Enfin, j'étais en train de présenter les guides.

Gwen serra les bretelles de son sac à dos et tenta de se fondre dans le groupe tandis que Matthew rappelait les consignes de sécurité.

— Tout le monde est prêt ? On est partis, lança Matthew.

Un peu plus d'une heure les séparait de leur destination. Les guides et le professeur ouvrirent la marche et discutèrent entre eux tout du long. Le petit groupe les suivait de près. Au bout d'une demi-heure, les lampes-torches firent leur apparition.

Gwen consultait son téléphone régulièrement. Les barres annonçant la qualité du réseau disparaissaient une à une. Le dernier message de Romane disait que tout allait bien, ce qui incita Gwen à se détendre et à profiter de la sortie comme le lui demandait son amie.

— J'ai reçu un message de Romane. Il s'est passé quoi avec sa sœur ? s'enquit Juan.

— Elle a fait un malaise en préparant le dîner. Elle est revenue tout de suite à elle mais on a appelé les secours. Les pompiers l'ont emmenée à l'hôpital. William est monté avec elle, j'ai aidé Romane à rassembler des affaires et je les ai emmenés, elle et Ben, les rejoindre à l'hôpital. Et je suis arrivée directement ici après. Là, elle me dit que tout va bien, qu'elle a juste fait une baisse de tension et qu'on la garde en observation quelques jours, lut Gwen sur son téléphone.

— C'est parce qu'elle travaille trop ? demanda Juan.

— C'est possible. Elle n'arrête pas de courir partout, entre les préparatifs de la naissance et son boulot, elle ne se repose pas.

Juan fit une moue anxieuse, remercia Gwen pour les informations et retourna avec les garçons. Gwen fermait la marche.

— Tout se passe bien derrière ? s'informa Matthew en faisant face au groupe. La montée n'est pas trop dure ? C'est bientôt fini, on a fait plus de la moitié du voyage.

Le groupe émit un gémissement. Matthew ne sut pas dire s'il était plaintif ou de satisfaction et reprit sa conversation avec les guides.

Les deux frères étaient immanquablement sortis du même moule, à quelques centimètres près. Daniel était l'aîné de plusieurs années, ce qui faisait donc de lui le plus vieux, mais pas pour autant le plus grand. Ce que Simon avait gagné en hauteur, Daniel l'avait récupéré en largeur. Leur différence de taille tendait à s'effacer derrière leur grosse barbe fournie, leur épais bonnet doublé de polaire et leur doudoune sans manches sous laquelle une chemise à carreaux en flanelle recouvrait leurs larges bras. Les deux hommes répondaient en tous points au stéréotype du bûcheron peu sociable, qui passe son temps libre à sculpter des petites cuillères dans du buis et à distiller sa propre eau de vie.

Tous comme les ours, ils avaient la mauvaise réputation d'être mal léchés alors que leur apparence robuste cachait en réalité une personnalité plutôt douce.

Ils encadraient Matthew dans la montée, et le faisaient totalement disparaître du champ de vision des étudiants de telle sorte que l'on entendait bien trois voix discuter, mais apercevait seulement deux silhouettes distinctes dodeliner.

— Vous vivez depuis longtemps dans la forêt ? se renseigna Matthew.

— Depuis toujours, répondit Simon.

— On vit seuls depuis que nos parents sont partis, ajouta son frère.

Matthew, gêné par cette dernière réponse, chercha un bref instant de quoi rebondir sur un autre sujet.

— Ça doit être sympa, de vivre dans un chalet ! tenta-t-il.

— Ça a son charme, fit le cadet.

— On est tranquilles, ajouta Daniel.

Pour le plus grand plaisir général, ils arrivèrent enfin dans une clairière, sur le versant de l'Ours noir. Chacun déposa son paquetage, en sortit sa carte des étoiles et se planta le nez au ciel.

— Nous avons de la chance, il n'y a pas un seul nuage. Bon, montrez-moi que vous avez révisé vos notes.

Les élèves projetaient le faisceau de leur lampe-torche sur leur carte pour la consulter, puis plaquaient la lampe contre eux pour limiter la projection de lumière et ne pas nuire à leur bonne appréciation de la voûte céleste.

Matthew lui-même jouait le jeu et cherchait la Petite Ourse dans le ciel. Il s'était découvert cette passion par hasard tandis qu'une nuit, il y a de cela quelques années, il ne dormait pas.

C'était le premier semestre où il s'essayait à faire l'apprenti astronome auprès de sa classe. Cela s'éloignait de son programme scolaire, mais l'entrain qu'avaient formulé ses élèves l'avait motivé plus que jamais à organiser cette excursion.

— Je vois Cassiopée, monsieur ! fit un étudiant, ravi de sa découverte.

— Et moi, j'ai trouvé Persée, fit un autre, plus loin.

— La constellation de la Girafe ! s'exclama un troisième.

Gwen ne faisait pas un bruit. Elle scrutait les étoiles, repérait bien quelques constellations mais n'en faisait pas état. Elle était quelque peu triste. L'aventure de Suzanne la chagrinait, bien évidemment, et Romane lui manquait férocement, mais, même sans ça, elle se sentait abattue.

La situation entre elle et Matthew était telle qu'elle donnait l'impression que rien n'était arrivé. Pas d'embrouille, ni même de rires, aucune complicité. Comme si jamais rien ne s'était passé : deux parfaits étrangers. Elle attendait que le temps fasse son œuvre, que l'année se termine, qu'elle rentre chez elle, et que tout soit oublié. Il ne lui resterait qu'un diplôme, dont elle ne voyait même plus l'utilité. Une place de prof d'arts plastiques dans un collège, voilà ce qui l'attendait et la motivait désormais.

Les deux guides étaient restés en retrait, déjà assis chacun sur une souche, quand les jeunes et leur professeur décidèrent d'en faire de même, voire de s'allonger, pour contempler le firmament. Le professeur convenait que ce plafond étoilé avait quelque chose d'étourdissant et de vertigineux pour les Hommes.

D'un commun accord, plus personne ne parla pendant un moment. Chacun regardait les étoiles, la Lune, les constellations, sans dire un mot, hypnotisé devant une telle beauté. Une légère brise leur caressait le visage comme si mère Nature, elle-même, leur souhaitait la bienvenue dans son sanctuaire.

Prise d'une envie pressante, Gwen se leva sans faire de bruit. Elle prit dans son sac à dos sa lampe torche, un paquet de mouchoirs, son téléphone, son gel antibactérien… et remit le tout dans son sac qu'elle enfila sur son dos. Guidée par la lune, Gwen se retira discrètement dans le bosquet pour faire son affaire. Elle fut soulagée de ne pas avoir à dire pourquoi elle emmenait son barda pour aller au petit coin. Quand elle revint, elle vit ses collègues toujours en pleine admiration. La scène, dont on devait deviner la plupart des détails, suscita chez Gwen un regard empli de tendresse.

La nuit est véritablement un autre monde, pensa-t-elle, avant de retourner en arrière.

Gwen ressentait le besoin de se dégourdir les jambes, de flâner sous le regard curieux de la Voie lactée. Cette fois-ci, elle ne fit pas économie d'une source lumineuse adéquate, ne craignant pas d'être repérée les fesses à l'air. Elle consulta aussi son téléphone et constata que le réseau ne passait toujours pas. Elle fit quelques pas, le bras en l'air, en quête d'une réception, même faible. Sans succès, elle relégua son mobile au fond de son sac, entre sa bouteille d'eau et son carnet de notes. Gwen se retourna et s'assura qu'elle avait toujours le groupe dans son champ de vision, du moins les quelques mouvements des faisceaux de lumière le lui confirmèrent.

Dans l'e-mail qu'avaient reçu les étudiants, Matthew avait précisé qu'un pique-nique nocturne était envisageable après le cours d'astronomie. Il était « vivement encouragé d'emmener un petit quelque chose pour se sustenter, du fait des efforts fournis pour la marche et le maintien de l'éveil ».

Gwen repensait au repas. Elle revoyait Romane sur le canapé, faisant sauter Benjamin sur ses genoux, William finissant de mettre le couvert et de disposer les quelques éléments de décoration, puis elle-même, au côté de son amie, avec l'interdiction d'aider.

William avait expressément demandé à chacun de se détendre, surtout à sa femme. Suzanne, avec la meilleure volonté du monde, ne réussissait pas à tenir en place. Elle était venue dans la cuisine, remuer le plat en sauce cuisiné par son époux. Une main sur l'ustensile, l'autre sur son ventre déjà bien rond, on ne l'entendait guère. Seul le raclement du bois sur le bord de la marmite venait comme un doux refrain retentir aux oreilles alertes, de l'autre côté de la porte entrouverte. Puis, plus rien.

— Tu veux un coup de main, Suzie ? s'était enquise sa sœur.

— Chérie, tout se passe bien ? ... Chérie ? avait répété William.

Un rapide regard échangé avait décidé les deux à se précipiter à la cuisine. William et Romane avaient trouvé Suzanne couchée sur le sol. À la première secousse, elle avait repris connaissance et essayait déjà de se relever. Tandis que William composait le numéro des secours, Gwen tentait de calmer le petit garçon, effrayé de voir sa mère dans pareil état.

Suzanne n'avait pas dit un mot, pour la première fois, elle n'avait pas protesté. Au contraire, elle s'était efforcée de contenir sa peur et ses larmes. Elle comprit toute la réalité des risques liés à sa grossesse. Romane, accroupie, l'avait serrée dans ses bras tandis que William, s'arrachant les cheveux, donnait le plus de détails possible au téléphone sur son épouse et leurs futurs bébés. Les pompiers avaient accouru.

Quelques minutes leur avaient suffi pour débarouler dans le salon avec une civière. Suzanne avait pris rapidement place dessus, William à ses côtés. Romane avait eu pour consigne de préparer des affaires de rechange si Suzanne venait à être hospitalisée et de les rejoindre rapidement. Avant même que le couple n'eut réalisé que Romane n'avait ni voiture ni permis, Gwen s'était proposée de les conduire.

Du peu qu'elle avait pu relever la tête, Suzanne avait bien conscience que sa petite sœur était effrayée.

— N'aie pas peur, regarde comme je suis bien entourée, lui avait-elle lancé en appuyant ses propos d'un clin d'œil.

— J'arrive très vite, je t'aime ! avait répondu Romane, dans l'entrebâillement de la porte, la gorge nouée.

Elle était retournée voir Benjamin, pleurant sur le canapé, pour lui expliquer le déroulement à suivre. Quelques minutes plus tard, ils étaient dans la voiture, ceintures bouclées, le coffre chargé, en route pour l'hôpital.

De ce fait, Gwen n'avait pas dîné. Deux heures avant l'attendu repas, elle et sa fidèle complice avaient néanmoins ingurgité un goûter conséquent au *Double Cœur* tandis qu'elles rattrapaient le temps perdu après deux semaines sans s'être vues.

C'est pourquoi, quand Gwen s'éloigna de ses camarades, dans la clairière, elle ne fut pas inquiétée de voir le groupe si peu enclin à vouloir pique-niquer, elle-même commençant seulement à n'avoir qu'un peu faim. Elle décida donc de faire quelques pas, toujours dans la même direction.

Gwen buta à un moment sur une pomme de pin et, en éclairant autour d'elle, en vit plus d'une, égarées çà et là sous les arbres froids.

— Elles doivent être là depuis l'hiver dernier, se dit Gwen avant d'ajouter, personne n'est venu vous ramasser, hein, les filles. Enfin, devrais-je dire « les garçons », vous êtes des cônes après tout. Des cônes de *Pinaceae*, si j'en crois ce qui me reste de mes cours…

Gwen se baissa, ramassa une pomme de pin, l'examina et la reposa, puis répéta cette opération jusqu'à ce qu'elle mette la main sur une qui lui convenait. Elle avait fait plusieurs mètres ainsi, le dos courbé, le sac à dos descendant vers sa nuque. Celle sélectionnée, « l'élue », était plutôt grosse et avait des écailles bien ouvertes. Gwen s'assit à l'endroit même où elle était, au milieu de plusieurs arbres.

— Voyons voir, tes écailles sont-elles disposées en spirale comme ce que l'on a vu en classe ? se demanda Gwen à voix haute en la faisant tourner dans ses doigts.

Elle rapprocha de sa figure la pomme de pin et pointa sa lampe sur celle-ci. Elle s'efforça de se rappeler la consigne pour compter, puis son esprit, bien plus poétique que technique, se laissa glisser dans une contemplation détaillée de l'objet sans vie.

Inconsciemment, sa main glissa vers son sac posé à côté d'elle, en retira son carnet à dessins et un crayon fraîchement taillé pour l'occasion. Sur une page d'un blanc immaculé, quelques coups de crayon vinrent reproduire la forme qu'elle tenait dans sa main. Il avait fallu peu de temps pour que ses doigts se grisent de nouveau.

Gwen resta un moment ainsi. Elle garda contre elle la pomme de pin, et, toujours assise, tourna sur elle-même pour en attraper d'autres et les comparer.

Près d'une heure s'était écoulée depuis son départ de la clairière. Son téléphone affichait « 23 : 10 ». Un gargouillis émana de son ventre et c'est alors qu'elle se rendit compte qu'elle avait maintenant pleinement faim. Elle décida de rentrer au campement.

Assisse en tailleur depuis bien trop longtemps, Gwen dût faire quelques pas pour chasser l'engourdissement de ses jambes. Seulement, à force de tourner sur elle-même, elle ne sut pas par quel côté aller. Elle fit quelques pas dans la direction qui lui semblait la plus familière mais ne reconnut pas son environnement. Elle rebroussa chemin et partit dans une autre direction. Là non plus, elle ne retrouva pas ses marques. Quand elle voulut retourner à son point de départ, elle fit par erreur une légère déviation. De ce fait, elle se retrouva rapidement perdue.

Ce qu'ignorait Gwen, c'était que la première tentative avait été la bonne, et que les suivantes n'avaient fait que s'enfoncer un peu plus dans la forêt.

— OK... surtout, ne pas céder à la panique. J'ai de quoi boire et manger, je n'ai pas à m'inquiéter.

Gwen reposa son sac, l'ouvrit et chercha son sandwich.

— Non, non, non, fit-elle en ne le trouvant pas.

Puis elle se rappela que ledit sandwich trônait fièrement à côté de celui de Romane dans le réfrigérateur.

L'incident avec Suzanne avait bouleversé toute l'organisation que Gwen avait mis un point d'honneur à mettre en place. Elle en avait d'abord oublié de manger, puis de prendre de quoi se restaurer dans la nuit.

Gwen attrapa sa bouteille d'eau, en but quelques gorgées et la reposa. Elle réfléchit, sortit sa boussole et réfléchit à nouveau.

— Mais je ne sais même pas pourquoi je la sors, je ne sais pas dans quelle direction aller..., gémit-elle. Il y a quelqu'un ? fit Gwen en haussant la voix. Vous m'entendez... ? Ils vont bien finir par s'inquiéter, se dit-elle pour se rassurer.

Le silence assourdissant qui suivait ses intonations lui glaçait le sang. Elle se dit qu'elle aurait encore plus peur si une voix ténébreuse venait à lui répondre.

Elle entendait son cœur tambouriner contre sa poitrine et n'avait jamais remarqué à quel point il pouvait être bruyant de respirer.

Gwen renfila son sac, garda sa lampe-torche dans une main, et son téléphone dans l'autre, la pomme de pin rangée dans un petit filet sur le flanc du sac. Elle prit une direction descendante, qui dans tous les cas, la ramènerait à la maison. Déterminée à ne pas « mourir toute seule comme une idiote », elle ne s'inquiéta pas de ne pas retrouver à travers les arbres les quelques lumières éparses de la ville qui auraient dû l'accompagner comme à l'aller.

Pendant ce temps-là, à quelques centaines de pas, les étudiants, leur professeur et leurs guides finissaient leur pique-nique. Chacun avait amené plus ou moins de quoi grignoter, des sandwiches, des paquets de chips, des fruits ou bien encore du café. Maxime avait ramené un cake aux fruits gentiment préparé par ses soins et ceux de sa mère. Chacun s'était emparé d'une part du gâteau prétranché et avait gracieusement félicité le sous-chef pour les dons culinaires dont il avait visiblement hérité.

Aucun feu n'avait été fait. N'ayant rien autour de quoi se rassembler, les jeunes avaient préféré manger de leur côté, tandis que les accompagnateurs discutaient du leur, assis sur des souches et autres troncs d'arbres couchés au sol.

Simon et Daniel avaient amené une flasque d'une boisson de leur composition, un alcool dans lequel avait reposé longtemps une orange. Ils en proposèrent à

Matthew qui ne refusa pas, par politesse, mais préférait ne pas en abuser du fait de ses responsabilités. Bien que l'unique gorgée réussisse à lui provoquer une grimace qui fit rire les deux frères, il trouva la boisson à son goût.

Si un ou deux avaient obéi en faisant une sieste plus tôt dans la journée, la plupart des élèves avaient fait fi de cette consigne, pensant tenir facilement le coup. Les quelques bâillements sonores, ceux de Matthew compris, lui firent comprendre qu'il était temps de rentrer.

— Allez, jeunes gens, on repart ! Veillez à ne rien laisser traîner, ni affaires, ni emballages. Et prenez vos précautions, on ne s'arrêtera pas en chemin, rajouta Matthew avant de se retirer lui-même derrière un arbre.

Des faisceaux lumineux arpentèrent le sol à la recherche d'un quelconque emballage. Une gourde fut ainsi sauvée. Les lumières se croisaient tels des sabres laser en plein combat.

Le groupe se planta devant les trois adultes.

— Comptez-vous, fit Matthew.
— Un ! commença Thomas, amusé par cette méthode.
— Deux…, poursuivit l'autre Thomas.
— Trois, ajouta Maxime.
— Quatre ! fit Juan en revenant des bois.
— Cinq, renchérit Luc.

Un silence coupa le comptage.

— Six ? demanda Matthew. Qui manque-t-il ? Vous êtes combien ? s'inquiéta soudainement Matthew.
— En vrai, on est sept, monsieur, mais il manque Romane, elle est…
— Gwen ? Où est Gwen ? coupa Matthew.

Il appela Gwen à voix haute et forte, puis recommença en faisant quelques pas, les mains en porte-voix.

— Vous l'avez vue quand pour la dernière fois ? Qui l'a vue en dernier ?

Tous se regardèrent et ne surent quoi répondre.

— Monsieur, il m'a semblé la voir s'éloigner tout à l'heure, pour aller au petit coin, je crois, répondit Juan.

— C'était quand, « tout à l'heure » ? s'énerva Matthew.

— J'sais pas, je crois qu'on n'était pas encore en train de manger...

— Il y a plus d'une heure ! s'insurgea le professeur. On doit la retrouver, dispersez-vous.

— Si je peux me permettre, Matthew, il vaut mieux qu'on reste groupés, dit Daniel. Il ne faudrait pas en perdre un de plus.

— On ne peut pas la perdre, on ne peut pas la perdre..., fit à voix basse Matthew en se frottant le front.

— Toi, fit Simon à l'attention de Juan, tu l'as vue partir par où ?

Juan emmena le groupe jusqu'à l'orée du bois et tous pénétrèrent dans la masse d'arbres qui paraissaient tout d'un coup menaçants. Matthew était le premier de l'escorte et appelait sans cesse Gwen. Il avait eu pour premier réflexe de consulter son téléphone, lui aussi sans réseau.

Au fur et à mesure de ses incessants appels, mêlés à ceux des guides et des étudiants, de la peur, de la colère et de la peine transparaissaient dans sa voix.

Sa raison le faisait culpabiliser en tant qu'enseignant, son cœur en tant qu'humain et son estomac essayait de refouler les vapeurs d'alcool.

La nuit était fraîche ; pour autant, il avait terriblement chaud, comme consumé par la peur.

Il appelait, il appelait encore et encore ce prénom et n'avait comme seule réponse que l'écho des autres qui en faisaient autant.

Puis, tout d'un coup, on entendit :

— Je suis là !

Le groupe redoubla d'efforts et la fit se répéter pour mieux la localiser. Matthew accourut et la trouva en premier, laissant une distance entre eux et le groupe.

Gwen était assise là au pied d'un arbre, éclairée par son téléphone.

— Gwen ! Tu vas bien ? fit-il en se rapprochant d'elle, la voix étranglée.

Il arriva à sa hauteur, tomba à genoux et la prit dans ses bras. Il la serra si fort qu'il en perdit l'équilibre. Gwen eut d'abord un moment de doute avant de l'étreindre à son tour. Son visage était enfoui dans le cou de Matthew et ses bras passaient sous les siens tandis que ses mains plaquaient le haut de son dos.

Juan toussota, pour prévenir de sa présence.

Matthew lâcha son emprise, ne se retourna pas et inspecta Gwen du regard.

— Ça va ? Qu'est-ce qui s'est passé ?

— Je me suis perdue, dit-elle en éclatant en sanglots, honteuse. Je me suis perdue, j'ai pas mangé, j'ai pas de réseau, je suis tombée, je me suis fait mal à la cheville, et ma lampe marche plus, expliqua-t-elle se mouchant.

Tous étaient arrivés et l'encerclaient.

— Tu peux te lever ? On va t'aider, fit Matthew. Tenez, quelqu'un, prenez son sac.

Il l'aida à la mettre debout et passa son bras par-dessus son épaule. Juan en fit autant de l'autre côté.

— Vous ne passerez pas à trois de face dans le chemin, fit Daniel.

Il regarda son frère qui comprit quoi faire. Simon écarta Matthew et Juan, se baissa et prit Gwen, qu'il posa sur son épaule comme si elle était aussi légère qu'un traversin. Elle émit un gémissement en atterrissant lourdement. Elle se retrouvait donc les fesses en l'air, dans le sens inverse de la marche.

Ils purent ainsi entamer le voyage de retour, en coupant à travers les bois. Les deux frères se glorifiaient de connaître la forêt par cœur. Daniel ouvrait la marche, Simon lui emboîtait le pas. Matthew se tenait juste derrière Simon et regardait Gwen dans les yeux, qui faisait l'effort de lever la tête, le visage en partie caché par ses cheveux. Puis elle se laissa retomber, les bras ballants, acceptant sa condition de filet de pommes de terre.

Gwen picora une barre de céréales donnée volontiers par Juan, se sentant coupable de pas avoir remarqué son absence.

Elle finit de raconter son histoire, comment elle avait glissé sur des cailloux instables pour se fouler la cheville, et comment elle avait fini par s'endormir sous un arbre, exténuée de crier à l'aide.

— Nous n'avons rien entendu, Gwen… Je suis navré de t'avoir perdue…, fit Matthew en regardant le sol, d'une part pour ne pas tomber, et d'autre part, pour ne pas aveugler Gwen avec sa lampe frontale.

— C'était impossible de l'entendre, fit Simon, replaçant correctement sur son épaule Gwen, qui étouffa un cri. Elle était bien trop loin de la clairière et la forêt est très dense. Nous avons presque fait un kilomètre avant de la trouver.

— Elle a eu de la chance, d'ailleurs, qu'on parte dans la bonne direction, et qu'elle ne tombe pas sur Misty, ajouta Daniel.

— Misty ? C'est qui ? s'informa Gwen, en relevant la tête.

— Misty, la femelle ourse, répondit Simon.

— Vous voulez dire qu'il y a vraiment un ours dans cette montagne ? s'offusqua Gwen. Vous nous emmenez dans des endroits dangereux ! lança Gwen à qui voulait bien l'entendre.

— Petite, tu croyais que ça venait d'où, le nom d'Ours noir ? C'était son père, à Misty, ajouta Daniel.

Matthew déglutit. Il connaissait cette histoire, mais l'avait quelque peu oubliée. Il se félicita intérieurement d'avoir retrouvé Gwen à temps. Il n'empêche qu'il n'en restait pas moins meurtri d'avoir égaré en pleine nature sauvage une de ses élèves.

Le reste du trajet se fit en silence et, du fait de la descente, prit presque moitié moins de temps à se faire qu'à l'aller.

Arrivés sur le parking, Simon lourda Gwen près de sa voiture, salua tout le monde, et reprit le chemin dans les bois, en compagnie de son frère, pour regagner leur chalet.

Quant aux jeunes, il leur fallut réfléchir à la suite des évènements. Gwen devait aller à l'hôpital, mais ne pouvait pas conduire sa voiture. Matthew ne pouvait pas laisser la sienne aux étudiants et devait d'ailleurs en ramener deux en ville.

— Ce n'est pas grave, monsieur. Vous, vous ramenez comme prévu les Thomas. Maxime rentre de son côté sans se préoccuper de Juan, qui m'emmène à l'hôpital dans ma voiture. Dans tous les cas, il faut que ma voiture aille à l'hôpital car Romane et sa famille y sont, sans voiture.

Les Thomas repassèrent la conversation dans leur tête pour savoir avec qui ils devaient monter et tous s'accordèrent à dire que c'était la meilleure façon de procéder.

Gwen prit place à côté de Juan, à qui elle voulut bien exceptionnellement laisser le volant. Matthew vint à la fenêtre côté conducteur, Juan la baissa et l'écouta.

— J'ai eu peur tout à l'heure, je n'ai pas fait exprès de la prendre dans les bras, vous vous en doutez.

— Y'a pas de mal, monsieur. Faire un câlin quand on a peur, tutoyer quand on ressent une émotion vive…, laissa-t-il en suspens, ça arrive à tout le monde… n'est-ce pas ?

Éclairés par le plafonnier de la voiture, Juan vit dans les yeux de Matthew que lui-même n'avait pas remarqué que son comportement changeait quand Gwen était dans les parages.

— Soyez tranquille, monsieur, le rassura Juan.

Matthew ne répondit pas, et s'éloigna de la vitre que Juan fit remonter.

Gwen boucla sa ceinture et se tourna vers son chauffeur qui démarrait.

— Que voulait-il ? s'informa Gwen.

— Il demandait juste qu'on le mette au courant pour ton pied.

— Oh, d'accord. Je lui enverrai un e-mail alors.

Tandis que Benjamin dormait paisiblement à côté de sa mère, ses parents et sa tante se réveillèrent à l'arrivée de Gwen, dans un fauteuil roulant poussé par Juan. Tous s'étonnèrent de la voir arriver de pareille façon et la bombardèrent de questions.

— Je vais tout vous raconter, mais d'abord, Suzanne, dis-moi comment tu vas.

Chapitre 11 :
Le retour et le départ

Août

Synonyme d'excitation pour les uns ou source d'appréhension pour d'autres, le mois d'août était enfin là et n'avait que faire de savoir si on l'attendait ou si on le redoutait.

Léonie et ses petits-fils étaient assis côte à côte, face à un grand tableau. La peinture, une nature morte, était suspendue sur un large mur tapissé. La partie inférieure de ce mur et des autres était couverte de lambris d'une couleur de bois naturel, ce qui donnait une élégance certaine à la pièce. Le mobilier allait également dans ce sens. De larges fauteuils confortables en cuir, une table basse épaisse en bois, des luminaires sur les murs rehaussaient le tout. Rien n'échappait au regard curieux de Charlie, assis entre sa grand-mère et son frère. Tous les trois attendaient pour le rendez-vous de quinze heures, dans la salle d'attente de l'unique office notarial de la ville.

Une jeune femme en tailleur ouvrit la porte. Elle portait de fines lunettes rectangulaires, et ses cheveux, relevés en un chignon, laissaient tomber, de manière faussement négligée, deux mèches qui encadraient son visage. Charlie ne sut pas dire s'il la trouvait belle, mais il resta bouche bée à la regarder.

— Messieurs-dames, maître Machin va vous recevoir.

Ils se levèrent et la suivirent.

— Tu crois qu'elle a oublié son nom ? fit Charlie à Matthew à voix basse.

En guise de réponse, ce dernier hocha la tête comme pour signaler sa lassitude. Charlie étouffa un rire.

Ils prirent place dans le bureau du notaire, encore plus somptueux que la salle d'attente.

De l'autre côté de l'imposant bureau se tenait un petit homme, dont l'allure rappelait les croupiers de tripots clandestins.

— Bonjour, madame Leprince, lança l'homme en s'avançant. Je suis heureux de vous revoir, et, cette fois-ci, dans de réjouissantes circonstances.

Cette déclaration eut pour seul effet de rappeler à Léonie le motif de leur dernière entrevue, à savoir la succession de son défunt mari.

— Je ne crois pas vous avoir déjà présenté mes deux petits-fils, Matthew et Charlie.

Les garçons serrèrent fermement la main tendue du notaire et s'assirent au côté de Léonie. S'ensuivit un échange de politesses, puis maître Machin rentra dans le vif du sujet.

— J'ai repris le courrier que vous m'avez adressé. Concernant les justificatifs, tout y est, hormis l'accord de votre fille…

— À ce propos, intervint Léonie, je n'ai pas de nouvelles d'elle. Voyez-vous, elle est pratiquement injoignable depuis qu'elle a entrepris son tour du monde. Je lui ai envoyé un e-mail pour la prévenir, mais elle ne m'a pas répondu. Mais, de toute façon, elle avait été très claire là-dessus. Elle préférait que les garçons, s'ils le souhaitaient, s'en occupent.

— Très bien, très bien, répondit le notaire. Je vais simplement vous expliquer la marche à suivre, les caractéristiques de la donation, les risques, les avantages, ce genre de choses, et si tout vous va, nous pourrons acter tout cela dès aujourd'hui.

À ces mots, Charlie déglutit. Il peinait à réaliser qu'il sortirait de cette pièce avec le devoir de tenir la boutique. À sa gauche, Matthew ne disait rien, mais n'en menait pas large non plus. Il se réjouissait intérieurement de n'avoir que peu de responsabilités dans l'entreprise.

Du fait des longues explications, et des quelques digressions sur la pluie et le beau temps dans le discours du notaire, le rendez-vous s'éternisa. Maître Machin jeta un coup d'œil à sa montre et s'exclama :

— Si vous le voulez bien, ma clerc va prendre la suite de l'opération et vous faire signer les différents documents. Mon rendez-vous de dix-sept heures doit m'attendre.

Le notaire s'excusa et conduisit ses trois clients dans le bureau d'à côté, plus petit, selon Charlie.

— Tu crois que c'est la petite à lunettes de tout à l'heure, Claire ? fit Charlie à son frère, intrigué.

— Sa clerc de notaire, Charlie. Pas Claire.

Charlie prit un air renfrogné et s'enfonça dans son nouveau siège en cuir.

Une femme, aux longs cheveux détachés et au visage uniquement habillé d'un rouge à lèvres mat, entra d'un pas vif dans le bureau, les bras chargés de dossiers.

— Vous devez être madame et messieurs Leprince, bonjour ! Restez assis, restez assis, ajouta-t-elle en voyant les garçons se lever. Maître Machin m'a fait suivre votre dossier. Je viens d'imprimer les papiers que voici.

Son bureau était plus petit que celui de son patron, mais bien plus rempli. Des dossiers de toutes les couleurs s'empilaient contre l'écran de son ordinateur. Et de l'autre côté, une plante un peu pâlotte végétait dans son pot. Une tige en plastique surmontée d'une étoile était piquée dans la terre, vestige des dernières fêtes de fin d'année.

La jeune femme repassa en revue les pages, rappela les clauses du contrat, et demanda aux parties d'apposer leur signature.

— Eh bien, c'est fini. Messieurs, toutes mes félicitations, vous voilà les heureux propriétaires de *Chez Léonie*. Je vous ferai envoyer sous quinzaine les autres documents dont je vous ai parlé.

— Je viendrai les chercher ! se précipita Charlie.

Sous le regard étonné de son interlocutrice, il ajouta :

— Ne vous embêtez pas à les poster, autant que je vienne les chercher…

— Très bien. Notre secrétaire vous contactera dès qu'ils seront prêts, répondit la clerc, pour le plus grand plaisir de Charlie.

Ils se saluèrent chaleureusement, et les Leprince partirent retrouver leur affaire familiale, fermée exceptionnellement pour l'après-midi.

Quelle ne fut pas alors leur surprise de voir de la lumière à travers les fenêtres du café.

— Ah bah bravo, lança Matthew. Tu n'étais même pas encore le patron que tu faisais déjà des bêtises.

Il attrapa son frère par les épaules et ils chahutèrent comme deux petits garnements.

— Mais mamie, dis-lui que ce n'est pas moi… !

Léonie fronçait les sourcils en s'avançant vers l'entrée.

— En effet, c'est moi qui ai…, laissa-t-elle en suspens, en poussant la porte. Je crois plutôt que c'est votre mère.

Deux larges valises, plus gonflées que ce que les coutures pouvaient contenir, étaient entreposées dans l'entrée.

— Ah bah vous voilà enfin ! fit une tête en dépassant du comptoir.

Une femme d'une cinquantaine d'années sortit de derrière le bar et s'avança en s'essuyant les mains sur un torchon.

— Maman ! s'écrièrent les garçons d'une même voix.

Elle embrassa ses fils en exagérant le bruit de succion. Ils s'en détachèrent et s'essuyèrent vivement les joues, pour mieux laisser la place à leur grand-mère.

— Bonjour Béatrice, tu as pris des couleurs, tu viens d'où comme ça ?

— Oh, de si loin ! Je suis déboussolée. Mais je vois que rien n'a changé ici, j'ai retrouvé la clef sous le hérisson, comme toujours ! fit la fille de Léonie, amusée. Et j'ai fait sortir le chat aussi, avec mes allergies…

— Et bien, détrompe-toi, je ne sais pas si tu as lu tes e-mails, mais il y a bien eu du changement ici.

— Je n'ai pas eu accès à Internet, ces temps-ci. Vous allez me raconter tout ça en mangeant un morceau, j'ai… Oh, mais où est Charlie ? Tu es allé voir ce que j'ai préparé, n'est-ce pas ? lança-t-elle en portant la voix vers la cuisine.

Charlie apparut la bouche pleine, un plat dans les mains.

— Tu nous as fait du pain doré ! se réjouit Matthew.

— Oui, enfin, si ton frère veut bien nous en laisser. C'est bien l'unique chose que j'ai toujours su faire…

La petite famille recomposée prit place sur les banquettes autour d'une table. Ils piochèrent dans l'assiette des tranches de « pain doré », comme se plaisait à dire Béatrice, refusant d'appeler cela du pain perdu.

— Alors, qu'est-ce qui nous vaut ta visite, ma chérie ? fit Léonie en tapotant le morceau de pain pour en faire tomber le surplus de sucre.

— Eh bien, pour faire simple, j'ai décidé de rentrer.

— Rentrer, rentrer, ou rentrer, rentrer ? fit Charlie en variant son intonation.

— Rentrer, rentrer, répondit Béatrice d'une voix désincarnée.

Un court silence interrompit la conversation.

— Tu n'as plus envie de voyager ? osa Léonie.

— Alors, si, mais non. Disons que je voudrais me poser, maintenant, reprendre des repères, et, aussi, il se trouve qu'en fait, eh bien, je n'ai plus vraiment, ou plus beaucoup, les moyens de voyager. Bref, je suis à sec.

Un second court silence fit son effet.

— Ce qui m'amène à un autre point important.

Béatrice posa son pain, afficha un sourire forcé, et joignant les mains, ajouta :

— Il me faut un emploi.

Léonie fut prise d'un rire nerveux.

— Cela nous amène à un autre point très important : ce n'est plus moi qui décide.

Des regards se croisèrent, des sourires se réprimèrent, des bouches se pincèrent.

— Oh. Je vois. Ce n'est pas un problème. C'était donc ça, le fameux changement ?

Béatrice marqua un temps. Elle ne sut pas vraiment quoi dire, puis, comme le veut l'usage, elle afficha un sourire éclatant.

— Félicitations mes garçons, je commence quand ?

Charlie chercha dans le regard de sa grand-mère une aide, en vain.

— C'est à toi de décider maintenant, mon garçon. Qu'as-tu appris en formation ?

— Euh…, réfléchit Charlie. Il faut que je te fasse passer un entretien… ? proposa-t-il à sa mère.

Matthew profita du regard de son frère pour lui faire à la fois des gros yeux réprobateurs et un sourire amusé.

— Enfin, d'abord je dois voir si on a besoin de quelqu'un. Mamie, tu ne comptes plus du tout travailler ?

Léonie fit signe que non.

— Écoute, reprit Charlie en s'éclaircissant la voix, fais-moi parvenir ton CV et une lettre de motivation, et j'étudierai ta candidature, dicta-t-il solennellement comme on le lui avait appris.

Charlie tenta un regard vers sa grand-mère, qui lui fit en retour un clin d'œil approbateur et encourageant.

Béatrice était quelque peu impressionnée par les exigences de son fils. Elle s'attendait à ce qu'il lui offre un poste sur un plateau. Elle afficha un instant une mine déconfite par tant de formalités.

— Euh…, laissa tomber Béatrice. Je te fais passer tout ça dans le week-end, d'accord. Et maintenant, reprit-elle, question suivante, où est-ce que je dors ?

Cette même journée d'août s'était passée d'une façon bien différente pour Marie et Gatien.

Cela faisait très exactement quatre semaines que le couple était en froid, ou plutôt qu'ils affichaient une entente cordiale et feignaient une vie de couple normale.

Le différend lié au secret qu'avait gardé — si ce n'est oublié — Gatien autour de l'orphelinat et de l'adoption peinait à s'enterrer.

Ainsi, dans ce climat glacial, les jours puis les semaines passèrent. Gatien avait gardé l'habitude de travailler au café tandis que Marie s'affairait autour du tricentenaire. Si d'habitude ils s'efforçaient de se voir le plus possible, il était devenu évident qu'ils se fuyaient.

Un matin, semblable à tous les autres, Gatien s'était levé sans un bruit, préparé dans la salle de bain et avait attrapé sa mallette.

— Je vais travailler, je reviens pour midi…, lui avait-il dit du bout des lèvres en passant la porte de la chambre.

Attablé devant des bilans comptables, il n'avait pris pour unique consommation qu'un café, ou plutôt, une cafetière.

— Une crêpe au sucre pour faire passer le café, mon brave ?

— Non, merci, Léonie, le café me suffit pour aujourd'hui. Je n'ai pas très faim.

— Bon, d'accord.

Léonie s'était rendu compte qu'il se montrait nettement moins gourmand ces derniers temps. Elle espérait que ce soit plus une volonté d'aplatir son petit ventre qui faisait son charme qu'une réelle perte d'appétit.

— Je ne sais pas si vous avez vu l'écriteau, mais nous fermons cette après-midi, renchérit Léonie.

— Je n'ai pas vu, non. Mais ce n'est pas un problème, Marie m'attend pour le déjeuner.

Léonie avait vraisemblablement envie de faire la conversation, mais elle ne trouvait pas dans son interlocuteur le bagou habituel qui la faisait s'asseoir, cafetière à la main. Elle fit un sourire mettant fin à l'échange et reprit sa ronde.

Gatien tapotait sa calculatrice comme s'il s'agissait d'un piano dans un bar de jazz, et grattait du papier aussi vite que l'appréhension investissait son esprit.

Tandis que le clocher à deux rues de là s'apprêtait à sonner onze heures, Gatien, pris de courage et de détresse, s'arrêta net dans son opération, et, d'un tour de bras, rangea la paperasse au fond de son cartable.

À l'attention de son hôte, il gesticula de la main en signe d'au revoir et sortit en trombe du salon. Il ouvrit sa voiture, jeta ses affaires sur le siège passager, prit le chemin inverse emprunté deux heures plus tôt, fit une halte chez le fleuriste et se gara devant leur maison biscornue.

— Chérie, chérie ! Je suis désolée, je te demande pardon, commença Gatien en poussant la porte.

Ne la trouvant pas au rez-de-chaussée, il monta les escaliers.

— J'aurai dû t'en parler plus tôt, je suis un idiot ! ajouta-t-il arrivé en haut. On peut continuer de…

Gatien était rentré dans la chambre et n'avait pas trouvé Marie. À la place, il avait trouvé la penderie allégée et un mot sur le lit, qu'il s'empressa de lire.

Gatien,
Je pars quelques jours chez ma sœur. J'ai besoin de faire le point. Ne cherche pas à me joindre. Je sais que tu ne veux que mon bonheur. Ne t'inquiète pas. Je préfère m'éloigner pour mieux revenir…
Éternellement tienne,
Marie

— ... éternellement tienne... Marie, lut-il à voix haute.

Gatien se laissa tomber sur le lit et lut plusieurs fois la lettre pour en extraire le plus d'indices possible.

Il ne sut pas dire s'il était en colère contre Marie d'être partie sans prévenir, ou rassuré par ses derniers mots. Il était sûr de trois choses : la première, qu'il était dans tous les cas affecté par ce départ précipité et anxieux quant à la suite de leur histoire, la deuxième, qu'il était quelque peu réconforté de la savoir chez une bonne personne, à savoir sa belle-sœur, la troisième, qu'en effet elle reviendrait vite, puisque seule la petite valise manquait.

Pris dans un tourbillon d'émotions contradictoires et déstabilisantes, il s'allongea à la place de Marie, remonta ses genoux contre son torse et resta ainsi, sans bouger, une partie de la journée.

Des questions des plus légitimes aux plus alambiquées lui vinrent en tête. Il se mit à cogiter, à s'inventer des histoires, à douter de leurs derniers moments à deux.

Comme submergé par une profonde tristesse, il se retourna ventre contre terre, et étouffa un hurlement dans l'oreiller de Marie. Son cri se mua en sanglots et des spasmes vinrent altérer sa respiration. Tandis qu'il hoquetait, il se leva tout d'un coup. Une terrible douleur vint le saisir au niveau des tempes. Son souffle s'apaisa, ses dernières larmes coulant sur ses joues.

Il alla sous la douche rincer ses idées noires. Si Marie demandait la solitude contre tous ses maux, Gatien trouvait plus facilement refuge dans la salle de bain.

Si pour certains, c'était déjà l'heure du goûter, pour Gatien, ce n'était encore que le déjeuner, voire le petit-déjeuner, si l'on occultait ses trois cafés pris plus tôt.

Il ouvrit le réfrigérateur et le sonda. Un reste de blanquette au seitan lui tendait les bras.

— Regarde, Gadou, j'ai trouvé une recette végé sur Internet, je vais la tester ! avait-elle dit en tendant son carnet de cuisine dans lequel elle notait tout.

Devant la porte ouverte, Gatien regardait le plat, les souvenirs lui revenant en mémoire. Enfin, il le saisit et le plaça dans le four à micro-ondes, devant lequel, de nouveau, il resta figé pendant que la plaque tournante faisait son œuvre.

Appuyé contre le plan de travail de la cuisine, il mangea à même le plat avec une fourchette saisie plus tôt dans l'égouttoir.

Tandis qu'il avalait sa dernière bouchée, le téléphone retentit.

— Bonjour, madame…, commença une voix.

— Bonjour, elle est absente. C'est pour quoi ?

— C'est la mairie, c'était pour lui dire qu'on a rassemblé toutes les palettes et qu'on les emmène au centre aéré. On m'a demandé de transmettre ce message. J'espère que ça vous parle…, expliqua l'homme au téléphone.

— Oui, je suis au courant.

Gatien le remercia de son appel, le salua et raccrocha.

Le soir venu, tandis qu'une pizza se prélassait dans le four, Gatien choisit un film à regarder sur les étagères. Quand il était triste, Gatien était du genre à regarder un film encore plus triste pour se morfondre davantage. Sur cet aspect-là, Marie adorait le taquiner. Elle disait de lui qu'il était « un bonhomme avec un cœur en sucre ». Aussi, elle était fière de voir qu'il avait atteint ce degré de confiance et de transparence à ses côtés.

Il lança une romance dramatique, tira la table basse plus près de lui pour faciliter l'accès à son dîner et s'emmitoufla dans la couverture laissée à disposition pour les usagers du canapé. À la moitié du film, il alla chercher un pot de glace au caramel et éclats de chocolat, resté encore intouché des dernières courses, et mangea à même le pot.

Ce schéma se répéta les trois soirs suivants. Gatien ne mangeait pas ou peu la journée et se gavait le soir.

Il se forçait tout de même à sortir chaque jour pour travailler, la maison vide lui étant rapidement devenue lugubre.

Léonie avait compris que quelque chose se tramait. Elle avait fait le lien avec l'absence de sa femme, qui n'était pas aussi normale et consentie qu'il voulait le faire croire.

Il avait tant bien que mal réussi à ne pas la contacter, ni par téléphone, ni par e-mail. Il avait bien failli, plusieurs fois, appuyer sur « envoyer » lors de l'une de ses nombreuses séances de rédaction de SMS pendant lesquelles il l'implorait de revenir. Il avait également hésité à appeler sa sœur.

En réalité, il avait peur que ses supplications ne fassent que retarder son envie de revenir et préférait se remettre au destin et croire en sa promesse d'un retour prochain.

Personne de la ville n'avait connaissance des raisons pour lesquelles Marie ne se montrait pas. Gatien était resté très vague, se contentant de marmonner « elle est occupée ailleurs », « elle a eu un empêchement », ce qui n'était pas faux en soi.

Quand il reçut de nouveau en copie un e-mail adressé en premier à Marie, Gatien se demanda pourquoi tous, et en particulier ses partenaires d'organisation du tricentenaire, s'étaient visiblement accordés pour les contacter cette même semaine. Une nouvelle fois, il réprima la gêne de devoir excuser l'absence de son épouse, pour le plus grand plaisir des dames du club du troisième âge.

En effet, le courriel requérait cette fois-ci la présence de Marie et de Gatien pour faire quelques premiers essayages des costumes. Les couturières, charmées par leur dernière entrevue à huis clos, ne virent aucun inconvénient à ce que Gatien se présente seul.

Il se rendit donc le cinquième jour de sa désolation, plus abattu que jamais, au club où les dames, toutes griffes dehors, l'attendaient. Elles le contraignirent à se déshabiller derrière un paravent de fortune et à se présenter uniquement vêtu de son caleçon et d'un maillot de corps.

Debout sur un siège, sous le regard de cinq paires d'yeux qui ne clignaient plus pour l'occasion, il enfila un pantalon, une chemise, un gilet et la veste du costume trois-pièces. Les dames tournaient autour de lui, au sens propre, comme au sens figuré, pour ajuster les pièces à sa morphologie.

— Toujours pas d'Iris ?

— Elle doit être en train de courir. Je ne sais pas si vous aurez l'occasion de la rencontrer un jour. Ce costume sera votre costume, fit Rose en revenant à son travail. Il vous va à ravir. Nous ferons les autres plus larges.

— J'ai trouvé ceci dans les affaires de mon mari, dit Églantine en tendant un chapeau haut de forme et une montre à gousset. Je crois que là où il est, il n'en a plus besoin.

Gatien saisit la montre à gousset, dont il attacha la chaîne à son gilet, et la laissa glisser dans sa poche. Il s'empara du chapeau qu'il posa sur sa tête.

— Souriez un peu, mon cher, vous êtes ravissant. Et on ne dit pas cela parce que l'on vous a vu presque nu comme un ver, dit Violette en gloussant.

Gatien esquissa un sourire timide mais sincère et descendit du siège. Son chapeau tomba et en voulant se pencher pour le ramasser, quelques aiguilles de repères laissées dans les tissus vinrent rencontrer sa chair. Ses gémissements furent coupés par une des couturières.

— Hop, hop, hop, par ici mon mignon, ce n'est pas fini.

Quand il fut enfin délivré et libre de tout mouvement, il se retourna pour prendre le chapeau, qu'il ne vit pas au sol, mais plus haut, dans les mains de Marie.

Leurs regards se rencontrèrent. Marie esquissa un sourire empli de tendresse tandis que celui de Gatien disparaissait de son visage pour laisser transparaître une grande amertume.

Chapitre 12 :
L'ascenseur et le lit d'hôpital

Avril

Lors de la fameuse nuit de l'excursion sur le mont Ours noir, Matthew n'avait pas dormi. Il avait reconduit ses deux étudiants jusqu'à chez eux et était rentré se coucher sans tarder. Malgré la fatigue, il n'avait pas réussi à fermer l'œil. Son esprit le torturait. Il repassait la sortie en boucle dans sa tête. Il ne comprenait pas comment il avait pu égarer une élève et surtout, comment il avait fait pour ne pas s'en rendre compte plus tôt. Il imaginait des scenarii abracadabrantesques où l'issue était tragique pour Gwen. Il avait beau se rassurer sur le fait que tout s'était bien fini, il n'en demeurait pas moins bouleversé.

Le soleil se levait enfin quand Matthew décida d'en faire autant. Il abandonna l'idée de dormir, mit la cafetière en marche et alluma la radio, dans l'espoir que le bruit de fond le distraie.

Assis du bout des fesses sur une chaise dans la cuisine, il serra la tasse de café entre ses mains et souffla au-dessus pour refroidir le breuvage.

Du bruit se fit entendre dans le salon.

— Toi non plus, tu ne dors pas ?

Pas de réponse.

— Viens là, petite larve.

Un petit être fit son apparition.

— Ça te dit, mes flocons d'avoine ? Pas faim.

L'intéressé fit mine de l'être, lui, et accepta volontiers ce présent gourmand.

Matthew le regarda un moment manger, hébété puis il reprit sa posture songeuse.

Son regard se perdit dans le lointain. Ses yeux fixaient les plinthes du mur d'en face. Il ne sourcillait pas. Il avait d'ailleurs arrêté de souffler sur le café. Il était comme hypnotisé par les joints du carrelage. Il hocha la tête de gauche à droite, comme pour protester contre une idée. Il ferma les yeux, respira profondément.

Résigné, il posa la tasse sur la table, retourna dans sa chambre à grands pas.

Sur son bureau, derrière une pile de copies, debout parmi d'autres, une chemise cartonnée demeurait là. Il détacha les élastiques et écarta les rabats.

Le dossier contenait de petites fiches cartonnées, sept au total.

En début d'année, Matthew avait fait remplir à ses étudiants des fiches d'informations contenant, entre autres choses, leurs coordonnées. Il les fit toutes défiler entre ses doigts jusqu'à tomber sur celle de Gwen.

— Gwenaëlle Vosange, appartement 304 — 5, rue de la Chandelle..., lut Matthew dans un souffle.

Il resta quelques minutes debout, devant son secrétaire, à tenir la feuille dans sa main. Sa bouche ouverte laissait entendre une respiration de plus en plus soutenue. Puis, d'un coup, il s'activa.

Près de son lit, il mit la main sur un pantalon porté une fois plus tôt dans la semaine, et un T-shirt, plié, sur le dessus de la pile de vêtements à ranger. Il fit un passage éclair dans la salle de bain, puis se précipita dans l'entrée, enfila ses chaussures à la hâte, chercha ses clefs de voiture et se précipita vers la porte.

— Sois sage, je fais vite ! cria-t-il sans se retourner.

Au volant de sa voiture, il dévala la rue et traversa la partie nord de la ville. Gwen habitait dans un quartier résidentiel. Il ne croisa pas grand monde à cette heure matinale : les éboueurs, un facteur, probablement quelques personnes qui commençaient leur journée, d'autres qui finissaient leur nuit de travail et rentraient se coucher.

Il se gara devant son immeuble. Vérifia une énième fois le numéro d'appartement, posa la fiche sur le siège passager et sortit de sa voiture. En poussant le portillon, comme pour se donner du courage, il respira profondément. Au même moment, la porte de l'immeuble s'ouvrit. Un homme en blouse blanche en sortit. Matthew le salua et se faufila dans l'entrée. Il fut rassuré de ne pas avoir eu besoin de sonner à l'interphone.

Sur le mur, une pancarte indiquait les étages correspondant aux numéros d'appartement.

— Au troisième…, vérifia Matthew.

Il se retourna vers l'ascenseur et vit qu'il avait été appelé au dernier étage. Décidé à ne pas l'attendre, il emprunta les escaliers. Il monta les marches quatre à quatre.

Il arriva essoufflé devant la porte du 304 et toqua.

À ce moment précis, où ses phalanges cognèrent deux fois le bois de la porte, il se rendit compte qu'il ne savait pas pourquoi il était venu. Il n'avait pas réfléchi à ce qu'il voulait lui dire.

— Vous avez oublié quelque chose ? fit Gwen en ouvrant la porte à l'attention de l'infirmier qu'elle croyait être remonté.

Matthew se tenait devant elle.

Elle venait d'enfiler une tenue plus confortable et s'appuyait sur une béquille.

Elle parut au demeurant presque aussi étonnée que lui.

— Monsieur... ? Qu'est-ce que vous faites là ?
— Euh...

Gwen le dévisagea.

— Vous voulez entrer ?
— Ma mère aimait le cinéma. Elle regardait énormément de films quand elle était jeune. Elle s'est rendu compte que beaucoup d'entre eux avaient au casting un acteur qui s'appelait Matthew. C'est pour ça... c'est pour ça que je m'appelle comme ça..., reprit-il.

— Oh. D'accord.

— Je ne sais pas pourquoi je suis venu, excuse-moi, fit-il sur le départ.

— Nan, attendez ! lança Gwen en s'avançant sur le palier.

Elle peinait à marcher avec sa béquille. Elle se retrouva dans son pyjama bleu en flanelle au milieu du couloir, et manqua de tomber.

Il voulut la rattraper.

— Est-ce que ça va ? Qu'est-ce que tu as ? Qu'a dit le médecin ?

— Oui, ça va. J'ai une entorse. J'en ai pour trois semaines environ, répondit Gwen, en traitant une question à la fois.

Il acquiesça à chacun de ses mots.

— Je comptais vous envoyer un e-mail, mais je pensais d'abord aller me recoucher. Je suis rentrée il y a peu de l'hôpital. Un infirmier m'a raccompagnée après sa garde. C'est un ami du maire…

Matthew ne pouvait se contenir plus longtemps et profita qu'elle reprenne sa respiration pour l'interrompre dans ce qui s'annonçait être un déferlement de justifications.

— Je suis vraiment désolé pour cette nuit…
— Ce n'est pas de votre faute.
— J'étais responsable de toi…
— J'ai été idiote d'aller me promener toute seule…
— J'aurais dû plus faire attention à toi…
— Il faisait nuit, j'avais envie de me changer les idées, je n'ai pas réfléchi…
— Et pour la fois d'avant aussi, je te demande pardon.

Gwen ne répondit pas, ne comprenant pas de quoi il parlait.

— Quand je t'ai crié dessus avant les vacances…
— C'était de ma faute là aussi, je vous harcelais…
— Mais non… pas du tout, fit-il d'un air renfrogné. C'est moi qui te harcelais ! J'ai voulu mettre de la distance pour te protéger. J'ai mal agi, je le regrette. Je t'ai perdue.

Matthew parlait vite et Gwen essayait de répondre à chacune de ses protestations, en vain.

— Mais… pas du tout, vous… votre… Mais vous ne m'avez pas perdue, fit Gwen, la voix montant dans les aigus.

Cette réponse mit fin à cette effusion d'excuses.

— Je suis toujours là… pour vous, osa-t-elle.

Matthew regarda intensément Gwen. Une profusion d'émotions lui traversa l'esprit. Son cœur s'accélérait. Un silence emplissait la pièce et ses battements cardiaques menaçaient de déchirer sa poitrine.

Le manque de sommeil, l'agitation, l'excitation, la peur, la passion. C'était le boulevard des émotions derrière son T-shirt avec imprimé.

Dans un mouvement furtif, il prit son visage entre ses mains et rapprocha ses lèvres des siennes.

Il y déposa un baiser tendre, sincère et éphémère.

Prise au dépourvu, Gwen ne sut quoi faire de ses mains. Elle lâcha sa béquille, dont le choc contre le sol la fit rouler plus loin, posa son pied à terre, retint un gémissement de douleur, et le prit dans ses bras, tout cela dans la même seconde.

Elle lui rendit son baiser.

Plus tard, Gwen se glorifierait d'avoir vécu cet échange passionné qu'elle jugerait digne d'être vu au cinéma. Peut-être même que le premier rôle masculin serait joué par un Matthew.

Au bout d'un moment qui lui parut à la fois si long et si court, il la lâcha et recula son visage du sien.

Elle ôta ses mains de son corps, et en posa une sur le mur pour soulager sa cheville.

Ils étaient là, l'un devant l'autre, effarés par ce qui venait de se passer.

Ils se regardèrent longuement.

Il observait de plus près la couleur de ses yeux. Elle détaillait avec précision les traits de son visage. Elle avait les iris d'un vert comparable à une chênaie. Il semblait avoir une peau douce comme du papier vélin. Elle scrutait chaque centimètre carré de son visage. Il se perdait dans l'immensité de ses deux émeraudes.

Leurs regards se croisèrent. Gwen vit dans ses yeux une vague de peur s'emparer de lui. Elle décida inconsciemment de le distraire en le prenant dans ses bras et se prouvait par la même occasion qu'elle n'était pas en train de rêver.

Cette nouvelle démonstration d'affection encouragea Matthew à l'étreindre à son tour.

Gwen était plus petite que Matthew. De ce fait, sa tête trouvait une place parfaite en haut de son torse, dans le creux de sa gorge, là où le col de son T-shirt laissait entrevoir la naissance de ses muscles.

Elle avait passé ses bras par en-dessous, lui par au-dessus, une main sur son cou. Cette position n'était pas sans rappeler la première étreinte qu'ils avaient échangée quelques heures plus tôt dans la forêt.

L'excitation s'amenuisait chez chacun des deux êtres comme s'il était dorénavant normal de se placer ainsi. Leur respiration s'harmonisait pour ne former qu'un seul souffle dans ce silence cristallin.

Ils ne disaient rien. Pas un mot, pas un murmure. Pourtant, ils pensaient la même chose. Qu'est-ce qui leur avait pris ? Comment en étaient-ils arrivés là ? Est-ce que ça allait se reproduire ? Est-ce que l'autre avait envie de plus ?

Oh, mon Dieu, enfin ! pensa l'un d'eux.

Gwen se concentrait sur la force qu'exerçaient les mains de Matthew dans son dos et priait pour s'en souvenir le plus longtemps possible. Matthew humait le doux parfum qui émanait des cheveux de Gwen et espérait de tout cœur pouvoir s'en rappeler encore longtemps après.

Cet instant, ce moment, dura. Il ne dura peut-être qu'une poignée de secondes, ou bien plusieurs minutes. Il dura assez longtemps et était assez puissant pour que Gwen oublie sa cheville douloureuse. Il l'était assez aussi pour que Matthew oublie qu'il était son professeur. Pendant cette courte éternité, il n'était qu'un homme, elle n'était qu'une femme, ils étaient ensemble et rien d'autre ne comptait.

Puis un toussotement faussement caché les interrompit.

Ils se détachèrent l'un de l'autre et virent une dame d'un certain âge, dans une veste au motif pied-de-poule, avec son chien en laisse. Elle venait d'appeler l'ascenseur et les observait d'un air offusqué mais compréhensif, comme si elle avait vécu la même scène cinquante ans plus tôt.

— Bonjour…, se risqua Gwen, une main sur le torse de son visiteur.

La voisine ne répondit pas et s'enfonça dans l'ascenseur en tirant sur la laisse de son chien.

Gwen et Matthew s'éloignèrent l'un de l'autre, se regardèrent timidement et rirent de cette situation gênante.

— Je…

— Tu…

— Je vais rentrer, renchérit Matthew.

— Oui, oui, pareil. Je vais dormir. Est-ce qu'on… ? hésita Gwen.

— Je t'appelle plus tard, trancha Matthew.

— Tu as mon… ?

Elle passa le cap du tutoiement non sans peine.

— Oui, la fiche de début d'année… Ton adresse, aussi…

— Bien sûr... Bonne nuit alors... Matthew, osa-t-elle en esquissant un sourire timide.
— Bonne nuit, Gwen, lui répondit-il sur le même ton.
Il s'éloigna et se planta devant l'ascenseur à l'attendre. Gwen le regarda monter dedans et lui fit un geste de la main, puis ferma la porte... qu'elle rouvrit aussitôt pour prendre sa béquille, oubliée dehors.

Elle mit un tour de clef, s'adossa à la porte et soupira d'étonnement. Elle n'en revenait pas de ce qui venait de se passer. Il y a un quart d'heure encore, l'infirmier inspectait le gonflement de sa cheville et rajustait son attelle.

Avant de regagner son lit, elle tenta une mini danse de la joie incluant un trépignement vif sur ses deux pieds, ce qui la fit, le temps d'une seconde, descendre de son nuage angélique pour la rappeler à sa condition d'humaine et de mortelle.

— Aïe !

Elle se mit au lit et s'empressa d'écrire à son amie.

Psssit, tu dors ?

Oui et toi ?

Ta sœur, ça va ?

Ouais, elle ronfle

Tu rentres quand ?

Bientôt, William va me ramener avec ta voiture et te la rendre après.

Gwen hésita quant à la suite de ses messages. Elle avait fortement envie de partager son bonheur, voire de le crier sur tous les toits. Pour autant, elle voulait garder sa récente aventure secrète, que ce soit pour préserver la magie, mais aussi pour protéger Matthew, qu'elle savait dorénavant vulnérable.

Elle écrivit un message dans lequel elle proposait à Romane de la rejoindre puis se ravisa.

Nan, gardez-la pour le moment, il viendra me la déposer plus tard, je te tiens au courant, je vais dormir.

Gwen posa le téléphone sur sa table de chevet, à côté d'une bouteille d'eau à moitié pleine, et roula sur le côté.

Oubliant sa cheville douloureuse, elle pesta une dernière fois en se prenant le pied dans la couette et s'endormit, le visage radieux.

Après deux nuits et un jour de repos forcé, l'état de santé de Suzanne avait montré une nette amélioration. Constatant que les signes vitaux des fœtus étaient normaux et stables, les médecins l'avaient autorisée à sortir.

Suzanne était rentrée le mercredi matin et avait donc passé en tout et pour tout deux nuits à l'hôpital, en compagnie de sa famille et d'une infirmière quelque peu maladroite.

Embauchée à la sortie de l'école, Joanne exerçait dans le service maternité depuis un an maintenant. Elle demeurait la plus jeune infirmière de son équipe.

C'était une personne douce au visage enfantin à qui l'on pardonnait volontiers ses impairs, dans la mesure où ils ne mettaient pas en danger les patients. Loin d'inverser les poches de perfusion ou de fausser les transcriptions, Joanne manquait tout bonnement de tact auprès de ses patients, du moins, les parents. Si elle peinait à communiquer avec les individus de son âge, elle n'avait aucun mal à comprendre et à se faire comprendre des nouveau-nés avec lesquels elle balbutiait avec joie.

Ainsi, elle calmait un bébé en pleurs rien qu'en le prenant dans ses bras, et réussissait à l'endormir en moins de temps qu'il n'en faut pour le dire. D'aucuns l'auraient déjà renvoyée pour ses bévues auprès de mères souffrantes, mais d'autres, comme l'infirmière en chef, préféraient soutenir Joanne.

Sa capacité à apaiser et rassurer les enfants lui avait valu le surnom affectueux de Morphée, contre lequel elle avait protesté.

— Morphée était un homme…
— Oui, mais vaut mieux un dieu qu'un analgésique, t'es passée à deux doigts de te faire appeler Morphine, ma fille ! fit son collègue le jour de l'attribution du surnom. Et puis de toi à moi, estime-toi heureuse d'être comparée à une divinité, c'est peut-être la dernière fois, rajouta l'infirmier en mettant à jour le dossier d'un patient.

— Et c'est moi qui fais de la peine aux gens ! s'offusqua Joanne.

La seconde nuit d'hospitalisation de Suzanne, comme l'hôpital manquait de personnel en raison d'une épidémie de gastro, l'infirmière en chef n'eut pas le choix d'affecter Joanne à la surveillance de la famille Bonnet-Beauregard.

Sa responsable insista fermement sur l'abstention de tout échange non professionnel. Si Joanne était forcée de parler, elle devait simplement se restreindre aux formalités.

— Bonsoir madame… Bonnet-Beauregard, fit Joanne en lisant l'inscription sur le dossier médical.

— Bonsoir, répondit Suzanne en chuchotant.

William s'était assoupi sur le fauteuil, son fils, sur ses genoux, lui aussi endormi.

Joanne s'apprêtait à parler, puis se souvint de l'instruction qui lui avait été faite une heure plus tôt.

— Tout va bien, mademoiselle ? s'enquit Suzanne.

— J'allais vous demander la même chose ! fit Joanne, gênée. Je viens juste voir si vous ne manquez de rien et je vous laisse tranquille.

— Vous savez, j'ai dormi toute la journée, je ne suis pas contre un brin de causette, lâcha-t-elle en voyant son époux et son fils dormir tendrement l'un sur l'autre. Je ne vous ai pas vue aujourd'hui, vous commencez votre garde ?

Joanne, partagée entre son envie de converser et sa volonté de respecter l'ordre de sa supérieure, se dit qu'elle ne risquait rien à répondre à une simple question.

— Non, j'étais en couveuse à m'occuper des têtards. Des bébés, je veux dire, s'empressa-t-elle de rajouter en voyant Suzanne écarquiller les yeux. Les bébés, je les pouponne, nourris, leur chante une berceuse, ce genre de choses. Enfin, vous devez savoir de quoi je parle, ajouta-t-elle en désignant Ben du menton.

— Euh… Oui, en effet…

Joanne sentit sa patiente se refermer comme une coquille et se dit qu'elle avait dû encore gaffer. Elle tenta autre chose.

— Vous en êtes à combien de semaines ?
— J'en suis à treize semaines.
— Ah bah ça ne vous a pas porté chance !

Aussitôt qu'elle lâcha ce que plus tard sa collègue qualifierait de belle perle, Joanne vit la stupeur dans les yeux de la future maman. Elle s'excusa et disparut en un éclair, laissant la place à Romane.

— Tu ne dors pas, toi ?
— Nan, les fauteuils de la salle d'attente ne sont pas plus confortables que ceux ici.
— Je t'avais dit de rentrer, ma puce, tu vas être crevée demain.
— J'ai cours que l'aprèm, ça ira.

Romane s'approcha de sa sœur et posa sa tête contre son ventre. Elle y colla tour à tour son oreille et sa bouche et leur adressa la parole.

— Bon les gars, on va laisser dormir maman. Vous avez qu'à discuter de ce que vous lui ferez subir quand vous serez en âge de courir partout. D'ici là, soyez sages.

Suzanne rit et passa sa main dans les cheveux de Romane.

— Hop, hop, hop, ma petite dame, vous êtes-vous lavé les mains ? J'ai entendu que la gastro faisait des ravages par ici. Et elle ne passera pas par moi !
— Je ne sors pas de cette chambre, et à part embrasser mon tendre époux qui préfère baver sur ton neveu, je ne risque pas d'attraper quoi que ce soit.

— Tu marques un point, concéda Romane en feignant la nausée. Je nous ai ramené du chocolat du distributeur, fit-elle en lui tendant une barre.

Suzanne fit de la place à sa sœur pour que celle-ci s'allonge à côté d'elle dans le lit.

Chacune mangeait goulument sa friandise, blottie contre l'autre.

— Comment tu te sens, ma puce ?
— C'est toi qui es alitée, je te rappelle.

Suzanne ne releva pas.

— Même si la famille s'agrandit, tu as toujours ta place avec nous, tu sais...
— Je sais, Suzie, je sais.

Tandis que Romane léchait le chocolat fondu sur ses doigts, sa gorge se serra soudain. Prise d'une vague de tristesse, elle stoppa son geste. Ses doigts se serrèrent sur l'emballage en plastique.

Son menton et sa lèvre inférieure se mirent à vibrer.

— Tu crois que maman et papa nous voient ? osa-t-elle en fuyant le regard de sa sœur.
— J'aime à croire que là où ils sont, ils nous regardent, oui.
— Ils disent quoi, à ton avis ?

Suzanne se racla la gorge et prit une voix grave :
— Regarde-moi ces gorettes, elles ont mis du chocolat sur les draps !

Romane échappa une larme et rit. Elle essuya ses joues sur la blouse de Suzanne.

— C'est du propre.

Suzanne serra sa sœur contre elle et l'embrassa sur le haut de la tête.

— Ils sont fiers de toi pour la belle jeune femme que tu es devenue.

— Alors ils sont fiers de toi, car je suis devenue celle que je suis grâce à toi.

Un sourire fendit le doux visage de Suzanne.

Son regard s'était posé sur une toile, accrochée sur le mur d'en face, tandis que ses doigts caressaient l'épaule de sa petite sœur.

Elle respira profondément.

— À moi aussi, ils me manquent, Romane, à moi aussi.

William émit un grognement, bascula la tête en arrière brusquement et la releva d'un coup, les yeux grands ouverts, hagard. Il cligna les paupières plusieurs fois pour s'acclimater à la pénombre.

Les lumières dans le couloir et le hall filtraient à travers les rideaux tirés. On y voyait assez pour se déplacer et deviner les recoins de la chambre.

William voulut se lever mais remarqua le poids qui encombrait ses genoux. Il passa délicatement les bras sous le dos et les jambes de son fils et le déposa sur le fauteuil duquel il s'était levé.

— Il est quelle heure ? J'ai dormi combien de temps ?

— Il est tard, et tu as à peine dormi. Rentrez donc vous coucher tous les trois. Promis, je ne bouge pas ! fit Suzanne, s'enfonçant dans son lit, elle aussi gagnée par le sommeil.

Chapitre 13 :
L'invitation et la rancune

Août

— Vous pouvez me resservir du café, s'il vous plaît ?
— Oui, j'arrive, monsieur !
— Moi aussi, s'il vous plaît !
— Tout de suite !
— Il reste de la tarte aux figues ?
— Euh… je vous dis ça dans une minute !

En ce début d'après-midi ensoleillé, Charlie avait laissé le service à sa mère le temps de récupérer quelques papiers à l'office notarial.

Il avait pris soin de renflouer les stocks de pâtisseries et de mettre du pain au four pour être sûr qu'elle ne manquerait de rien.

Ainsi Béatrice courait de table en table pour servir le plus rapidement possible les consommateurs qui se restauraient sur place, et ceux qui faisaient la queue au comptoir.

— Avec ceci ?
— Ça sera tout, merci.
— Bonne journée, madame !

Béatrice répétait ces formules en boucle. Une fois tout le monde servi, elle regarda la porte se fermer au fond de la pièce, et s'assit lourdement sur son tabouret. Elle se tourna face au miroir suspendu sur le mur à quelques pas et remit de l'ordre dans ses cheveux.

— Il vous reste des chouquettes, ma petite dame ? dit quelqu'un dans son dos.

— Je ne crois pas, le pâtissier doit… Ah te voilà, toi ! Tu m'as bien eue, fit Béatrice en se retournant. Tu tombes bien, on a été dévalisés.

— Ç'a été ? s'enquit Charlie.

— Oui, oui, impeccable, coupa-t-elle en expédiant la réponse.

En réalité, Béatrice était stupéfaite de la quantité d'énergie que demandait l'emploi de serveuse, elle qui, pourtant, était habituée à un tel niveau d'échanges. Avant de quitter son emploi et son confort pour aller vivre mille aventures, la maman comblée par ses deux formidables garçons travaillait dans une pharmacie.

Pharmacienne ou serveuse dans un salon de thé, la tâche tendait à se ressembler, à ceci près que les clients dévoraient plus vite les croissants que leurs cachetons, et que la cafetière se vidait plus vite qu'une ampoule de vitamine D. Et ça, Béatrice l'avait bien remarqué.

Voilà une semaine seulement — cinq jours ouvrés — qu'elle travaillait pour son fils et elle ressentait déjà la fatigue dans chacun de ses muscles.

— Traverser un désert, c'est moins crevant…, s'était-elle dit la veille pour elle-même en rempilant les chaises sur les tables.

Charlie vidait le contenu de son cabas sur une table inoccupée.

— Qu'est-ce que tu nous as ramené là ? J'ai fait les courses hier, tu avais besoin de quelque chose d'autre ?

— Je suis allé chercher les papiers chez le notaire et je me suis dit que ça serait bien de fêter ça, maintenant que tout est officiel. J'ai fait un saut à la boutique de déco et j'ai pris quelques trucs à suspendre.

— Tu veux faire ça quand ?

— Ce soir, c'est bien, non ? Ce n'est pas un gala, juste une petite pendaison de crémaillère, histoire de marquer le coup. Je te laisse sortir tout ça, je vais passer quelques coups de fil, qu'on ne soit pas que tous les deux.

Béatrice épluchait les courses et regardait chacun des articles. Un rouleau de nappe en papier, des ballons de baudruche à gonfler, des serviettes de table, des verres à champagne, quelques bougies.

Pour leur plus grand plaisir, Matthew vint rapidement aider sa mère et son frère à préparer le salon après la fermeture prématurée de celui-ci. Charlie avait décidé de fermer quelques heures pour rouvrir le soir venu.

Un chevalet sur lequel était écrit « Revenez à 19 h, pour la pendaison de crémaillère : changement de propriétaire ! Une coupe de champagne offerte à tous nos clients ! » trônait sur le trottoir.

La trotteuse de la pendule venait de dépasser fièrement les dix-neuf heures quand la porte s'ouvrit sur les premiers invités.

Léonie, habillée élégamment, alla à leur rencontre.

— Marie, Gatien, je suis contente de vous voir !

Elle les prit chaleureusement dans ses bras.

— Venez, entrez, je connais le patron ! leur glissa-t-elle, amusée.

Léonie semblait avoir pris de l'avance pour déboucher les bouteilles.

Le couple, désormais réconcilié, s'avança entre les tables poussées contre les murs.

Charlie vint à leur rencontre.

— Toutes mes félicitations, monsieur l'entrepreneur !

L'intéressé sourit exagérément, comme pour signifier sa béatitude.

— Oh oui, glorifiez-moi ! Je ne m'en lasserai jamais.

Ils rirent de bon cœur.

Tandis que peu à peu la salle se remplissait, Matthew vint chercher Léonie.

— Grand-mère, laisse-moi te présenter officiellement quelqu'un qui m'est cher. Je crois que vous vous êtes déjà croisées...

Il saisit la main de Gwen qui se tenait derrière lui et la fit prendre place à ses côtés.

— Voici Gwen, ma... petite-amie, finit-il par lâcher, comme si un flot d'émotions se déchargeait de ses épaules à l'instant où il prononçait ces mots.

Gwen bredouilla une formule de politesse qui la fit successivement rougir et baisser les yeux sur ses pieds rapprochés à leur extrémité par la timidité.

La jeune femme avait revêtu sa plus belle robe pour l'occasion. La saison permettait de s'habiller légèrement, même en soirée.

Le tissu fin, blanc et orné de quelques broderies, mettait en valeur ses formes, de ses épaules à ses genoux. Le large col laissait apparaître une chaîne en argent. Le pendentif demeurait caché plus bas encore.

Gwen serrait entre ses mains un sac en coton sur lequel étaient représentés des animaux de la savane.

Ses cheveux bouclés étaient rassemblés par une unique barrette qui donnait une illusion d'ordre dans cette fougue capillaire. Quelques mèches torsadées avaient réussi cependant l'exploit de s'en exfiltrer.

De simples chaussures à lacets, des yeux maquillés, un sourire sincère. Voilà une tenue confortable qu'aimait revêtir Gwen.

— En effet, votre visage ne m'est pas inconnu mais je ne parviens pas à resituer mes souvenirs… Peu importe, je suis très heureuse d'enfin mettre un visage sur ce joli prénom !

Léonie tendit les bras vers Gwen et la serra contre sa poitrine.

Dans les bras de la grand-mère de son bien-aimé, Gwen reconnaissait bien là un engouement familial pour les câlins.

De son côté, entourée des personnes qui lui étaient précieuses, Léonie se sentait dans une réelle effervescence.

— Une coupette ?
— Volontiers, oui !

Léonie rit de son air détaché et partit à la recherche de Charlie, qui distribuait les flûtes de champagne comme des petits pains dans une foire aux fromages.

En réalité, Gwen était très intimidée d'être présentée *au reste* de la famille de Matthew et de partager un moment de société avec les siens. Elle avait l'impression de faire son entrée dans le monde.

Matthew, qui s'était éclipsé un instant, revint aux côtés de sa cavalière.

— Pardonne-moi, je ne sais plus où donner de la tête.

Il l'embrassa tendrement sur le front.

— Tiens, Charlie, viens nous voir.
— Champagne ?

Gwen, ne voyant pas Léonie revenir, accepta une flûte.

— Tu te souviens de Gwen ?

— Mais comment l'oublier ? D'ailleurs, quand tu auras cinq minutes, tu me diras quel est ton secret pour supporter mon frère !

Matthew prit une mine blasée tandis que Gwen souriait affectueusement.

L'esprit railleur de Charlie avait au moins le mérite de détendre sa belle-sœur.

La porte s'ouvrit une nouvelle fois.

Charlie se retourna pour voir qui pouvait bien venir à cette heure tardive, d'autant plus qu'il était davantage l'heure de partir que d'arriver.

Il fut donc surpris de découvrir la secrétaire notariale rencontrée plus tôt ce jour.

— Bonsoir mademoiselle, qu'y a-t-il ? J'ai oublié quelque chose, un papier ?

— Je ne représente pas l'office ce soir, monsieur Leprince. En réalité, votre grand-mère m'a invitée. Je me suis dit que je pouvais passer vous voir…

Charlie jeta un coup d'œil à Léonie, qui le salua en levant son verre.

— Oui, vous avez très bien fait, mademoiselle.

— Appelez-moi Julie, le coupa-t-elle.

— Charlie, lui répondit-il en lui tendant la main, qu'elle serra, en soutenant son regard.

Julie semblait venir directement de son travail. Elle revêtait encore son tailleur noir. Tandis qu'elle portait son blaser au bras, son chemisier beige, presque transparent, était encore rentré dans sa jupe crayon. Une paire de talons hauts donnait une fin à cette longueur de jambes. Même ses cheveux relevés en un chignon serré n'avaient pas bougé depuis leur rencontre de début d'après-midi.

Charlie, qui avait l'impression de vouloir littéralement saouler les gens, lui proposa un verre. Elle le déclina poliment.

— Jamais le ventre vide !

— Est-ce une insinuation pour goûter mes feuilletés ? Je les ai faits cette après-midi.

— Eh bien, vous étiez motivé.

— Je venais d'avoir beaucoup d'inspiration, osa-t-il sur le même ton.

Matthew, amusé, regarda son petit frère, en élégante compagnie, avancer au buffet. Il balaya le salon de son regard et le posa sur sa grand-mère et son cavalier.

Léonie était sans doute plus rose que Gwen, et ce, pas pour les mêmes raisons.

Si Matthew avait été posté près d'eux, il aurait entendu ceci :

— Je suis bien contente de vous voir ce soir, il faut dire qu'on ne vous a pas beaucoup vu ces derniers temps, commença Léonie.

— J'ai, en vérité, été absent près de deux semaines.

— C'est bien ce qu'il me semblait.

La Léonie fraîche d'il y a quelques heures ne se serait pas méprise quant à la teneur du discours d'Edgard ce soir-là.

— Souffrant ? demanda-t-elle en croquant à pleines dents dans un amuse-bouche.

Edgard, évaluant la teneur en sucre de son interlocutrice électrisée, sourit.

— Oui, en partie.

— Et vous allez mieux ?

— On peut dire ça.

— Vous m'en voyez ravie. Vous dansez ?

— Il n'y a pas de musique, très chère.
— Vraiment ?
— Qu'importe, vous avez raison.

Il fit un pas en arrière, inclina légèrement le dos en avant et tendit sa main.

Elle gloussa, la bouche pleine de miettes, et saisit sa main.

Ils firent quelques pas, sous le regard attendri des convives.

Matthew s'éclipsa un instant, le temps de mettre en route le tourne-disque. Sa grand-mère et son partenaire apprécièrent, et donnèrent l'exemple aux autres invités.

La soirée prenait tout de suite une dimension plus festive.

Edgard n'avait pas menti. Il était bien souffrant ces deux dernières semaines.

Tous les ans, depuis ce qui lui paraissait être une éternité, à la fin juillet, Edgard quittait Château-sur-foin. Il regagnait pour quelques jours une cabane qu'il possédait près d'un lac par-delà les collines. Il prenait du pain sec, un couteau, mettait sa barque à l'eau et s'en allait voguer quelques heures chaque jour.

Cela, il le faisait cinquante ans plus tôt déjà. Avec sa femme, pour son anniversaire à elle et leur anniversaire de mariage, à quatre jours d'intervalle.

Ils allaient nourrir les poissons.

Des heures durant, ils laissaient tomber dans l'eau claire des morceaux de pain rassis pour les êtres de l'eau. Et cela lui était resté, cinquante ans après.

Seulement, cette année, le temps s'était montré instable et pernicieux. Des vagues de chaleur avaient suivi des jours d'orage et de pluie, et inversement. Si bien qu'une journée, la dernière de son excursion, il en oublia de prendre ses précautions : pas de couvre-chef, ni boisson désaltérante ; un recueil de poèmes et ses pensées pour unique compagnie.

Cela lui valut une insolation doublée d'une déshydratation. Aussi, il garda le lit une semaine entière.

Alors, oui, Edgard était bien souffrant, d'un premier mal qui ne l'avait jamais quitté, et d'un second, que son médecin lui recommanda fortement d'éviter désormais.

— ... sans quoi, mon brave monsieur, je serai obligé de vous interdire toute aventure de ce genre à l'avenir. Ne savez-vous donc pas que cela est dangereux de s'exposer par de telles chaleurs ?

Le médecin avait fermé la porte derrière lui, laissant Edgard meurtri au fond de son lit. La dernière chose qui le maintenait près de sa femme risquait de l'en rapprocher de façon irrémédiable.

Cela étant, requinqué, Edgard était réapparu aux côtés des vivants et des bons vivants, comme le laissait paraître une Léonie galvanisée.

La canne qui lui servait habituellement d'appui était reléguée au banc des délaissés.

À la manière d'un mouvement de caméra, le regard de Matthew se détourna de cette scène émouvante pour regarder les plus fidèles clients du café.

À ce moment précis, il n'aurait pu se douter, en les voyant, de ce que Marie et Gatien avaient traversé ces dernières semaines.

Pour ainsi dire, jusqu'à très récemment encore, le couple sauvait les apparences. Cette dernière semaine avait été le théâtre de nombreux échanges.

La surprise qu'elle pensait lui faire en le rejoignant au club du troisième âge n'avait pas eu l'effet escompté. Elle pensait le retrouver charmé et conquis. Au lieu de ça, il s'était mis dans une colère qui l'avait décontenancée, elle, mais aussi les couturières, qui n'avaient pas raté une miette de cet échange.

Elle s'était approchée de lui, amoureuse comme jamais, lui montrant ainsi qu'elle était revenue, une fois pour toutes.

Il avait manqué de perdre l'équilibre en reculant, butant sur le tabouret sur lequel il était juché une minute plus tôt.

— Qu'est-ce que tu fais là ?
— Ça y est, mon Gadou, je suis revenue, j'ai compris.

Il avait été effaré de la voir ici et l'avait regardée de telle sorte qu'il avait douté de sa présence, comme si, une fois de plus, son retour n'était qu'un rêve.

— On peut savoir ce qui se passe, jeunes gens ? avait osé Rose.

— Rien. En vérité, il ne se passe absolument rien, avait-il dit sans quitter Marie des yeux.

Elle lui avait tendu fébrilement le chapeau haut de forme qu'elle venait de ramasser. Il s'en était emparé et l'avait rendu à Églantine, comme si prendre quelque chose qu'elle venait de toucher le dégoûtait.

Visiblement, Marie s'était attendue à toutes les réactions sauf à celle-ci.

— Tu es venu comment ? Je n'ai pas vu ta voiture…

— À pied. Et d'ailleurs, si tu le permets, je vais rentrer de la même façon. On se retrouve à la maison, si tant est que tu t'y considères encore chez toi…

À ces mots, les dames avaient baissé la tête, pincé la bouche et s'étaient regardées en biais.

— Mesdames, ce fut un plaisir. Rose, on se tient au courant.

Il avait pris ses vêtements qu'il avait fourrés dans son sac à dos et avait quitté les lieux, habillé en dandy.

Passé la porte, il avait fulminé de colère et s'était changé rapidement, histoire de ne pas avoir à remonter la ville pieds nus et en costume trois-pièces, sous l'œil curieux des badauds et un soleil de plomb.

Marie était restée figée devant les couturières.

— Mais…, avait-elle bredouillé.

— On dirait que vous avez chié votre coup, ma mignonne, avait lâché Rose.

— Je ne sais pas ce que vous lui avez fait, mais ce n'est pas joli-joli, avait ajouté Pétunia.

— Dépêchez-vous ou je ne vais pas rester longtemps célibataire, avait renchéri Violette.

Quand Gatien fut arrivé chez eux, il était bien plus tard que l'heure à laquelle il était censé arriver, même en rentrant à pied.

— Ne t'inquiète pas, je suis bien rentré, avait-il sifflé, la mâchoire serrée.

— Je suis désolée, Gatien, j'ai eu peur, je ne savais pas quoi faire, j'ai…

— Oui, donc t'es partie. Tu t'es barrée. Alors, OK, tu m'as laissé un joli petit mot. Mais je n'ai pas eu de nouvelles depuis. Tu ne t'es pas dit que je pouvais m'inquiéter ? T'as cru quoi ? Que j'allais tranquillement faire des comptes de résultat et t'attendre bien sagement ?

Elle avait ouvert la bouche pour parler.

— Bah oui, c'est ce que j'ai fait ! coupa Gatien. Car la Terre ne s'est pas arrêtée de tourner en ton absence et j'ai dû continuer de travailler, car mes clients n'en ont rien à faire que ma femme m'ait quitté ! J'ai dû expliquer cinquante fois au téléphone que, non, mon épouse n'est pas là pour le moment et qu'elle reviendra vers vous à son retour, avait-il dit en prenant une voix de standardiste mal assurée. Et là, tu reviens en ville, comme une fleur, comme si de rien n'était. Et je dois te sauter dans les bras ?

Elle avait essayé de nouveau de répondre.

— Nan, économise ta salive, avait-il renchéri. Je ne peux pas. C'est moi qui suis désolé. N'aie pas de doute là-dessus, c'est clair que mes sentiments n'ont pas changé. Je suis dingue de toi. Je t'aime toujours comme un fou. Mais je ne comprends pas pourquoi je dois souffrir par ta faute. Oui, ça craint, on n'arrive pas à avoir de gosses, et alors ? On n'est pas les premiers. Je ne vois pas pourquoi tu es partie. Surtout comme ça, sans me prévenir.

Il s'était tu un moment.

— Écoute, je ne sais pas quoi te dire, reprit un Gatien plus posé. T'attends quoi de moi ?

Marie avait dégluti péniblement. Elle avait eu la bouche sèche. Les mots lui avaient manqué.

— Je te demande pardon…, avait-elle commencé en fondant en larmes.

Son visage s'était tordu en une grimace humide.

— Je regrette tellement. Même ma sœur m'a dit que je n'avais pas été cool avec toi.

Ses yeux s'étaient tant emplis de larmes qu'elle ne l'avait pas vu s'avancer vers elle pour la prendre dans ses bras.

— T'es nulle, tu me saoules.

Marie avait émis un gémissement plaintif et s'était effondrée contre lui.

— Allez, allez… Pour la peine, t'iras faire les courses, je ne suis pas sorti. Et ta sœur viendra manger, tiens.

La voix de Marie s'était étouffée dans le polo de Gatien.

— Si tu veux toujours de moi, et d'un mini-nous, je veux bien qu'on les appelle…

Il la fit répéter.

— Je veux qu'on adopte…

— On est mal barrés.

— Pourquoi tu dis ça ? s'était-elle enquis sans décoller son visage de son torse.

— De ce que j'ai compris, on doit passer un genre d'entretien pour être parents, n'est-ce pas ? Tu viens de te barrer, pardon « absenter », une semaine et là je te crie dessus. Je ne suis pas sûr qu'on soit les premiers sur leur liste.

— Fais chier.

— Tu l'as dit.

— Ils ne sont pas censés savoir…

— Tu me demandes à moi, qui remplis les déclarations d'impôt de toute ma famille, de mentir ?

— Mauvaise idée…

— On dirait que t'accumules.

Elle grogna.

— Ouais, je me venge. Tu m'emmerdes.

— Moi aussi, je t'aime. Comme une dingue.

Une semaine plus tard, on les retrouva dans cette même position, les larmes en moins, dans un salon de thé en pleine pendaison de crémaillère.

Tandis que les convives ne semblaient pas vouloir mettre fin à leur soirée, et que le champagne ne coulait plus vraiment à flots, un autre personnage fit son apparition.

— Monsieur le maire, que nous vaut ce plaisir ?

— J'ai vu de la lumière et je suis entré ! Je ne suis d'ailleurs pas venu seul. Je me suis dit qu'un peu de pub ne vous ferait pas de mal. Voici un ami de la gazette, je vous laisse discuter, je vais serrer quelques mains !

— Bonsoir messieurs-dames ! l'entendit-on dire à l'assemblée.

Charlie se retrouvait donc en face d'un petit monsieur sorti de nulle part, un carnet à la main. Il ne savait pas trop comment s'y prendre pour expliquer le pourquoi de la soirée. Le regard jeté à sa grand-mère en guise d'appel au secours ne trouva pas de réponse. Il allait pour demander de l'aide à sa mère quand Julie prit la parole.

— Charlie Leprince aide depuis plusieurs années sa charmante grand-mère qui a su voir en lui tout le potentiel pour mener d'une main de maître cette institution qu'est *Chez Léonie*, vous voyez. Tandis que madame Leprince souhaite désormais profiter pleinement de sa retraite, Charlie reprend les rênes de la boutique. Il souhaite conserver tout le charme et l'authenticité du lieu et continuer de proposer à sa clientèle de succulents desserts, assura Julie devant l'acquiescement effréné de Charlie. Bien sûr, il apportera au fur et à mesure sa propre marque de fabrique.

Julie avait devancé toutes les questions du journaliste sous le regard médusé du principal intéressé.

— Très bien, c'est parfait. Je vais prendre plusieurs photos et recueillir quelques témoignages.

Julie se rapprocha de Charlie, passa le bras dans son dos et fit un large sourire à l'objectif. La prochaine édition de la gazette de Château-sur-foin afficherait en page 4 le portrait du nouvel entrepreneur, tant impressionné par sa porte-parole qu'il en avait oublié d'en détourner le regard tandis que le journaliste pressait le bouton de son appareil-photo.

— Je n'ai pas dit de bêtises, j'espère.

— Non, je dois dire que vous avez été… parfaite.

Elle rit, finit sa flûte, la laissa entre les mains de Charlie et s'en alla voir le maire.

Béatrice, qu'on avait jusqu'ici peu aperçue, se fraya un chemin jusqu'à son fils cadet.

— Alors, celle-là…

— Elle est chouette hein ?

Béatrice afficha une mine dubitative.

Elle le débarrassa de son verre vide et le rapporta de l'autre côté du bar. Elle ne semblait pas voir ce soudain rapprochement d'un bon œil. Elle prit du bout des bras Duchesse et la mit dehors avant d'éternuer de manière compulsive.

Le lendemain matin, Charlie vint ranger et nettoyer la salle aux aurores. Il découvrit sur une table qu'un coin de nappe avait servi de bloc à dessin pour un ou une convive de la veille. Il crut bien se reconnaître dans l'un des croquis. Il prit soin de déchirer le morceau de nappe et de le mettre de côté avant de jeter le reste des déchets qui jonchaient la table.

Chapitre 14 :
Le croissant et le costume

Avril

Le téléphone indiquait 9 : 00 quand le réveil extirpa Gwen de son sommeil. Elle s'assit dans son lit, s'étira les bras, laissant les paroles de la chanson la sortir doucement de ses rêves.

Ce début de semaine de rentrée mouvementé avait perturbé sa routine. Entre la sortie de lundi qui l'avait conduite aux urgences et la visite inattendue de son professeur le mardi, elle avait manqué plusieurs cours pour rattraper son sommeil, et surtout se remettre de sa chute.

Bien qu'elle aurait voulu s'y rendre, ce jeudi matin, elle n'avait pas cours. Elle se refusait toutefois de rester enfermée une minute de plus. Elle avait décidé de mettre ce début de journée à profit, ne serait-ce qu'en prenant l'air.

Elle s'était donc levée de bonne humeur, résignée à ne pas attendre davantage à côté de son téléphone.

Elle avait, en effet, passé ses deux derniers jours à espérer un message de son soupirant. Gwen en était arrivée à un point d'expectation qu'elle avait même cherché les fameuses règles sur Internet. « Combien de jours doivent s'écouler avant qu'un homme rappelle ? S'il ne reprend pas contact, qu'en conclure ? Est-ce à la femme de rappeler ? »

Les forums de discussions n'étant pas très clairs à ce sujet. Gwen avait rabattu le capot de son ordinateur portable, désireuse de ne pas se laisser inquiéter par des lois de la nature auxquelles elle ne voulait pas se soumettre.

Ce matin-là, elle était donc résolue à passer une belle journée, qu'elle ait de ses nouvelles ou non.

Le passage à la douche était de moins en moins rocambolesque. Gwen avait développé des techniques pour se laver en limitant les efforts qu'impliquait sa cheville blessée. La chaise de jardin, qui d'habitude prenait le soleil sur le balcon, demeurait désormais dans la salle de bain.

Une fois cette mission relevée avec succès, Gwen se dirigea tant bien que mal vers la cuisine en vue d'engloutir un petit-déjeuner de battante.

— Et merde, les courses, lâcha-t-elle devant le placard vide.

Gwen jeta un coup d'œil à ses clefs de voiture, suspendues à l'entrée et soupira. Le médecin lui avait formellement interdit de prendre le volant. Un quart d'heure plus tard, Gwen clopinait vers la boulangerie la plus proche, dont elle ressortit fièrement un croissant aux amandes à la main.

Elle continua son chemin et alla se poser sur un banc dans un petit parc tout près de là et ne fit pour ainsi dire qu'une bouchée de son achat.

Son sac à main sur les genoux, sa béquille appuyée sur le banc à côté d'elle, elle demeura là un moment, à détailler le paysage.

La courbe des arbres, la régularité des toits, la persévérance des lampadaires. La douceur de l'écorce, la rugosité de l'ardoise, la fragilité de la peinture qui s'écaille sur le métal froid. Il suffisait à Gwen de voir de la matière pour sentir sa texture.

Tandis qu'elle s'apprêtait à rentrer, son sac vibra. Le téléphone contre les clefs de l'appartement produisait un son qu'on ne pouvait manquer.

Un numéro qu'elle ne connaissait pas était affiché.

Un sourire fendit son visage. Elle gloussa et décrocha.

— Allô ? Gwen ? C'est Matthew.

— Bonjour Matthew.

— On peut se voir ?

— Maintenant ?

— Oui, enfin sauf si tu es occupée. Je te dérange peut-être ?

— Non, non, je ne suis pas chez moi, c'est tout.

— On peut se voir chez moi si tu préfères ?

Gwen ne répondit pas, mais sa forte inspiration en dit long.

— N'y vois rien de… euh, comment dire…, bredouilla-t-il.

— Ne t'inquiète pas, j'ai compris. Par contre, je ne peux toujours pas conduire.

— Je passe te prendre.

Gwen indiqua un point de rendez-vous auquel les deux se retrouvèrent en quelques minutes.

Arrivée à sa hauteur, elle reconnut sa voiture et enfouit son menton dans son foulard pour ne pas qu'il la voie sourire.

Il descendit lui ouvrir la portière. Elle le laissa faire et prit place à bord.

Gwen boucla sa ceinture et reposa ses mains sur la bandoulière de son sac, puis se mit à faire ce qu'elle faisait quand elle se retrouvait dans un nouvel espace, clos de surcroît. Elle décortiqua son environnement : le tableau de bord devant elle, les breloques qui pendaient du rétroviseur, les paquets de mouchoirs dans la portière et l'emplacement débordant de CD sous la boîte à gants.

Elle se sentait gênée de se trouver dans sa voiture, comme si cela lui était interdit. Il s'agissait tout de même de la voiture de son professeur, et bien qu'un des deux Thomas ait occupé cette même place quelques jours plus tôt, elle n'arrivait pas à justifier sa présence ici.

D'ailleurs, il n'en menait pas large non plus. Son cœur battait dans ses tempes. Il avait les deux mains crispées sur le volant comme s'il était à sa première leçon de conduite.

Il regardait droit devant lui, elle regardait droit devant elle. Il se concentrait sur la route, elle s'attardait sur les tâches du pare-brise. Il osait des regards vers elle, elle essayait de les lui rendre. C'était un véritable chassé-croisé dans une atmosphère tendue. Ils n'avaient jamais été aussi près aussi longtemps l'un de l'autre.

Elle était à deux doigts de regretter d'être montée, il s'en voulait déjà de lui avoir proposé.

Puis il vint briser le silence :

— On arrive bientôt, j'habite une maison isolée pas loin.

— Ah oui, ça doit être sympa d'habiter par ici, lança-t-elle.

Elle leva les yeux au ciel, pour elle-même, s'offusquant de sa propre répartie médiocre.

Elle eut une pensée pour les filles naïves qui se font avoir et montent dans les voitures sans réfléchir, et espéra ne pas être dans la même situation que ces malheureuses.

Elle regarda sa béquille appuyée contre ses jambes et échafauda vaguement un plan pour se sauver si l'occasion devait se présenter. Elle se dit que, malgré son handicap, un coup bien placé, quitte à le défigurer, lui donnerait une longueur d'avance.

— C'est un peu gênant, ce moment.

Gwen fit une moue approbatrice, à mi-chemin entre la compassion et la moquerie.

— Oui…, commença Gwen, sans avoir la moindre idée de ce qu'elle pourrait dire de plus.

— On est arrivés, c'est ici, trancha-t-il.

Nul n'aurait su dire qui des deux était le plus soulagé.

Il actionna le portail électrique et avança la voiture dans l'allée. Elle regarda le jardin s'avancer et s'éloigner tandis qu'il manœuvrait.

Ils marchèrent l'un à côté de l'autre jusqu'au perron.

— Bienvenue chez moi, dit-il en ouvrant la porte de la maison. Je suis rentré ! lança-t-il, plus fort.

Gwen fit des gros yeux pour elle-même. Elle déposa sa veste sur une chaise dans l'entrée et se demanda avec qui il pouvait bien vivre. Un colocataire ? Ses parents ?

— J'enlève mes chaussures ?

— Non, non, garde-les, tu risques de te faire mal avec les jouets qui traînent. D'ailleurs, excuse-moi, je n'ai pas pris le temps de ranger.

À moins que ça ne soit lui le parent ? pensa-t-elle.

Elle s'avança dans le salon et vit près du canapé quelques jeux de construction, ce qui la conforta dans son idée.

— Tu… tu as un enfant ?

— Ah ! Non ! répondit-il en riant. Tu vas vite comprendre.

— Ou un neveu, peut-être ?

— Non plus, mon frère n'en est pas encore là. Archi, viens me voir ! Tu te caches où, mon garçon ? Ne fais pas ton timide !

Gwen se tenait droite comme un i et ne savait pas à quoi s'attendre.

Archi pour Archibald ? Drôle de prénom, mais pourquoi pas..., se dit-elle. *Il est peut-être baby-sitter. Mais il ferait un très mauvais baby-sitter à s'absenter...*

Tout d'un coup, elle comprit. Elle vit apparaître devant elle, sorti de derrière un pan de mur, une adorable créature. Elle en resta bouche bée. Ses yeux s'écarquillèrent, un sourire fendit son visage jusqu'aux oreilles.

— C'est un raton laveur ! finit-elle par dire, à la fois stupéfaite, enchantée et soulagée.

— Bien vu. Gwen, je te présente Archimède, mon raton laveur.

Gwen s'agenouilla pour le saluer et le laisser s'approcher. Archimède vint toucher son visage de ses petits doigts griffus. Il la renifla, elle et son foulard.

— Je crois que tu sens bon.

— J'ai mangé un croissant tout à l'heure, il l'a remarqué.

— Rien ne lui échappe.

Gwen n'en revenait pas de cette rencontre.

— Du coup, tu n'as pas faim ?

— Hm, il n'était pas très gros non plus, le croissant, tu sais...

— Ça te dit, des crêpes ? suggéra Matthew.

Emballée par cette idée, Gwen acquiesça.

Elle ne savait pas à quoi s'attendre. Devait-elle considérer cette entrevue comme un rencard ?

Il l'emmena dans la cuisine et ils se mirent rapidement aux fourneaux.

L'un comme l'autre essayait de paraître le plus naturel possible dans cette situation nouvelle et inconnue.

Au fur et à mesure que Gwen mesurait les ingrédients, Matthew, posté de l'autre côté de la table, les incorporait dans la préparation. Un sourire resplendissait sur chacun des deux visages et ce n'était plus depuis longtemps l'œuvre d'Archimède qui, de son côté, empilait des cubes de bois près de la table basse.

Gwen se pencha et trempa un doigt dans la pâte qu'elle goûta.

— Mmh, pas mauvais ! Mais ça manque de rhum…

Il tendit les lèvres, comme une invitation à goûter.

Jouant le jeu, elle trempa de nouveau son index dans la préparation et fit semblant de le porter à la bouche du chef, ce qu'il attendait avec avidité, avant de le retirer au dernier moment et de le suçoter elle-même comme la première fois, non sans accompagner sa malice d'un éclat de rire.

Oscillant entre la gêne et la volonté de provoquer une réponse sensuelle, elle affirma son regard, appelant à davantage de promiscuité.

La regardant se lécher les lèvres pour anéantir toute trace de pâte restante, il se pencha au-dessus de la table et vint apposer les siennes. Gwen accueillit ce baiser avec douceur.

Ce nouveau rapprochement la rassurait quant au caractère exceptionnel qui définissait leur premier contact, et qui désormais, ne l'était plus. Leur tout premier baiser n'était pas une erreur ou un rêve ; il n'était que le premier.

Ils se décollèrent l'un de l'autre et sourirent, encore et encore, inlassablement radieux et transportés par cet échange.

Matthew fit le tour de la table et se posta devant Gwen, il lui saisit les mains.

— Je suis content que tu sois là.

— Moi aussi, je suis contente... et rassurée.

— Que je me sois enfin décidé à t'appeler ou que je ne sois pas père ? demanda-t-il en appuyant son propos d'un haussement de sourcil.

Gwen ouvrit la bouche, étonnée, et ne sut pas quoi répondre, à mi-chemin entre la décontenance et la culpabilité.

— Ce n'est pas ce que je voulais dire. Ça ne m'aurait pas dérangée que t'aies un enfant, ça me surprenait juste que tu veuilles me présenter... si vite. Surtout que je veux avoir des enfants, reprit-elle après une courte pause.

Matthew, interloqué, rebondit sur son propos :

— Toi aussi, tu as l'air de presser les choses !

— Ce n'est pas non plus ce que je voulais dire, ce n'est pas une invitation à faire un bébé...

Matthew sourit à cette proposition maladroitement connotée.

Honteuse, Gwen couvrit son visage de ses mains.

— Ça non plus, je ne voulais pas le dire comme ça.

Matthew mit fin à cette conversation saugrenue en la prenant dans ses bras.

Le mouvement, entraîné par l'élan, les obligea à faire quelques pas pour retrouver l'équilibre.

— J'avais envie de ce moment depuis l'autre fois...
— Moi aussi, j'ai cru qu'il n'arriverait jamais...
— Il fallait m'appeler plus tôt...

Il retira son visage de son cou, et serrée contre lui, il la regarda et sourit. Il la trouvait si belle, douce, avec une pointe d'autorité. Elle lui plaisait de plus en plus.

— Les crêpes ne vont pas se faire toutes seules, murmura-t-elle.

— C'est juste, surtout si tu manges toute la pâte.

Matthew chercha sa bouche pour un ultime baiser avant de se remettre au travail.

À quelques mètres, Archimède mâchouillait la télécommande chipée plus tôt sur le meuble de la télévision.

Tandis qu'une pile de crêpes refroidissait sur la table, les deux amoureux discutaient sur le canapé, un café entre les mains.

— On doit en parler, Gwen.

Gwen redoutait cet aspect sombre qu'imposait leur nouvelle relation.

— Tu comprends bien que tout ceci nous met dans une situation délicate et je ne sais pas comment faire. Tu ne t'en doutes peut-être pas mais, malgré mon charme irrésistible, tu es la première de mes étudiantes avec qui je... fais ça.

— Tu es aussi mon premier prof, ajouta Gwen, avant de se rendre compte à quel point c'était étrange de le formuler à voix haute.

— Ces derniers jours ont été très pénibles. J'ai beaucoup réfléchi et...

— Il ne faut pas : si on a envie, on continue, mais si l'un de nous deux veut arrêter, on en reste là.

— Ce n'est pas si simple, dit-il en appuyant sur chaque mot.

— Tu as envie de continuer ?

— Oui, mais il n'y a pas que ça. Je risque ma place…

— … si ça advenait à se savoir. Si personne ne sait, aucun risque. Et on ne fait rien de mal tant qu'on ne… va pas plus loin. Et dans deux mois, je ne suis plus ton élève.

— T'en as parlé à quelqu'un ? À Romane ?

— Non, même pas. Mais j'ai eu très envie de lui dire. Car, bon, comment dire ça… elle serait, je pense, plutôt contente de l'apprendre.

Gwen baissa la tête et se mordit les lèvres pour se retenir de rire.

— Est-ce que cela signifie que vous avez déjà parlé de moi, avant même que tout cela n'arrive ?

Gwen afficha un large sourire et se frotta la nuque.

— Ah mais en fait, tu es la petite étudiante qui a charmé son professeur, je fais l'objet d'un plan calculé ! s'offusqua Matthew, rieur.

— Car toi tu es innocent, peut-être ? À te pavaner devant moi, à me regarder intensément, car oui, mon cher, je me souviens des premiers cours ! Et ne me dis pas que ce n'était rien du tout.

— De ? Le moment où je t'ai fixé pendant une éternité ? Oh, dis-toi que ça me hante encore.

Ils rirent.

Matthew profita d'un silence pour replacer une mèche derrière l'oreille de Gwen.

— J'ai envie, vraiment. Ça compte pour moi. Tu comptes pour moi… Toutes ces semaines à te voir presque chaque jour, à m'efforcer de ne pas te mettre trop en valeur, ni à trop te regarder. Je me rends compte aujourd'hui que je tiens à toi plus que ce que je pensais, et plus que je m'en croyais capable. Je ne te connais pas vraiment, mais tout m'encourage à en apprendre plus sur toi. Et je t'ai présenté Archimède.

Elle regarda ce dernier lisser son pelage, assis sur son postérieur, adossé à un meuble.

— Je crois qu'il m'aime bien.

— Je crois même qu'il t'a adoptée. Tu sens la nourriture, c'est pour ça…

Elle le fit taire par un baiser.

Poussé par son entreprise, Matthew s'adossa pleinement au coussin du canapé et accueillit avidement ses lèvres, ce qui n'échappa pas au regard curieux d'Archimède.

— Attention, nous avons un public ! dit-il dans un souffle.

Gwen s'éloigna de son visage pour se pelotonner dans ses bras. Ils s'enfoncèrent dans le canapé.

— Raconte-moi son histoire, comment ça a commencé avec Archimède ?

Entendant son nom, l'animal accourut et réclama lui aussi les bras de son maître. Archimède vint se lover contre Matthew, qui passa sa main libre dans sa fourrure.

— Tout a commencé il y a deux ans et demi.

Gwen mima un seau de pop-corn fictif dans lequel elle piocha quelques grains.

Il en saisit aussi quelques-uns et accompagna son geste d'un rire réprimé.

— Je me baladais en forêt, reprit-il. On était en novembre, en fin d'après-midi, et il faisait entre chien et loup. Je m'apprêtais à rentrer, et là, sans prévenir, j'entends une sorte de couinement. En me rapprochant de la source de ce bruit, j'aperçois un jeune raton d'à peu près cette taille, décrivit Matthew en écarta ses mains. Je me fige, ne sachant quoi faire. Je me souviens d'une règle d'or dans la nature, « si tu croises un bébé, il y a sûrement la mère pas loin ». On ne dirait pas comme ça, mais c'est féroce, ces petites bêtes.

Gwen acquiesça, avide de connaître la suite.

— J'attends, il me regarde, continua Matthew. Il avait l'air encore plus perdu que moi. Du coup, je me dis, « tant pis pour la mère, je tente » et je m'avance. Lui, pas craintif, se laisse approcher. J'avance ma main pour le caresser, il me renifle et se laisse faire. Il avait un poil affreux et clairement que la peau sur les os. Je lui donne à manger du pain et un peu d'eau. On aurait dit qu'il n'avait pas mangé depuis des jours. Affamé, le bougre, ajouta-t-il.

Peinée, Gwen sourit tendrement et caressa l'animal.

— Je ne savais pas quoi faire. Au bout d'un moment, je me dis que je ne peux pas rester là, on commence à presque plus y voir. Alors je me lève, et je pars. Et là, il me suit ! Je tente de l'en dissuader, de le chasser…

— Tu l'as ramené ici ?

— Oui, du coup, oui. Mais dès le lendemain, je l'ai emmené chez la vétérinaire. Elle l'examine et confirme que son état de santé n'est pas très bon, rien d'alarmant mais néanmoins préoccupant, même pour un animal sauvage.

— Tu n'as pas eu peur qu'elle le garde ?

— Au début, je pensais qu'elle allait le faire, justement, et ne connaissant rien aux ratons laveurs, je me suis dit que c'était la meilleure chose à faire. Sauf qu'elle m'explique qu'elle est débordée de travail et tout et tout...

— Et donc ?

— Et donc s'ensuit une interminable conversation dont je t'épargnerai les détails. Je rentre chez moi avec... cette chose, fit-il en désignant Archimède. La semaine suivante, je faisais les démarches pour l'adopter officiellement et recevoir les autorisations pour détenir un raton laveur.

— Il avait quel âge alors, quand tu l'as trouvé ?

— La véto a estimé qu'il avait six mois. On lui a fixé sa date de naissance en mai, le 14, date à laquelle, en novembre, j'avais effectué cette randonnée.

— C'est bientôt ! Une dernière chose : pourquoi « Archimède » ?

Matthew posa les yeux sur l'animal, et sourit, songeur.

— Je lui cherchais encore un nom quand il a fallu lui faire prendre un bain, et il flottait...

De l'autre côté de la ville, tandis que l'heure du déjeuner approchait, la famille Bonnet-Beauregard choisissait de se faire livrer.

— Fajitas ?
— Trop épicé.
— Burger ?
— Trop gras.
— Ramen ?
— Trop de sauce.
— Salade ?
— Trop sec.
— Tu veux quoi ?
— Pizza ! répondit Suzanne, les yeux pétillants.

— Vendu, fit Romane en composant le numéro de leur pizzeria préférée.

— ... je récapitule, fit la voix au bout du fil : une Quatre fromages supplément fromage, une Montagnarde sans oignons, une Légumes du soleil sans thym avec les aubergines bien grillées, une Chèvre-miel et une petite Royale. À dans une demi-heure, messieurs-dames !

Depuis son retour à la maison, Suzanne avait fait des allers-retours entre son lit et le canapé du salon, qu'elle ne devait quitter, ni l'un, ni l'autre, sous peine de s'attirer les foudres de son mari, de sa sœur, et de son fils.

Juan avait été invité ce jeudi à partager le repas de midi en la compagnie de sa belle-famille.

Romane avait envie de passer du temps avec son chéri, mais voulait aussi tenir compagnie à Suzanne et garder un œil sur Ben.

William avait écourté ses rendez-vous de fin de matinée pour s'octroyer une pause déjeuner à domicile. Toujours vêtu d'un pantalon et d'une veste gris foncé, l'homme paraissait bien sérieux.

— C'est donc toi, le fameux Juan.

— Oui, monsieur.

— Quelles sont tes intentions envers ma belle-sœur ?

Romane présentait donc officiellement son petit ami à sa famille.

— Euh... Je... Très bonnes, monsieur.

Romane et Suzanne étouffèrent un rire.

— Arrête, chéri, tu lui fais peur, finit-elle par dire en tenant son ventre rond.

William, qui jusqu'alors avait un regard froid et impassible, afficha un court instant un sourire carnassier. Il s'avança vers lui et il lui donna une tape sur l'épaule.

— Ne t'inquiète pas mon garçon, je te fais marcher. Mais ne t'avise pas de la faire souffrir ! ajouta-t-il en revêtant pour quelques secondes encore son regard de père de substitution.

Juan émit un gémissement, s'enfonça dans son siège et se força à ne pas tamponner sa tempe perlée de sueur.

— Tu t'en sors très bien, t'inquiète, lui chuchota Romane.

Si William se voulait intimidant dans son apparat de maire, il l'était beaucoup moins quand il mangeait.

À présent assis sur un petit pouf à côté de la table basse, les jambes écartées pour manger au-dessus de la boîte de pizza posée à même le sol, William croquait à pleines dents dans sa Montagnarde sans oignons. La chemise hors du pantalon, les manches retroussées, la cravate desserrée et remontée sur l'épaule, une serviette en papier autour du cou et sur chaque jambe, monsieur le maire paraissait tout de suite plus abordable.

Il était loin d'être d'un naturel menaçant, bien au contraire. Mais traumatiser les petits amis de Romane constituait une réelle passion.

— Alors, mon jeune ami, quel est ton projet ? Qu'est-ce que tu veux faire de ta vie ?

— Je voudrais être architecte-paysagiste et, à terme, ouvrir mon propre cabinet.

— Quel beau projet que tu as là. Mais dis-moi, il n'y a pas un concours ?

— Si… je l'ai loupé. Je me suis préparé trop tard. C'est pour ça que je suis là, je fais ce semestre pour ne pas perdre de temps et maintenir mes connaissances sur les arbres.

— C'est bien pensé.

— Il a passé ton examen avec succès, on dirait ! lâcha Romane, rieuse.

— Et toi, tu sais ce que tu veux faire ? fit William. Passer le permis, peut-être ? la taquina-t-il.

Elle déglutit.

Romane peinait à trouver sa voie. Quant au permis de conduire... Dès que le sujet venait dans la conversation, elle s'évertuait à réorienter celle-ci sur quelqu'un d'autre.

— Oh, j'y pense, oui... Et vous deux, c'en est où, la chambre ?

Suzanne, se faisant une joie de répondre, avala le reste de Chèvre-miel qu'elle avait en bouche et répondit :

— Les meubles sont montés, et j'ai commencé à constituer le stock de couches.

— Vous n'êtes pas un peu en avance ? essaya Juan, désireux de s'intégrer.

— On n'est jamais trop en avance pour préparer une chambre d'enfant, tu sais ! Et puis, il y a encore les peintures à faire.

— N'aurait-il pas fallu les faire avant de monter les meubles ? suggéra Juan.

— Oh, Juan, attention, tu perds des points, là ! plaisanta Suzanne en ricanant sous le nez de son mari. Il le sait déjà !

La capacité qu'avait Romane pour changer de sujet n'était pas tombée du ciel. En vérité, elle était allée à bonne école.

— Dis-moi, mon cœur, commença William. Où en es-tu dans tes lectures ? Elles te plaisent ?

Suzanne voulut ne pas rentrer dans son jeu et persister sur ce sujet préoccupant, mais, se souvenant du dernier bouquin qu'elle venait de dévorer, Suzanne ne put contenir sa joie.

— T'as gagné, maugréa-t-elle. Écoute, celui que tu m'as offert était pas mal du tout. J'ai adoré, même !

— Tu l'as déjà fini ? fit William, intéressé.

— Oui, je l'ai lu d'une traite.

En revenant de l'hôpital, Suzanne avait d'abord accusé le coup. Rester à la maison et ne rien faire ? Très peu pour elle.

Depuis son premier emploi à la banque, Suzanne menait un train de vie « express ». De son lever à son coucher, chaque minute était planifiée pour son travail, la gym, sa famille.

Il avait fallu moins d'une journée à la future maman pour reprendre goût aux joies du cinéma à domicile et de la lecture.

— Ça me rappelle ma vie d'étudiante !

— C'est vrai, acquiesça William, affichant un sourire commissural.

— Vous vous connaissez depuis la fac ? demanda Juan.

Suzanne et William se regardèrent amoureusement.

— Oui, je la supporte depuis tout ce temps.

— Et vous vous êtes rencontrés comment ?

— À une soirée étudiante. Une des premières à laquelle je me rendais, répondit Suzanne, nostalgique.

— Je n'étais pas censé y aller. Pour ma part, j'en avais fini avec toutes ces fêtes.

— Oui, on sait, tu es vieux ! fit Suzanne, moqueuse.

Il feignit le dédain et reprit son histoire.

— Et c'est mon coloc de l'époque qui me força la main. Il avait besoin d'un faire-valoir pour serrer... pour conquérir le cœur d'une dame, reprit-il en regardant son fils.

— C'était une soirée costumée..., commença Suzanne

— ... et je suis venu en costume.

— Costume-cravate, répondit Suzanne à la question qu'allait poser Juan.

Ce dernier haussa les sourcils.

— Je faisais un très bon agent secret improvisé.

— Il avait surtout beaucoup de classe parmi les monstres, les super héros et les zizis géants.

— Et toi, tu étais radieuse en danseuse de la prohibition.

— Et ils sont tombés amoureux, patati patata... Je connais cette histoire par cœur, fit Romane à l'attention de Juan.

Ce que Romane ignorait, c'était qu'en réalité, elle était loin de connaître l'histoire de la rencontre de sa sœur et de son beau-frère, comme tout le monde, d'ailleurs.

Suzanne et William s'étaient bien gardés de divulguer comment leur histoire avait véritablement commencé.

Une soirée étudiante oui, un coup de foudre immédiat dans une ambiance romantique, pas vraiment.

Célibataires et avinés à leur rencontre, les deux jeunes gens avaient d'autres plans en tête ce soir-là que de tomber amoureux. Une soirée en entraînant une autre, puis une autre, et ainsi de suite des semaines durant, force leur avait été de constater qu'ils tenaient l'un à l'autre plus qu'ils ne voulaient bien le croire.

Sachant chacun ce à quoi pensait sa moitié, Suzanne et William se regardaient, faisant revivre le passé quelques secondes dans leurs regards. Ils se revoyaient une dizaine d'années en arrière, sans enfant, sans poste à la banque, sans mandat électoral, sans maison sur la rue principale, seulement eux deux, ignorant tout de leur futur commun.

— Hé ho, les amoureux, réveillez-vous !

— Ah mon cher Juan, fit William en posant une main amicale sur son épaule, profite de ta jeunesse !

Chapitre 15 :
Les miettes et l'enquête

Août

La troisième semaine d'août était déjà bien entamée quand Marie poussa avec le coude la porte de *Chez Léonie*. Elle entra péniblement, chargée de son ordinateur sous un bras et d'un carton sous l'autre.

Duchesse, la mascotte féline de la maison, si ce n'est de tout le voisinage, vint faire ses amitiés dans les jambes de la nouvelle venue.

— Tu choisis ton moment, toi ! fit Marie, avançant à pas feutrés pour éviter de lui marcher dessus.

— Allez, allez, Duchesse, va donc gagner ton avoine ailleurs ! intervint Léonie en délestant Marie de son carton. Qu'avez-vous donc apporté ?

— Des livres de cuisine ! finit-elle par répondre, un bouchon de stylo entre les dents tandis qu'elle griffonnait « gagner son avoine » sur le rabat du carton.

Depuis plusieurs mois, elle notait rigoureusement les vieilles expressions qu'elle entendait et s'énorgueillissait d'avoir déjà noirci près de la moitié de son carnet, acheté pour l'occasion.

— Avez-vous trouvé une utilisation à toutes les vieilles expressions que vous notez ?

— Pas encore. Et même si elles ne me servent pas pour le tricentenaire, je les garde. Elles me font rire.

Léonie partagea son amusement et revint à la pile de manuels de cuisine.

— Vous avez peur que je vous laisse mourir de faim ? s'inquiéta Léonie.

— Non, voyons. Asseyons-nous, je vais vous expliquer.

Posé sur la table devant elle, le carton ouvert arrivait à présent au nez de Marie. Elle en sortit un vieux manuel à la tranche jaunie.

— *Mille et une recettes des temps anciens*. Ma grand-mère l'a eu quand elle était à l'école. Elle l'a transmis à ma mère qui me l'a donné à son tour.

Marie caressait la couverture de l'ouvrage et tentait d'en faire disparaître la poussière, témoignage de plusieurs années passées à l'ombre sous les escaliers.

— J'entends bien, mais pourquoi ce livre… ces livres ? reprit-elle en jetant un coup d'œil dans le carton.

— On m'a demandé d'élaborer le menu pour le tricentenaire ! informa fièrement Marie, tout sourire.

— En voilà une merveilleuse nouvelle ! Vous avez bientôt fini ?

— Au contraire, j'en suis loin, dit-elle en accompagnant sa réponse d'un rire aussi jaune que le soleil qui brillait au-dehors.

— Puis-je vous proposer mon aide ? Ce serait un réel plaisir que d'apporter mon expertise dans le domaine !

Marie sourit, tant et si bien que ses joues remontées lui conféraient un air de personnage de dessins animés.

— J'ai déjà listé les fruits et légumes de saison dans le cahier que voici. Et j'ai noté quelques idées de plats sur une feuille…

— … que voilà ! fit Léonie en extirpant un bout de papier coincé entre deux volumes de *Cuisiner comme Grand-*

maman. « Tarte à la citrouille, chausson aux pommes au caramel, pain de seigle aux noix, salade d'endives et de fromage de brebis, purée de pommes de terre et doubeurre, flan de pâtisson et courgette… » J'en ai l'eau à la bouche !

— Vraiment ? Vous trouvez cela appétant ? Je voudrais valoriser les variétés de légumes d'autrefois, peu d'enfants connaissent la doubeurre et le pâtisson.

— Quand c'est bien préparé et mélangé avec des légumes plus « modernes », fit Léonie en mimant des guillemets avec ses doigts, aucun enfant n'y résiste. Même Charlie a fini par y succomber quand il était petit. D'ailleurs, mon enfant, lança Léonie à son petit-fils, ramène-nous donc un ensemble de pâtisseries et du thé, je te prie.

Quelques minutes plus tard, Charlie revint, un grand plateau garni dans les bras. Marie fit de la place en posant le carton vide par terre et accueillit ce festin avec appétit.

— Je vous ai mis un échantillon représentatif des gourmandises du jour. Sauf les éclairs, Edgard et ses amis se sont jetés dessus, ajouta-t-il discrètement sur le ton de la confidence.

— Il est gourmand comme une chatte celui-là ! fit Léonie, rieuse.

Avec toutes ces expressions, Marie ne savait plus où donner de la tête.

— En parlant du loup…, osa Marie, en pointant du doigt la nouvelle locataire du carton à fourrure blanche.

Sa grande queue fournie faisait dépasser quelques mèches de poils par un interstice tandis que les rabats refermés sur elle conféraient à cet espace clos autant de tranquillité et de sécurité qu'une boîte sombre pouvait en apporter.

— Je vous sers une tasse de thé ? Celui aux fruits rouges se marie à merveille avec les beignets au chocolat blanc. Avec ceux au chocolat noir aussi, d'ailleurs…

Marie, qui en était à sa deuxième bouchée, hocha vigoureusement la tête en tendant sa tasse.

Au bout de deux heures, de dizaines de pages griffonnées, d'un historique Internet chargé et plus de mignardises avalées qu'on ne pouvait en compter sur les doigts de deux mains, ce qui semblait être un début de menu se profilait à l'horizon.

— Avec toute cette nourriture vue et ingurgitée, je crois que je ne vais pas manger grand-chose ce soir, remarqua Marie.

— Vous emporterez bien tout de même quelques douceurs pour votre cher et tendre. D'ailleurs, je m'étonne de ne pas le voir. Est-il souffrant ? C'est vrai qu'avec ces chaleurs, si on ne fait pas attention…

— Il se porte très bien, au contraire, coupa Marie. Il a passé l'après-midi au centre aéré à donner un coup de main aux enfants pour la peinture des enseignes.

— Oh oui, les fameuses enseignes, c'est vrai. Vous ici dans les papiers, lui avec les jeunes les mains dans la peinture, vous inversez les rôles, aujourd'hui !

— En effet, comme vous deux, avec Charlie.

— Comment ça ? s'enquit Léonie.

— Et bien vous êtes là à me tenir compagnie sans trop vous agiter tandis que Charlie bat des cils auprès de la jolie brune à chaque fois que les clients lui en laissent l'occasion, fit Marie en indiquant Julie, du pouce. D'habitude, c'est plutôt vous qui faites du charme au doyen, ajouta-t-elle, soudainement désinhibée.

Léonie resta bouche bée par le contenu de cette remarque. Elle préféra ne pas tout relever.

— Vous aussi, vous avez remarqué l'amie de mon petit-fils ? Elle est arrivée quand nous abordions les hors-d'œuvre.

— Et elle n'a pas attendu le plat principal pour lui faire du rentre-dedans ! répliqua Marie, les joues rosies par sa propre témérité.

— Elle va en faire son quatre-heures, osa Léonie, se laissant prendre au jeu.

— Si elle n'en fait pas son dessert avant ! lança Marie dans un éclat de rire qui ne manqua pas d'interpeller toute la salle.

— Je crois que notre bon vieux Charlie a eu la main lourde sur le rhum du baba, fit Léonie pour elle-même en détaillant l'assiette vide de son interlocutrice.

— C'est la clerc de l'office qui a fait le changement de propriétaire, c'est ça ? vérifia Marie.

— La secrétaire, trancha Béatrice.

Elle était apparue soudainement, ce qui eut pour conséquence immédiate de faire sortir Marie et Léonie de leur contemplation indiscrète.

— Oui, c'est la secrétaire, confirma Léonie. Ils semblent avoir bien sympathisés.

Malgré ses efforts pour dissimuler sa pensée, Béatrice afficha une mine déconfite quant aux derniers propos de sa mère. Elle s'empara de la vaisselle sale et disparut dans la cuisine.

— J'ai dit quelque chose qu'il ne fallait pas ? s'intrigua Marie.

— Non, du tout. Disons simplement que Julie peine à trouver grâce aux yeux de ma fille.

— Ah, les belles-mères, c'est toujours compliqué.

Léonie acquiesça en insistant sur ses paupières closes tandis qu'elle buvait avidement son thé encore fumant.

— Son « instinct de mère » lui dit de ne pas faire confiance à cette jeune femme.

— Vous en pensez quoi d'elle, vous ?

— Je n'ai pas eu l'occasion de beaucoup discuter avec, mais elle m'inspire. Elle a du caractère. Je pense que ça ne peut pas faire de mal à Charlie, ça le secouerait un peu, le sortirait de son confort habituel.

Marie écoutait Léonie avec attention, mais s'évertuait toutefois à rassembler les miettes sur la table.

Du bout du majeur, elle acheminait les flocons de pâte feuilletée en un point central devant elle. Puis, de là, elle les redistribuait tout autour de sa soucoupe. Un petit flot de miettes feuilletées dessinait un pourtour, comme les douves autour d'un château fort. De temps à autre, elle pressait le bout de son doigt sur quelques-unes et les portait discrètement à sa bouche.

Pendant cette expédition presque myrmicéenne, Marie découvrit en la personne de Charlie une nouvelle facette.

Le fils cadet de Béatrice avait davantage été couvé par cette dernière qu'avait pu l'être Matthew. Si bien que Béatrice était plutôt regardante sur l'entourage de son petit dernier. À ça s'ajoutaient quelques précédentes expériences désastreuses en amour qui encourageaient Béatrice à veiller au grain. Non pas que Matthew suivait un parcours idyllique, c'est juste que, plus discret, plus réservé, il n'en faisait pas cas, au grand dam de sa famille.

Par ailleurs, Matthew avait rapidement quitté le nid pour faire ses études tandis que Charlie était resté plus longtemps auprès de sa mère. Il avait emménagé chez sa grand-mère seulement quand leur mère avait vendu la maison et était partie. D'ailleurs, depuis son retour, Béatrice séjournait chez sa mère dans une chambre plus petite que celle qu'occupait son fils.

Dorénavant, Charlie tentait de marcher dans les pas de son frère et de se construire un jardin secret. Il était resté évasif dans ses réponses aux questions que lui posaient sa mère et sa grand-mère. S'il s'était confié à Matthew, ce n'était certainement pas sur lui que les femmes Leprince pouvaient compter pour obtenir des informations.

— Mais, en fin de compte, pourquoi elle ne l'apprécie pas ? Elle s'est mal conduite avec elle ? demanda Marie en faisant attention à n'être entendue par nul autre que Léonie.

— Même pas. Elle est, selon Béatrice, une arriviste. Elle croit que Julie a mis le grappin sur Charlie parce qu'il vient d'acquérir le café.

— Sans vouloir vous manquer de respect, je crois que sa situation actuelle lui confère déjà un certain confort et que si elle voulait s'enrichir, elle irait frayer dans sa branche.

— C'est ce que je lui ai répondu ! Le commerce marche bien, je n'ai jamais eu à m'en plaindre, mais je ne roule pas sur l'or non plus. Elle se perd en conjectures alors qu'ils ne font que flirter comme deux adolescents… Non, non, je pense tout bonnement que mon Charlie lui plaît et qu'elle n'a pas froid aux yeux, cette petite, conclut Léonie.

— Quand on peut conjuguer travail et plaisir, autant ne pas se priver ! rebondit Marie.

— Exactement, et vous, justement, on a discuté travail, mais le plaisir, c'en est où ?

Marie, qui avait jusque-là les mains posées sur les cuisses, étira les bras et saisit ses genoux. Son regard tourné sur les plis de sa robe ne dévia pas celui de Léonie, pointé sur le sourire de Marie.

— Un heureux évènement se cache-t-il derrière cette superbe mine ?

— Oh… si on peut dire, commença Marie. Mais ce n'est pas ce que vous croyez, s'empressa-t-elle d'ajouter, qu'il n'y ait pas méprise.

À son tour, Léonie se montrait à l'écoute.

— On ne voulait pas en parler trop tôt. Avant qu'on soit sûrs. C'est une petite superstition, comme font les couples qui attendent un enfant, ils n'annoncent la grossesse qu'au deuxième trimestre…

Léonie se tenait là, droite comme un i, les oreilles grandes ouvertes, impatiente d'en apprendre plus sur la raison pour laquelle son amie la faisait languir.

— Nous n'abandonnons pas l'idée d'avoir un bébé naturellement, nous essayons seulement une alternative, une autre façon de devenir parents.

Léonie ne tenait plus en place. Si son avidité de savoir n'avait pas été si grande, elle se serait sans doute rendu compte que Marie jouait un peu avec ses nerfs.

— L'adoption est une chance formidable pour des couples comme le nôtre ou des enfants orphelins. Malheureusement, cette procédure demande du temps, énormément de temps. Nous en avons, certes, mais des enfants n'en ont pas, eux.

Léonie se pencha, extirpa Duchesse de son carton — et de son sommeil –, la prit dans ses bras et la caressa frénétiquement, comme pour calmer ses ardeurs. Elle brûlait d'envie de lui dire d'arrêter de tourner autour du pot.

— Je ne sais pas si vous êtes au fait de l'actualité, mais l'orphelinat a des besoins préoccupants et des enfants sont lésés.

Elle expira profondément.

— Alors nous avons contacté une assistante sociale et nous nous sommes renseignés pour devenir famille d'accueil et peut-être même parents.

— Enfin ! lâcha Léonie avec une délivrance telle que Duchesse put récupérer sa fourrure pour y mettre de l'ordre.

— Pardon ? s'enquit Marie.

— Rien, rien, mon enfant, continuez.

— Oui, donc, je disais, être famille d'accueil, et bien, cela implique aussi bien sûr toute une procédure, mais le système, étant dépassé, est de notre côté : nous avons déjà pu faire le premier entretien.

Duchesse, qui ne voulait pas se faire avoir une deuxième fois, sauta de la banquette et se faufila entre des pieds de chaises, à l'abri des humains trop affectueux à son goût.

— Une petite dame est venue nous rendre visite il y a quelques jours. Elle nous a posé un tas de questions, sur chacun de nous, notre couple, notre histoire et ce qu'on attendait de notre avenir.

— Et ça s'est bien passé ?

— Oui, je crois. J'ai plus eu l'impression de passer un interrogatoire qu'un entretien, mais j'imagine que c'est ce qu'il faut. À un moment, j'ai eu un peu peur, reprit-elle. Elle nous a demandé si on se disputait parfois, et j'ai hésité… Vous n'êtes pas sans savoir que Gatien et moi venons de traverser une petite crise, avoua-t-elle, gênée. Je me suis dit que ça pouvait aller contre nous, qu'il y avait sans doute d'autres couples bien plus heureux que le nôtre qui feraient de meilleurs parents et on risquerait de voir notre chance nous passer sous le nez.

Léonie pinça les lèvres, appréhendant la suite de l'histoire.

— La dame a compris le cas de conscience auquel je faisais face. J'avais peur de lui mentir, j'apprends à mes élèves à ne pas le faire… C'est là qu'elle nous a dit qu'il n'y avait pas de bonnes ni de mauvaises réponses. Alors Gatien m'a pris la main, m'a regardée avec confiance et lui a fait état de notre relation. Elle a rigolé en disant que ce n'était pas catastrophique.

Soulagée, les épaules de Léonie s'affaissèrent.

— Il ne nous reste plus qu'à attendre son coup de fil pour en savoir plus. Il sera peut-être question d'un second entretien et s'il est concluant, on pourra enfin envisager d'accueillir quelqu'un.

Léonie hocha la tête comme pour acquiescer à sa propre réflexion.

— Je reste sur ma position, c'est un heureux évènement. Je ne peux pas deviner l'avenir, mais Gatien et vous, en dépit de vos petites querelles, formez un couple ravissant. Je suis certaine que cette dame a su le voir en vous. Vous serez de très bons parents, que vous portiez ou non l'enfant.

Les deux femmes plongèrent leurs mains par-dessus la table et se les empoignèrent tendrement. Marie s'efforçait de retenir le flot d'émotions qui l'envahissait.

— Je vais devoir me sauver, Léonie. Il se fait tard. Je vous remercie pleinement pour ce merveilleux moment, cela m'a fait beaucoup de bien.

Elle farfouilla dans sa besace et en sortit son portefeuille.

— Je vous dois combien pour tout ça ? demanda-t-elle en désignant l'ensemble de la table, où trônait auparavant une montagne de délices.

— Oh, rien du tout, c'est pour moi !

Marie fit une moue à mi-chemin entre la surprise et la reconnaissance.

— Eh bien, vous mettrez ceci dans la cagnotte, fit-elle en sortant un billet et quelques piécettes. Vous soutenez qui, ce mois-ci ?

— L'orphelinat.

Marie, debout face à Léonie, accueillit cette nouvelle avec sérénité. C'est ce genre de coïncidences qui lui faisaient murmurer avec autant de conviction que l'on pouvait s'en imprégner, « c'est un signe ».

Léonie lui fit un clin d'œil et les deux amies se quittèrent sur un sourire.

Marie et Léonie finissaient leur journée avec légèreté et regagnaient leur foyer avec entrain. L'une rejoignait son époux au teint doré par le soleil, l'autre, ses petits chaussons et son nouveau feuilleton quotidien.

— Tout se passe comme tu veux ?

— Oui, je remplis le lave-vaisselle et j'attaque la salle. Rentre, maman, on a bientôt fini, l'informa Béatrice.

— Justement ! intervint Charlie en s'approchant. Tu peux finir toute seule ? Je sors.

Si la question de Charlie pour sa mère laissait penser qu'il y avait deux réponses possibles, la question de l'employeur à l'employée était sans équivoque quant à la réponse attendue.

Béatrice afficha un sourire forcé et hocha la tête sans dire un mot.

— Merci, m'man ! Bonne soirée, mamie !

Il saisit ses clefs sur le perchoir prévu à cet effet et rejoignit Julie, qui rangeait ses papiers dans son attaché-case.

— Prête ?

— Une dernière caresse à cette ravissante boule de poils et on peut y aller.

En s'approchant de la sortie qui donnait sur une fin d'après-midi encore chaude, Charlie tint la porte ouverte à sa cavalière et ce, en lui portant une main dans le dos. Ce détail distingué n'échappa pas à Léonie — et encore moins à Béatrice –, qui les rendait respectivement fière et agacée.

La porte n'était pas totalement refermée que Charlie réapparut.

— Mamie, Edgard m'a dit de te dire qu'il s'excusait d'être parti sans te saluer, il ne voulait pas te déranger, dit-il dans un souffle avant de disparaître de nouveau.

— Bon... tu veux que je reste pour t'aider ?

— Non, non, maman, ça ira, merci, ça va aller vite. Rentre donc, tu vas rater le début de ton émission.

D'habitude, elle aurait insisté et serait restée pour aider, mais pour une fois, elle décida d'une part d'obéir innocemment et d'autre part, de profiter de sa retraite. Par ailleurs, elle pensait que Béatrice voulait aussi rester seule et décida de respecter son choix.

— Comme tu voudras, je vais préparer le potage devant *L'Inspecteur mène l'enquête*, alors. Viens, Duchesse.

Les paroles de Léonie se perdirent dans le corridor qui reliait le café à la maison.

Un couloir bas de plafond, au milieu duquel une unique ampoule resplendissait hardiment, faisait l'impasse sur ce qui se disait derrière chacune des deux portes. Au mur, une nature morte et un miroir vieilli dont le mercure manquait par endroits. Si d'aucuns disaient que les miroirs vieillis étaient à la mode, Léonie aurait préféré nettement pouvoir le rénover et lui faire recouvrer son éclat d'antan.

Léonie pressa le bouton *on* de sa télécommande, choisit les plus belles carottes et les plus grosses pommes de terre, saisit son fait-tout et quelques autres ustensiles pour l'élaboration du dîner.

Le générique du feuilleton policier rompit le brouhaha des pages publicitaires.

Une épluchure après l'autre, sans détacher les yeux du poste de télévision, Léonie pelait les légumes et les réduisait en petits morceaux.

Les carottes se voyaient tranchées en rondelles, le principal suspect confondu en explications plus douteuses les unes que les autres, et son esprit se faisait happer par une conversation tenue la veille.

— Je n'ai pas été honnête avec vous, avait commencé Edgard. Du moins, je ne vous ai pas tout dit. On m'a récemment fait comprendre que je vous devais la vérité entière.

— Je vous arrête. Vous ne me devez rien du tout. Je crois qu'à nos âges, il est plus que normal d'avoir nos jardins secrets. Nous pourrions bien évidemment nous raconter les soixante dernières années qui viennent de s'écouler, mais ça risquerait d'en prendre soixante autres, et nous ne les avons pas.

Edgard avait esquissé un sourire mais l'abandonna très vite pour ne pas perdre sa motivation et dire ce qu'il avait à dire.

— Je n'ai pas eu d'enfants. Leur hypothétique mère n'en a pas eu le temps.

Léonie avait froncé les sourcils tant cette tournure de phrase lui avait semblé alambiquée. Elle ne s'était pas risquée à lui répondre et l'avait laissé continuer dans sa lancée.

— J'ai été marié.

Au fur et à mesure des révélations que lui avait faites Edgard, Léonie s'était efforcée de ne rien laisser transparaître sur son visage.

Après cette déclaration, il avait ouvert plusieurs fois la bouche sans rien dire, en quête d'une sage parole à prononcer.

— Parlez-moi d'elle, que s'est-il passé ?

Tout en fuyant son regard, Edgard s'était épanché sur son passé d'homme marié, puis de veuf. Il avait raconté comment la vie lui avait fauché son épouse à l'aube de ses trente-et-un ans, et comment il ne s'était jamais remarié.

Léonie avait compris qu'il était gêné de parler à elle, la femme qu'il était censé chérir aujourd'hui, d'une femme qu'il avait chérie autrefois.

— Il n'y a pas de honte, vous savez, à me parler de celle qui… de la femme de votre vie. Je ne suis pas vexée d'apprendre que ce n'est pas moi, avait-elle dit avec légèreté en posant affectueusement sa main sur la sienne. Mon Fernand aussi, était l'homme de ma vie. Alors je crois que votre Alice a toute sa place dans cette conversation. Ça faisait combien de temps que vous vous aimiez ?

— J'avais trente-deux ans. Alors, je dirais vingt-cinq ans, avait-il répondu en expirant profondément. Nous nous sommes rencontrés sur les bancs de l'école. Nous étions inséparables. J'ai attendu la fin du lycée pour demander sa main à son père.

Il avait dégluti.

— Elle m'a donné les plus belles années de ma vie…

Léonie, pleinement investie dans cette discussion, n'avait pas eu la tête à rire cette fois-ci. Elle avait dégluti à son tour, non sans mal, tant sa gorge était serrée.

Assise à la table de la salle à manger, à émincer les légumes, elle se repassait la conversation de la veille.

Elle se rendit compte qu'avant que Charlie ne lui reparle d'Edgard, elle avait eu l'esprit assez occupé toute la journée pour ne pas y songer. Il faut dire que Marie lui avait fourni aussi son lot d'émotions, toutes proportions gardées, bien sûr.

En définitive, Léonie ressentait beaucoup de peine pour Edgard. Elle était triste que deux êtres unis pour la vie aient vu la mort les séparer si vite.

Elle ne put s'empêcher de refaire le lien avec son défunt mari. Elle jeta un coup d'œil à son portrait accroché à côté du thermomètre et comprit qu'elle avait eu beaucoup de chance.

— On a été heureux, hein, mon Fernand.

Partagée entre le chagrin, l'amertume et la reconnaissance pour leurs trente-sept années de mariage, Léonie leva le nez de son papier journal souillé d'épluchures.

— Bah ! Encore les pubs, j'ai raté l'épisode.

Chapitre 16 :
Les nuages et le tableau

Mai

Bien que peu nombreux, en comparaison de la capacité d'accueil de la salle de classe, les étudiants prenaient un malin plaisir à, d'une part, investir pleinement les lieux en s'espaçant le plus possible, et, d'autre part, le faire uniquement quand leur professeur s'apprêtait à rendre les copies.

— Vous adorez me faire marcher, au sens propre du terme. Soit. Thomas, pas trop mal, dit-il en traversant la pièce. Maxime, du progrès, continuez comme ça. Romane, attention, vous vous relâchez. Juan, là aussi du progrès, c'est bien !

Matthew arpentait la salle, faisait des allers-retours entre le premier rang, le dernier, la rangée côté porte, côté fenêtre.

— Thomas, Thomas, Thomas... il faut se ressaisir ! Quelqu'un prend la copie de Luc ?

Il la laissa à Thomas, à sa demande.

— Gwen, fit-il en déposant la copie sur sa table, au centre de la salle.

Sans relever son ton volontairement dénué de toute animation, Gwen s'empara de sa copie et parcourut les commentaires.

Un « Hors sujet » à côté d'une grande accolade et quelques « Non » étaient inscrits dans la marge. D'autres expressions encore étaient exagérément soulignées ou vivement entourées. Gwen repéra un unique « Très bien ».

Les étudiants furent priés de ranger leurs devoirs et de cesser d'en discuter afin que le cours puisse commencer.

— ... et c'est pourquoi se pose le cas de conscience des espèces disparues et réintroduites. Notez la question inscrite au tableau et réfléchissez-y pour la prochaine fois, nous commencerons par un petit débat. C'est bientôt l'heure, je vous libère maintenant, bonne journée.

Les mots « Doit-on remplacer les espèces disparues ? », écrits dans un rouge épuisé, ornaient le tableau blanc derrière Matthew qui rangeait ses affaires.

Tous se hâtèrent de ranger les leurs, avant de sortir.

— Mademoiselle Vosange, venez me voir, je vous prie.

Romane, déjà un pied dehors, se retourna et jeta un regard plein de sous-entendus à Gwen, qui feignait alors la surprise.

Cette dernière lui fit un geste, comme pour lui demander de ne pas l'attendre, et retourna voir son professeur.

— C'est à propos du devoir ? C'est vrai que j'ai un peu manqué d'inspiration...

— Le devoir ? Oui, non, jetez-y un coup d'œil plus tard, si vous voulez, on en reparlera.

Il regarda la porte restée ouverte, marqua une pause, et reprit d'une voix basse, à la limite du chuchotement.

— On se voit ce week-end ? Archi fête ses trois ans.

— Samedi, je ne peux pas, je suis chez Romane, mais dimanche je suis libre. Pique-nique, ça te dit ?

Ils se dévoraient du regard. Il ne pouvait pourtant pas la toucher, pas ici ; ne serait-ce que poser sa main sur la sienne, il s'y refusait. La peur cohabitait avec le désir dans son esprit.

Samedi arriva à grands pas.
— Toc, toc, c'est moi ! T'es visible ?
— Oui, entre ! cria Romane depuis son lit.
— Tu fais quoi ? Je te dérange ?
— Non, non, je n'ai pas fait gaffe à l'heure. Je m'adonne à mon activité préférée, claironna-t-elle.
— Ton activité préférée ? répéta Gwen en se penchant sur l'ordinateur disposé sur un oreiller. « Faits divers, l'actualité de votre région. Un homme tue son voisin et accuse sa femme… » lut-elle, les yeux écarquillés.
— Ouais, c'est mon plaisir coupable ! lança Romane, rieuse.
— Et comment le mari l'a tuée ?
— Par étranglement, un classique. Regarde celui-là : « Une sexagénaire empoisonne ses invités et va se coucher ». Une épouse disparue, un meurtre d'une famille, des agressions et, ah si, ça va te faire rire : « Le corps d'une jeune étudiante retrouvée dans le fleuve, le professeur passe aux aveux ». J'ai regardé, ce n'est pas Leprince.
— On a de la chance ! s'exclama Gwen.
Le secret de leur relation qu'elle portait maintenant depuis plusieurs semaines lui brûlait les lèvres. Elle mourait d'envie de tout raconter à Romane.
— T'es prête ? s'enquit Gwen. J'ai pour mission de te déraciner pour rejoindre ta sœur.
— « Me déraciner » ? Oh, je la retiens, la frangine !
Romane se leva, ajusta son haut et son pantalon de sport, enfila ses chaussons et releva ses cheveux.

— Votre mission, si toutefois vous l'acceptez, est de nous aider à faire la déco de la chambre des bébés.

— J'accepte la mission ! répondit Gwen sur le même ton.

Elles quittèrent la chambre et se rendirent bras dessus, bras dessous, de façon grossièrement comique, dans l'ancien bureau de Suzanne.

— Suzie, t'es là ? fit Romane en poussant la porte.

— Pousse pas, je suis derrière !

Les deux filles se faufilèrent dans l'embrasure.

— On commence par quoi ?

— Vous pouvez commencer par enlever les bâches des meubles et les rubans adhésifs des murs. Doucement, la peinture est sèche, mais ça reste fragile.

— Tu fais quoi, toi ? s'intrigua Romane en voyant sa sœur assise sur le pouf.

— J'essaie de me lever. Mais maintenant que vous êtes là, je peux rester assise, ça me va aussi.

— Reste tranquille, Suzie, on gère la situation !

Romane mit en marche le poste de radio posé sur la table à langer, méconnaissable sous le film plastique.

— J'adore cette chanson ! lança Romane, bouche grande ouverte, avant de se mettre à entonner quelques paroles.

Gwen entendait Romane chanter pour la première fois. Surprise, elle jeta un coup d'œil interrogateur à Suzanne. Elle lui répondit en affichant un air compréhensif, incitant à faire preuve d'indulgence. Gwen devrait donc se rendre à l'évidence : Romane chantait faux, et c'était même un doux euphémisme.

Elle se tourna face à un mur, tira sur un des rubans adhésifs et remonta tout le pan, jusqu'au plafond.

Elle ne put s'empêcher de sourire quand Romane entonna — massacra — le refrain.

En quelques minutes, les murs et les meubles étaient défaits de leurs protections.

— Ç'a tout de suite plus de gueule comme ça !

— En effet, sœurette, ça a son charme, reprit Suzanne.

— Que devons-nous faire à présent ? demanda Gwen, qui bataillait avec les rubans et leur adhérence à ses vêtements.

— Vous pouvez pousser les meubles contre les murs ? À deux, ça devrait le faire.

Ce qu'elles firent aisément.

— Bien, maintenant, je vous propose d'installer les rideaux, de dérouler les tapis et de remplir les meubles avec les vêtements et les affaires, énuméra Suzanne, qui avait réussi à se relever depuis.

Le binôme s'activa et effectua chacune des tâches à deux, non sans peine, avec la maladresse de Gwen et l'hilarité de Romane.

Quand vint le moment de ranger les pyjamas et les bodies dans l'armoire, les deux filles se retrouvèrent assises sur le tapis à poils à s'émerveiller devant les vêtements en doubles exemplaires des futurs jumeaux.

— Oh, deux petits uniformes de marin ! Qu'est-ce qu'ils vont être choux, s'extasia Romane en positionnant un des deux ensembles devant son torse.

Gwen déballa un carton de couches et les rangea dans un compartiment de la table à langer.

— Avec tout ça, ils devraient bien tenir au moins… trois jours ! plaisanta-t-elle.

Suzanne soupira.

— Tu ne crois pas si bien dire. Je vais investir dans des couches lavables...

Gwen sourit. Elle se doutait bien que s'occuper d'un bébé n'était pas chose aisée, alors deux d'un coup... Elle portait sur Suzanne un regard bienveillant, tinté légèrement d'admiration, voire peut-être d'envie, sans doute sans même s'en rendre compte.

— Tu en es à combien ? demanda-t-elle.

— Presque dix-sept semaines, répondit Suzanne en passant une main affectueuse sur son ventre.

Gwen resta muette, et garda son sourire méditatif.

— Oh, vous avez pris des bodies de super héros ! s'enthousiasma Romane, en arrivant au fond du sac.

— Oui, j'ai craqué sur ces deux-là..., ajouta Suzanne en lâchant Gwen du regard.

Gwen était, semblait-il, égarée dans ses pensées. Avant que Romane ne s'en rende compte, Suzanne les sortit toutes les deux de leurs préoccupations respectives.

— Il reste plus que les mobiles à accrocher, et les stickers à coller.

Ni une ni deux, notre système solaire fut envoyé en orbite au-dessus de l'un des lits, tandis qu'un écosystème marin voguait au-dessus du second.

— On va en faire un astronome et un océanologue, fit Romane, médusée par le balancement de la baleine.

Suzanne sortit le rouleau de stickers.

— Je voudrais mettre des nuages sur ce mur, fit-elle en le désignant du doigt.

— Je vous laisse faire, commença Gwen. Je ne préfère pas me louper et abîmer la peinture.

— Tu ne crains rien, ils sont repositionnables. Essaye pour voir, l'encouragea Suzanne.

Gwen laissa Romane se servir et saisit à son tour un autocollant de la taille d'un ballon de rugby.

— Et… voilà… un joli… cumulus, fit Gwen le positionnant délicatement sur le mur bleu.

— Tu vois, tu te débrouilles bien. Faites-moi un joli ciel, je reviens ! lança Suzanne depuis le couloir, partie à la hâte en se dandinant.

— Pause pipi, glissa Romane.

L'immensité du bleu laissait maintenant courir quelques nuages et offrait à la vue un merveilleux ciel de coton.

— Je crois que c'est bon, il y en a assez.

— Le temps se couvre ! lança Gwen.

— Joli ! répondit Romane, bon public. On fait les lits ?

Les deux amies prirent chacune un petit matelas et enfilèrent l'alèse, le drap-housse et le reste du linge de lit.

— La dernière qui termine est une couche pleine ! lança Romane.

— Euh. Très bien, fit Gwen.

Entre deux froissements de tissus, on entendit Suzanne bénir la création des toilettes. Elle revint, triomphante.

— On dirait que le temps s'est couvert, lança Suzanne.

— Déjà faite ! fit Romane en pointant Gwen.

— Oui, et c'est toi la couche pleine !

Tandis que Suzanne fronçait les sourcils, Romane, stupéfaite, attrapa sur l'étagère une peluche et chargea Gwen avec.

— Tu vas ressentir la colère du… tricératops ! reprit-elle en inspectant son projectile.

S'ensuivit une bataille acharnée de peluches et de coussins.

— Et c'est ainsi que l'espèce s'éteignit, conclut Suzanne, faussement désabusée.

Elle les regarda quelques instants recouvrer leur âme d'enfants dans ce décor tout approprié et disparut dans le couloir.

— Qui m'aime me suive. Je vais faire le goûter...

Derrière Suzanne qui descendait doucement les escaliers, Romane mimait un zombie tant sa sœur les ralentissait.

— Je te vois dans le miroir d'en face, Couche pleine.

Romane leva les yeux et tira la langue à son reflet.

Elle le lui rendit.

— Vous avez bien bossé, les filles, je vous remercie. En particulier toi, Gwen, c'est sympa d'être venue nous aider.

— Ça m'a fait plaisir aussi ! articula Gwen entre deux gorgées de jus d'orange pressé.

— On fait un brunch à la maison demain, tu veux te joindre à nous ? proposa Suzanne.

— Euh, ça ne va pas être possible demain, j'ai un truc à faire.

— Ah oui, quoi donc ? Tu sors ? intervint Romane.

Prise au dépourvu et ne pouvant dire la vérité, Gwen engouffra la dernière madeleine dans sa bouche, le temps de trouver une excuse.

— J'ai du ménage à faire. Oui, renchérit-elle, convaincue par son excuse, tout le ménage à faire. Les vitres, la salle de bain, les plaques de cuisson... Je ne te raconte pas ! Quoi de mieux qu'un dimanche pour tout nettoyer ?

Tais-toi, maintenant, t'en fais trop, pensa-t-elle.

— D'accord, une prochaine fois, la rassura Romane, sur la défensive.

Le pique-nique du lendemain n'était qu'un bref aperçu de la relation qu'entretenaient Gwen et son professeur. Ils se voyaient régulièrement, en journée, après les cours, parfois avant.

Ils avaient établi toute une organisation, si ce n'est un rituel, pour se voir sans éveiller les soupçons. Tantôt chez l'un, tantôt chez l'autre, rarement en public. En tout et pour tout, Matthew et Gwen s'étaient vus deux fois en dehors de chez eux.

Leur première sortie en couple avait suivi un plan élaboré digne d'un film d'action. Ironique, lorsqu'on sait que c'était pour se rendre au cinéma.

Les deux devaient partir de leur adresse respective, arriver au cinéma à une heure différente, attendre l'extinction de la lumière, feindre la coïncidence de se retrouver là, à la même séance, et en profiter pour s'asseoir l'un à côté de l'autre.

Ils avaient expressément choisi un jour en semaine et une séance matinale, limitant les risques de croiser un ami ou un collègue.

Quelle n'avait pas été leur surprise alors quand Matthew avait reconnu en bas de la salle un ancien professeur du lycée.

— Le gars, là-bas, avec la chemise bleue. Je le connais, avait lâché Matthew d'une voix blanche.

— Tu le connais bien ?

— Pas vraiment, il travaillait au lycée et est parti avant que j'arrive. Il est revenu deux-trois fois pour dire bonjour.

— Il ne te reconnaîtra peut-être pas. Regarde, il s'est assis, il partira avant nous et on ne le reverra pas.

Et c'est précisément ce qui s'était passé deux heures plus tard.

Après ce pic d'angoisse, les deux amoureux avaient échangé à ce propos et s'étaient rendu compte que malgré le risque, ils avaient bien apprécié ce sursaut d'adrénaline.

Alors quand Gwen lui proposa d'aller à une exposition d'art en ville, il déclina pour mieux lui faire la surprise en la retrouvant là-bas.

Un artiste, enfant du pays, revenait à Château-sur-foin exposer sa collection de tableaux.

Adepte des portraits au fusain, Gwen ne se voyait pas manquer l'occasion de rencontrer un artiste dont elle suivait le travail depuis ses débuts. Elle reconnaissait d'ailleurs être venue vivre à Château-sur-foin en partie grâce aux talents qui en immergeaient. Comme si respirer le même air pouvait lui porter chance...

Elle s'était tenue devant le portrait d'un couple d'âge mûr, un verre de mimosa à la main, le regard plongé dans le leur.

— Mademoiselle Vosange.

Un frisson avait parcouru le dos de Gwen. Sa tête était demeurée tournée vers le tableau, seuls ses yeux avaient pivoté, à la recherche de cette voix qu'elle connaissait si bien.

Matthew s'était tenu à côté d'elle, à moins d'un pas, face au couple. Il ne l'avait pas regardée. Sans doute l'avait-il déjà assez observée le temps de parcourir la salle pour la retrouver, et ce de manière inopinée.

— Ma... monsieur Leprince ? avait-elle bredouillé.

— Ne trouvez-vous pas ravissant ce portrait, mademoiselle Vosange ?

— Si, assurément, avait répondu Gwen, décontenancée.

Il avait saisi une coupe sur le plateau d'un serveur qui était passé par là.

— Ne croyez-vous pas que l'auteur a voulu faire transparaître son propre désir de s'établir en amour et ce, sur le long terme ?

— Si, sans doute...

— Monsieur Leprince, vous ici ? s'était exclamé une voix.

Il écarquilla les yeux et se retourna.

— Mademoiselle Bonnet, bonjour. Comment allez-vous ?

— Impeccable. Je ne vous imaginais pas amateur d'art, avait renchéri Romane.

— Vous non plus, à vrai dire.

— À juste titre, j'accompagne seulement Gwen.

— Vous l'a... ? avait-il laissé suspendre du bout des lèvres.

— Oui, Romane a bien voulu venir avec moi, je n'avais pas envie de venir seule, avait expliqué Gwen sur le ton du défi.

Matthew avait réprimé un sourire mais n'avait pu masquer l'étincelle de malice qui avait parcouru ses iris.

— Je ne vous retiens pas plus longtemps, alors. Mesdemoiselles, avait-il conclu avec un signe de tête adressé à chacune.

Il avait fait le tour de l'exposition pour donner de la crédibilité à sa visite, et s'en était allé sans demander son reste.

— C'est marrant de le croiser ici, je ne m'y attendais pas.

— Moi non plus, avait répondu Gwen, qui s'était vantée intérieurement de ne pouvoir être plus honnête.

— Au fait, j'y pense, Suzanne m'a demandé de l'aider à faire la déco de la chambre des petits, le week-end prochain. Tu veux venir ? Je me suis dit que ça pourrait être sympa.

— Euh, oui, si tu veux, pourquoi pas, avait répondu Gwen, encore embrumée par cet épisode.

— Cool. Viens, on va voir un autre portrait. Les amoureux transis t'accaparent un peu trop, à moins que ça ne soit l'inverse.

Matthew, d'ordinaire sage et réfléchi, avait tenté de jouer avec le feu mais avait bien failli se brûler les doigts. Pris à son propre jeu, cette expérience et celle du cinéma l'avaient incité à revenir à des bases plus saines : une relation entièrement secrète et sans risque.

Le pique-nique dans le jardin de Matthew face à la montagne en fin de semaine illustrait parfaitement ce retour précautionneux aux bonnes choses.

Archimède gambadait dans l'herbe. Les papillons étaient sans nul doute sa distraction préférée. Si d'aventure le raton laveur s'approchait de trop près du potager, une voix ferme le rappelait près d'elle.

— Il me déterre les radis.

Gwen répondit par un éclat de rire, ce qui eut pour effet de le faire venir à elle, ses bras lui demeurant toujours ouverts.

Elle en profita pour lui faire essayer son cadeau. Une sortie de bain à capuche avec son prénom cousu dessus.

— Archimède, vous-dites ? Original comme prénom, avait commenté le vendeur.

— Vous savez, les parents..., avait répondu Gwen.

Le raton laveur tenait la capuche enfoncée sur sa tête de ses petites mains griffues et l'inspectait méticuleusement du bout de la truffe.

— Bon anniversaire, Archi !

— Je crois qu'elle lui plaît. Je te remercie, fit amoureusement Matthew en accompagnant sa remarque d'un baiser.

Le souvenir de cette belle après-midi eut le mérite de la faire sourire quelques jours plus tard lorsque Gwen prenait sa douche. Une douche longue et savonneuse. Une de ces douches où l'on sort tous les savons onctueux et autres crèmes hydratantes de l'armoire, où l'on s'enveloppe d'odeurs dépaysantes, exotiques. On laisse l'eau nous atteindre et nous envelopper de ses bras chaleureux.

Gwen avait envie de prendre soin d'elle, de se faire plaisir, de se faire du bien. Gommage, masque du visage, masque pour les cheveux. Les volets fermés en tuile et quelques bougies pour une ambiance feutrée.

Gwen se sentait bien. Elle avait fait l'état des lieux de sa vie et en avait conclu qu'elle était heureuse. Évidemment, elle aurait aimé voir sa famille plus souvent, et découvrir un peu plus le monde, mais en l'état actuel des choses, elle était très satisfaite de sa situation et savait que plus tard elle aurait tout le loisir de voir ses parents et de voyager, si ce n'est faire les deux, ensemble.

Alors pourquoi fallut-il que le téléphone sonne ?

Si Gwen n'avait pas mis son téléphone portable en vibreur, elle n'aurait sans doute pas manqué l'appel.

À travers la cascade d'eau qui lui rinçait la tête, elle entendit la sonnerie du fixe retentir.

Gwen, mousseuse, se dit que ça ne valait pas le coup de mouiller le parquet et qu'elle rappellerait.

La sonnerie s'arrêta. Le silence revint, pour quelques secondes tout au plus. Le répondeur prit la relève et déversa son contenu dans le studio.

Sitôt qu'elle entendit la voix de Matthew, elle coupa l'eau et écouta attentivement le message, d'abord habitée par un réchauffement étourdissant.

— Bonjour Gwen. J'ai essayé de te joindre sur ton portable mais ça ne répond pas, tu es peut-être sortie sans.

Gwen écoutait attentivement.

— Écoute, je ne sais pas comment te le dire. Je sais que laisser un message n'est pas la meilleure façon.

— La meilleure façon pour... quoi ? fit Gwen, soudain inquiète.

— Je... Je crois qu'il faut qu'on en reste là, Gwen. Avant qu'il ne soit trop tard. Je ne crois pas que ce soit une bonne idée, je me suis laissé dépasser, et ça t'affecte.

On entendit Matthew soupirer péniblement.

— J'ai parcouru ton dossier, toutes tes notes sont en baisse... Et de mon côté, c'est pareil. J'ai oublié de préparer un cours, j'ai dû improviser avec ma classe de Seconde. Je leur ai mis un DVD, dit-il en réprimant un rire, nerveux, sans doute. Écoute, on a passé de très bons moments mais on se fait plus de mal qu'autre chose. Je suis désolé, lâcha Matthew avant de raccrocher.

Le studio retrouva son calme, tandis que l'eau perlait sur les jambes de Gwen, encore dans la douche.

Statique, prostrée, elle resta figée derrière le rideau humide.

On n'aurait su dire si c'était de l'eau ou des larmes qui coulaient sur ses joues.

Elle avait déjà froid quand elle sortit enfin de la douche. Elle s'empara de son peignoir, l'enfila fébrilement tandis que sa bouche se tordait tant la peine lui ouvrait le cœur, et se dirigea vers son fixe.

Elle tira le socle du combiné jusqu'à sa table de chevet, laissa pendre le fil dans le vide, s'allongea sur son lit et réécouta le message, en boucle.

Ses cheveux trempés faisaient courir une grande tâche humide sur ses oreillers. La voix grave de Matthew résonnait dans l'appartement et scandait imperturbablement le même message de rupture.

— Je me suis fait larguer sous la douche, bredouilla Gwen en étouffant son visage dans son oreiller trempé et froid.

Elle sanglota fort, et longtemps, jusqu'à s'en déshydrater et se provoquer un mal de tête, ce qui la fit pleurer davantage.

Elle entendit son portable vibrer et se releva d'un coup. Envahie par l'espoir qu'il la rappelle et lui demande d'oublier toute cette mauvaise blague, elle se précipita sur son téléphone et ouvrit le nouveau message.

— « Un correspondant a tenté de vous joindre sans laisser de message », lut Gwen avant de le laisser tomber sur la table basse.

Elle ouvrit la fenêtre pour chasser l'ambiance tropicale de l'appartement, alluma la télévision pour se tenir compagnie et se sécha.

En tenue décontractée que l'on pourrait facilement accommoder d'un pot de glace, elle s'enfonça dans son fauteuil et décida qu'il fallait « accuser réception » de ce message.

Dans un premier temps, elle ressentit l'envie forte et violente de lui dire ses quatre vérités, de s'épancher sur ses motivations, d'objecter à ses arguments, de proposer des solutions, et aussi, de s'arrêter sur la façon qu'il avait choisie pour mettre fin à leur relation. Elle eut envie de prendre le volant et d'aller directement toquer à sa porte. Elle n'en fit rien.

Ses doigts martelèrent l'écran. Puis elle effaça ce long message, se résolut finalement à ne pas répondre du tout, pour le laisser cogiter. L'idée d'imaginer qu'il se demandait si oui ou non elle avait écouté son répondeur lui plaisait. Elle faillit même feindre la panne de la machine et eut envie de le rappeler pour écouter ce qu'il avait à lui dire.

Finalement, elle lui écrivit.

Tu me dois une meilleure explication.

En attendant une réponse qu'elle ne recevrait jamais, elle se hasarda sur sa conversation avec Romane et relut le dernier message qu'elle avait reçu.

Coucou j'espère que tu t'en sors avec ton ménage. Si tu étais venue au brunch, tu aurais eu la joie d'apprendre que Suzanne va avoir un garçon ET une fille ! UNE astronome et UN océanologue (ou l'inverse). TROP CONTENTE !!

Les émoticônes étoile-planète-baleine-poisson-femme-enceinte-bébé-garçon-bébé fille arrachèrent, en dépit des circonstances, un sourire à Gwen.

Chapitre 17 :
Le contour et la vitesse

Août

Le goudron était brûlant. L'air était pesant, lourd, suffoquant. Au milieu de la grande avenue, l'unique feu rouge de la ville s'éternisait dans son écrin noir. À ses pieds, les gaz d'échappement s'accumulaient. Les voitures sous le soleil de plomb ronronnaient avec insistance leur soif de rentrer à la maison pour s'appesantir enfin sous la climatisation. L'amas de véhicules bouchait cette artère principale avec autant de tact qu'un fort taux de cholestérol.

Couchée sur sa grosse cylindrée, Julie descendait la route avec l'agilité d'un félin. Elle longeait la file et remerciait du pied les conducteurs qui voulaient bien s'écarter pour la laisser passer. Elle glissait, s'insinuait, s'infiltrait dans cet embouteillage aoûtien. Dans sa combinaison noire, elle ne faisait pas cas des klaxons, de la chaleur, de l'air chargé en pollution. Elle traçait.

Julie sortait dès que possible sa moto du garage. Qu'un froid glacial tapisse la ville ou qu'une chaleur ardente la couve, il y avait peu de chances de la faire se déplacer autrement.

Elle tenait sa passion pour les deux roues de son père qui avait été autrefois un très bon pilote. Il avait pris l'habitude de l'emmener à l'école de cette façon quand elle était petite, ou pour aller faire les courses. Julie, qui était alors invisible derrière le dos massif de son père, se voyait bordée par de larges sacoches. Ils prirent un sidecar seulement le jour où ils adoptèrent un chien.

Si le souvenir qu'avait Julie de son père collait en tout point à ce qu'il avait pu être par le passé, il était aujourd'hui très éloigné de la réalité.

Depuis quatre ans maintenant, le père de Julie récupérait des suites d'un accident vasculaire cérébral dans une maison de repos. Il avait perdu énormément en motricité, et ses aptitudes cognitives étaient réduites à néant. Mais Julie persistait à croire qu'il la reconnaissait, l'écoutait et la comprenait.

Elle venait lui rendre visite chaque semaine, lui tenir compagnie, dans sa chambre près de la fenêtre s'il faisait froid, dans la pièce commune sous la verrière quand il pleuvait — il adorait jadis le bruit de la pluie sur les carreaux –, ou dehors dans le parc si le soleil était au rendez-vous.

Elle lui racontait ses journées, comment elle allait, comment elle travaillait dur à l'office notarial. Il était là, assis dans son fauteuil, immuable.

Julie avait réussi à passer le cap des pleurs à chaque fois qu'elle posait son regard sur lui. Se savoir impuissante à côté de ce qui avait été autrefois un colosse lui brisait le cœur. Mais elle avait surmonté ça. Elle s'était promis de lui rendre visite régulièrement quoiqu'il lui en coûte, comme son père avait pris sur lui quand la mère de Julie était tombée malade, pour ne plus devenir que l'ombre d'elle-même, avant de mourir.

Alors elle avait pris l'habitude de se confier à lui, comme à un ami, voire parfois comme à un thérapeute. Elle s'épanchait généreusement sur sa vie, les cours à l'université, la recherche de son premier emploi, le recrutement au sein de l'office, le déménagement à Château-sur-foin. Il lui était arrivé une ou deux fois de lâcher un prénom masculin dans la conversation comme pour le tenir au courant de sa vie amoureuse.

Elle déposait un baiser sur son front, étreignait ses mains posées sur ses genoux et s'en allait.

Comme pour chasser la peine qui envahissait son esprit, Julie donna un coup d'accélérateur pour faire rugir la machine et dévala la dernière rue qui la conduisait *Chez Léonie*.

Malgré toute la colère qui la submergeait quant à sa situation de presque orpheline, Julie demeurait forte et implacable dans son travail et dans ses histoires de cœur. Elle avait bien compris que la vie était trop courte pour perdre du temps en boniments et autres futilités.

Elle appréciait Charlie, sa compagnie lui était agréable, elle ne pensait pas encore avoir noué de sentiments forts mais était convaincue que ça allait arriver sans tarder.

Il la faisait rire et en cela, il avait tout compris. Il était un peu pataud. Sa maladresse tranchait avec le raffinement de Julie. Il était différent des hommes qu'elle avait connus auparavant. D'habitude, elle s'éprenait d'hommes plus vieux, installés, avec des responsabilités, comme ce à quoi elle aspirait pour plus tard. Pour une fois, elle dépassait l'autre de deux ans, et pour l'instant, ça lui plaisait.

Il lui restait malgré tout un petit détail à régler, une tâche sombre sur le tableau : son rapport à sa belle-mère.

Je ne vais certainement pas me laisser dévorer toute crue par une mère surprotectrice et bornée comme peut l'être une poule avec son poussin, se dit-elle en voyant arriver vers elle une Béatrice un peu trop souriante à son goût.

Julie gara sa moto devant le café pendant que Béatrice mettait à jour l'annonce de l'écriteau posé sur le trottoir, « Nouvelle fournée de croissants : 3 achetés, 1 offert ».

Toutes deux se sentirent obligées d'échanger les formules de politesse habituelles, de faire un point météo du jour impliquant une comparaison avec celui de la veille et les pronostics du lendemain. S'ensuivit inévitablement un bilan des conséquences sur le chiffre d'affaires du jour.

Par respect, Julie s'efforçait de ne pas écourter leur discussion qui s'éternisait tandis que Béatrice faisait un effort qui lui paraissait énorme, pour lui faire la conversation et rendre le moment moins pénible.

En clair, ces deux femmes se parlaient alors que rien ne les y forçait, à part peut-être leur affection pour Charlie.

À l'intérieur, Charlie vit par les fenêtres deux des femmes de sa vie s'entretenir, des airs faussement gais aux lèvres.

— Ne t'inquiète pas, mon garçon, elle ne va pas lui faire de mal.

Charlie se dirigea vers cette voix sage et rassurante qu'il affectionnait tant, la troisième femme de sa vie.

— Je ne veux pas qu'elle la fasse fuir.

— Julie ? Oh non, si elle voulait partir, elle l'aurait déjà fait. Ressers-moi un peu de thé, je te prie. Et pour lui aussi, ça le déridera.

Edgard fronçait les sourcils tant et si bien que son visage déjà bien froissé par les années faisait preuve d'une grande créativité pour laisser apparaître de nouvelles rides.

— Tu vois, mon garçon, si tu continues à t'inquiéter comme ça, tu vas avoir, toi aussi, l'icône du Wi-Fi sur le front.

Charlie, qui ne sut dire s'il était plus abasourdi par les connaissances technologiques de sa grand-mère ou sa répartie bien aiguisée, débarrassa la table de sa théière.

— Je vous apporte ça tout de suite, dit-il en partant.

Il balança son torchon sur l'épaule et rit de bon cœur. Quand il revint, théière rechargée en eau brûlante et en thé noir, il s'enquit sur l'avancée du discours qu'Edgard prenait enfin le temps d'écrire.

— Alors, ça avance ?

— Mais quelle idée ai-je eu d'être le doyen…, commença Edgard.

— Si je peux me permettre…, osa Léonie.

— Je passe ma vie à écrire et je suis incapable d'écrire ne serait-ce que le début d'un discours… c'est un torchon ! Un torchon, vous dis-je !

— Il ne vous reste plus qu'à déménager…, tenta Léonie.

— Et laisser cet honneur à un petit soixantenaire fraîchement débarqué de la ville ? Je préfère mourir !

— Ça règle la question alors, fit Léonie pour elle-même.

Ne voulant pas qu'Edgard s'époumone davantage et risque de mettre en pratique la remarque de sa grand-mère, Charlie le ramena sur un terrain plus tranquille.

— Vous avez une belle écriture, Edgard. Vous avez dû en consoler des dames dans votre jeunesse.

— J'ai écrit des lettres pendant la guerre, ça me maintenait en vie.

Charlie se renfrogna.

— Maman disait que vous n'aviez pas fait la guerre, que vous faisiez croire n'importe quoi aux enfants du quartier.

Edgard lui rendit son regard empli de doutes.

Par « guerre », il fallait comprendre batailles, celles non pas qu'il avait menées mais lues dans ses romans d'aventures. Il lisait tant et si bien qu'il en oubliait la vie, la vraie vie qui se joue et se consume par-delà les vitres. Il oubliait de régler ses factures, ou bien même de se rendre au travail. Cela l'avait conduit dans de désagréables postures.

Par « se maintenir en vie », il fallait entendre alors qu'écrire l'avait bien sorti de situations délicates. Il prenait la plume dès qu'il fallait rallonger un délai de paiement ou présenter ses excuses à un employeur méritant. Il avait commencé très jeune en rédigeant ses propres mots d'excuse à ses professeurs.

Une écriture soignée tout en arabesque et une verve fort plaisante, un parfait cocktail — fût-il l'être encore plus quand il le couchait sur du beau papier. En clair, Edgard maniait délicatement et précautionneusement les mots et les gens.

— Tu devrais voir les lettres qu'il me glisse sous la porte, fit Léonie du coude, le regard plein de malice.

À ses mots, Charlie se figea, laissant son regard fixé sur un tableau au mur. Il reprit son chemin comme s'il n'avait rien entendu.

Edgard saisit les mains de sa douce et sa moue contrariée se mua en un tendre sourire. Elle le laissa reprendre l'écriture de son discours et ouvrit son livre, jusque-là posé à côté d'elle. Les pages de ce roman policier se tournaient une à une, régulièrement, peut-être à un rythme plus vif au fur et à mesure des chapitres.

De temps à autre, Léonie levait la tête et regardait quel client entrait dans la boutique, une habitude qui lui restait et qui, selon elle, ne partirait jamais.

Elle avait remarqué que Julie travaillait durement sur ce qui devait être un contrat. Visiblement le Wi-Fi fonctionnait bien. Béatrice menait des rondes, cafetière en main. Charlie essuyait le comptoir à l'instar des vieux flics reconvertis en patrons de bar.

À l'opposé d'elle, derrière les piliers, elle apercevait Gatien qui discutait studieusement avec le maire. La date du tricentenaire approchant, elle se doutait bien que le travail ne manquait pas.

Avant que William n'arrive, Gatien avait informé que son épouse et lui seraient aux abonnés absents une semaine durant. La rentrée scolaire arrivant bientôt, ils avaient choisi de s'octroyer un congé. En amoureux, avait-il ajouté, faisant ainsi le sous-entendu que ce serait peut-être leurs dernières vacances à deux, uniquement à deux. Léonie avait affiché un large sourire sans aborder réellement le sujet, mais de l'intérieur, elle s'enflammait. Monsieur le maire les avait alors rejoints, téléphone en main, oreillette en place. Il voulait boucler quelques derniers dossiers avant que son comptable préféré ne batte en retraite.

Léonie avait regardé ces deux hommes d'affaires débattre sur les chiffres, les prévisions, les marges. Elle se fit la remarque que tous deux allaient être, ou de nouveau être, pères, et manifestement en même temps.

Le nez plongé dans son énigme policière, Léonie gardait un œil sur ses ouailles et développait son goût et son flair pour l'enquête.

La cloche signalant une entrée retentit une nouvelle fois. La porte s'ouvrit sur un homme et deux chiens. Rien d'anormal jusque-là puisque les animaux étaient autorisés dans l'établissement tant qu'ils étaient tenus en laisse.

Léonie plaça le marque-page dans le livre, le laissa se refermer et observa le nouvel entrant et ses compagnons à quatre pattes.

L'homme s'avança au comptoir. Les deux chiens l'encadraient. Deux bêtes hautes et trapues, l'une à la fourrure noire et argentée, la seconde au pelage court, noir et feu.

C'était indéniablement de beaux chiens, mais ce n'est pas cela qui retint l'attention de Léonie.

Derrière son comptoir, Charlie ne pouvait voir ce qui se passait en contre-bas, et c'est pourquoi il ne réagit pas au regard interrogateur de Léonie.

Chacun des deux chiens tenait sa propre laisse dans sa gueule, conformément au pictogramme représenté sur le panneau fixé sous le comptoir.

Charlie prit sa commande et lui pria d'aller s'installer, l'informant qu'il serait bientôt servi.

L'homme prit place à une table haute, ses deux gardes sur les talons. On entendit à peine l'ordre qu'il leur donna.

— Les garçons, assis.

Les deux bêtes obéirent et, comme s'ils savaient qu'ils en avaient l'autorisation, ouvrirent leur gueule et laissèrent tomber à terre leur laisse.

Béatrice vint le restaurer en boisson chaude et viennoiseries. Elle souffla du nez quand elle remarqua les deux molosses bien dressés.

L'homme afficha un sourire pour toute réponse, détacha deux bouts de croissant au beurre et les présenta en même temps aux deux chiens qui les avalèrent goulument.

— Bons garçons.

Béatrice s'éloigna. Elle s'apprêtait à retourner en cuisine quand Léonie la héla avec si peu de discrétion qu'Edgard fut contraint de lever les yeux de son brouillon, auquel il retourna prestement.

— Il n'est pas bizarre, ce monsieur ? chuchota Léonie.

— Pas plus que ceux que tu as dû rencontrer ces cinquante dernières années, maman.

— Moins fort ! Il risquerait de nous entendre. Il ne m'inspire pas, c'est tout. C'est la première fois que je le vois ici, il doit manigancer quelque chose. Tu ne le trouves pas bizarre, toi ?

— Voyons, maman, pourquoi tu dis ça ? Ça ne te correspond pas de critiquer sans savoir. C'est bien la première fois que je t'entends dire ça. Il n'est peut-être pas bavard, et un peu marginal avec ses chiens bien dressés, mais sans plus. S'il ne t'inspire pas, va donc lui parler et apprendre à le connaître. Tu m'as toujours appris ça, et tu le répètes encore aux garçons. Tu n'as aucune raison de te méfier et de juger sans raison.

Léonie fixa Béatrice du regard.

Béatrice mesurait les paroles qu'elle venait de débiter et se rendait compte qu'elle n'avait peut-être pas à faire la leçon à sa mère de cette façon.

Léonie pensait toute autre chose. Elle continua de regarder intensément sa fille et un sourire se dessina lentement sur son visage. Ses yeux débordaient d'espièglerie.

— Aucune raison de te méfier et de juger sans raison, tu dis ?

Elles se regardèrent de cette façon un long moment.

Béatrice eut un déclic.

— J'ai saisi le message, maman, finit-elle par lâcher lourdement.

Béatrice s'en alla, l'air sévère, Léonie pouffa de rire, jeta un dernier coup d'œil au chien au pelage de feu et se replongea dans son enquête policière.

À quelques mètres, Julie, imperturbable, tapait frénétiquement sur son ordinateur portable. De temps à autre, Charlie s'octroyait une pause à ses côtés et venait régulièrement la recharger en caféine.

— La connexion est satisfaisante ?

— Très ! La bande passante est suffisante, la connexion est fluide, je peux bosser tranquille, c'est parfait. C'est une bonne idée que tu as eue.

— Je voudrais rajeunir un peu la clientèle, et le Wi-Fi gratuit est un bon appât.

— Oui, pour les étudiants ou pour ceux qui bossent à leur compte ou en télétravail, c'est nickel.

— À ce propos, ça m'étonne qu'un notaire te laisse travailler en dehors du bureau.

Julie cessa de taper sur son clavier et répondit en regardant Charlie.

— Maître Machin est conciliant. Quand il doit partir plus tôt et fermer l'office, il me laisse filer. Tant que je fais mon travail, peu importe où, ça lui va.

Charlie s'efforça de paraître mature en entendant de nouveau le nom du patron de Julie.

Elle avait remarqué que cela l'amusait, et qu'il peinait à réfréner ses rires. Elle décida d'en jouer et énonça plusieurs fois son nom.

— Maître Machin est vraiment sympa, oui, il me laisse souvent partir plus tôt en week-end ou est très arrangeant sur les horaires le matin, fit Julie en le voyant fuir son regard. Maître Machin aimerait sans doute cet endroit. Il y a quelque chose qui lui plairait ici, comme… un truc.

Charlie laissa échapper un rire et mit son torchon devant la bouche.

— Je suis désolé !

— Ne t'en fais pas, j'ai mis des jours à m'y faire, et à chaque fois qu'on a un nouveau client, qui réagit comme toi, je dois moi aussi me contrôler.

Léonie vint à leur rencontre.

— Je vous l'emprunte une minute, ma chère. J'ai pris de la tarte aux fraises pour Titouan, dit-elle en s'adressant à Charlie. J'ai mis une pièce dans la caisse. À ce soir !

Charlie gronda intérieurement sa grand-mère à qui il demandait de ne pas payer ce qu'elle consommait. Il avait arrêté de mener cette bataille et préférait les encouragements.

— Embrasse-le pour moi, mamie.

— Titouan ? s'informa Julie, regardant Léonie quitter le café.

— C'est un vieil ami de la famille. Je l'ai toujours connu.

Julie sauvegarda son travail et ferma son ordinateur.

— Il a le même âge que mamie. Pour te dire, ils sont nés la même année. C'était son voisin. Leurs mères étaient amies.

Au fur et à mesure que Charlie racontait cette histoire, bien que ce ne soit pas la première fois, son ton devenait grave.

— Ils ont appris à ramper ensemble, à marcher ensemble, à parler ensemble, puis ma grand-mère a continué de grandir, lui aussi bien sûr. Mais à un moment, ils se sont rendu compte que Titouan était un peu en retard. C'était leurs premiers enfants donc elles comparaient, forcément, et puis, à l'époque, ce n'était pas comme maintenant. La voisine a fait passer des tests. Je sais plus trop ce qu'il a exactement mais voilà, il est resté comme un enfant mentalement. Chacun a fait sa vie, mais ils sont toujours restés en contact, surtout qu'ils sont restés voisins.

Julie ouvrit la bouche comme pour poser une question que Charlie connaissait déjà.

— Non, ce n'est pas ici, ma grand-mère n'a pas toujours vécu dans cette maison. Elle s'est installée ici avec mon grand-père. Enfin bref, quand ses parents sont morts, il a été placé dans la maison de repos de l'autre côté de la ville.

— Les *Bourgeons bleus*.

— Voilà, c'est ça. Tu connais ?

— Un peu. Elle y va souvent ?

— Une ou deux fois par mois, je dirais.

Julie dévia son regard sur le pelage noir et argenté du chien endormi. Elle supposait que cela faisait longtemps que Léonie se rendait à la maison de repos, et s'étonnait surtout de ne jamais l'y avoir vue.

Assis tous les deux sur un banc, sous le saule pleureur, Léonie sortait délicatement la part de tarte pour la présenter à Titouan.

— Aux fraises, ma préférée, je te remercie Ninie !

Même si Titouan avait le même âge qu'elle, elle le voyait comme l'enfant insouciant avec qui elle jouait autrefois. Elle enviait son innocence et sa tranquillité. Elle en était venue à penser que même s'il ne rentrait pas tout à fait dans le moule de la société, il devait être sans doute le plus heureux à des kilomètres à la ronde. Il vivait dans un cadre idyllique, entouré par un personnel soignant attentionné, et par ses amis dont certains présentaient la même « modestie intellectuelle ».

À chaque fois que Léonie lui rendait visite, elle lui apportait de quoi se régaler.

— Alors, qu'est-ce que tu racontes de beau, Titouan ?

— J'ai rêvé de papa et maman cette nuit.

Titouan mangeait les morceaux de fraises un à un puis s'appliquait à manger la crème pâtissière du bout du doigt avant de s'attaquer à la pâte. Léonie le regardait faire, comme à chaque fois, médusée.

— Ils allaient bien. Et toi, ça va ? s'enquit Titouan.

— Oui, écoute, tout se passe bien. J'ai commencé un nouveau livre.

— Tu aimes toujours lire, pas moi. Mais j'ai appris à tricoter. Ce week-end, on va à la mer.

— C'est une bonne nouvelle ! Avec ce temps, tu vas t'y plaire.

— Tous les copains viennent.

— Et les copines ?

Léonie savait qu'une des pensionnaires avait attiré l'attention de son ami.

— Je crois. Et ton copain à toi, il va bien ?

Léonie ne se souvenait pas d'avoir mentionné Edgard en ces termes, mais qu'à cela ne tienne.

— Il va bien aussi, merci.

— Vous vivez ensemble ? Vous pouvez, vos parents n'auraient pas été contre.

Elle aimait bien son naturel, la façon dont il parlait des choses de la vie sans prendre de pincettes, sans se soucier de filtrer ses pensées.

— Non, on se voit beaucoup au café et de temps en temps en dehors, mais moins, depuis qu'il fait ce temps.

— Ne le laisse pas filer, Ninie. Il a l'air gentil.

Elle le regarda se lécher les doigts et lui sourit tendrement.

— On va faire ça, oui.

Chapitre 18 :
Les allers et les retours

Mai

En mai, Château-sur-foin resplendissait. Les arbres étaient en fleurs, et donnaient à la promenade bordée de cerisiers un nouveau souffle printanier. Heureux étaient les passants qui se hasardaient sous ce grand tunnel peint de rose et de blanc. On taillait les arbres et les buissons, on élaguait les haies. On mettait un peu d'ordre dans cette émancipation végétale. Des cubes, des cônes, des sphères. Le paradis du professeur de géométrie. On voyait de temps à autre des sculptures en forme d'animaux, un écureuil, un éléphant.

Les fleurs n'étaient pas en reste. Les massifs égayaient les jardins, les allées et les parcs. Les ronds-points colorés donnaient tout de suite plus de charme à la circulation. Les chauffeurs mécontents avaient au moins le loisir de se délecter quelques instants entre deux coups de klaxon. Quelques jardinières se prélassaient çà et là sur les balcons et les lampadaires.

La ville était définitivement sortie de l'hiver, et se préparait déjà à accueillir l'été. Les oiseaux nageaient dans les cieux, se posaient subitement sur une cime et se renvolaient de plus belle. Des chants aigus, vifs, stridents ou mélodieux, couvraient les bruits de moteurs qui ne désemplissaient pas. Plus bas, les insectes bourdonnaient, butinaient, chahutaient entre les parterres et les bosquets, ne sachant plus où donner de la tête avec toute cette ébullition.

Matthew adorait cette saison. Il les aimait toutes d'ailleurs. Selon lui, elles avaient chacune leur charme. L'été et ses siestes à l'ombre des peupliers, l'automne et ses feuillages rougissants, l'hiver et ses flancs immaculés, et bien sûr le printemps. Comme les peintres et les poètes, il percevait toujours et immanquablement la beauté qu'offrait ce renouveau, la renaissance des sols.

Depuis le temps qu'il était sur cette Terre, il savait comment cela fonctionnait, ce cycle sans fin, et pourtant, inlassablement, il était surpris. Il redécouvrait avec avidité les feuilles brunir, tomber, les bourgeons apparaître et disparaître pour laisser des fleurs, puis des fruits.

Si d'habitude il était en pâmoison devant son jardin en éveil, cette année, il en était rien. Que ce soit le vert de la pelouse, le bleu du ciel ou le jaune des boutons d'or, tout lui paraissait fade, et ce depuis qu'il avait brisé le cœur de Gwen.

Voilà maintenant deux semaines qu'il errait comme une âme en peine dans cette ville aux allures d'Éden. Il ruminait sans ménagement son chagrin et repensait encore et encore à ce qu'il avait fait.

Treize jours et une poignée d'heures plus tôt, il s'était réveillé en sursaut au beau milieu de la nuit. En nage, il avait viré sa couverture d'une main, allumé la lumière d'une autre. En regardant l'heure tardive, ou plutôt très matinale, il s'était levé et dirigé péniblement vers la salle de bain. Les mains en coupe sous le robinet, il avait recueilli l'eau froide qui aurait su comme à son habitude lui fournir tout le réconfort nécessaire. Il avait respiré profondément en tapotant la serviette sur son visage rafraîchi.

Cela avait été un cauchemar sans vraiment de sens. Aucune logique ou cohérence n'en avait découlé. Il en faisait de temps en temps. Ces rêves où l'on se réveille baignant dans sa propre sueur, apeuré, terrorisé, effrayé à l'idée même de se rendormir. Peu importait l'heure, peu importait le jour de la semaine, il ne prenait pas le risque de se rendormir et de reprendre le rêve là où il l'avait laissé. Il se levait et trouvait une occupation jusqu'à ce que son réveil sonne.

Cette nuit-là, il avait mis en marche le vieux poste de radio pour faire une présence en veillant toutefois à ne pas réveiller Archimède. Il s'était servi un bol de céréales en prétextant pour lui-même qu'il était sans doute l'heure de manger quelque part dans le monde, s'était mis à table et avait écouté l'homme à la radio.

À cette heure, où pas grand monde dans la région écoutait, avait été diffusé un programme culturel. Il n'aurait pas pu davantage évoquer de quoi cela traitait, tant il avait été absorbé par la voix de l'intervenant. Et c'est en cela que cette voix grave et rassurante avait brisé le silence de la nuit et conféré à cette maison ténébreuse un confort bienvenu.

Tandis qu'il avait porté machinalement la cuillère à sa bouche, son esprit avait vagabondé. Des petites bulles d'air s'étaient formées et avaient éclaté à la surface du lait. Les boules enrobées de miel s'étaient bousculées pour gagner la surface. La cuillère avait perforé ce liquide tranquille pour en substituer une petite quantité et s'était retirée avec autant d'ardeur qu'à son arrivée. Les ondes de choc s'étaient dispersées et s'étaient reformées quelques secondes plus tard, jusqu'à ne laisser qu'un fond de bol qui allait rejoindre bientôt le siphon de l'évier.

Le corps de Matthew avait recouvré une température normale, tant et si bien qu'il avait eu froid. Même s'il était de coutume de faire en mai ce qu'il nous plaisait, le fond de l'air pour la saison, et surtout la nuit, était sans équivoque quant au besoin réel de se couvrir.

Repu, il était resté là, attablé sans remuer. La voix avait continué de le bercer. Hypnotisé, il était demeuré assis, les pieds croisés sous sa chaise.

Mise à part la raison pour laquelle il avait petit-déjeuné à trois heures du matin, Matthew allait bien. Il était en bonne santé. Ce n'étaient pas ses quelques insomnies passagères qui l'empêchaient de vivre. Il avait un bon emploi. Son poste au lycée lui donnait entière satisfaction. Il se sentait intégré dans l'équipe et apprécié de ses collègues. Ses élèves, de manière générale, lui manifestaient du respect sans concession. Du côté de sa famille, il n'avait pas non plus de soucis. Il était choyé et avait de très bons contacts avec les siens, surtout sa grand-mère et son petit frère adoré. Enfin, concernant ses finances, Matthew n'avait pas non plus à s'inquiéter, il avait un crédit de maison à payer mais assez pour vivre confortablement tous les mois.

Matthew avait donc toutes les raisons du monde de se sentir bien. Et pourtant, ce n'était pas le cas.

Barbouillé, il avait pensé que ça venait d'abord de cet abominable cauchemar. Puis, quand il avait senti la faim le guetter, il s'était dit que ça venait de son estomac. Rassasié, il avait compris qu'il était temps d'admettre quelle était la véritable source de son tourment.

Il souffrait d'un mal qu'il n'arrivait pas à expliquer. Ce qui le rendait heureux l'angoissait également. Sa relation avec Gwen le peinait sans qu'il puisse expliquer pourquoi.

Pris d'une migraine indomptable et aveuglante, il s'était laissé tomber sur le canapé où traînaient encore quelques revues scientifiques à demi lues. Il avait rabattu sur lui le plaid et, le bras posé sur les yeux, avait tourné le problème dans tous les sens.

Plus il cogitait, plus la pression montait dans son crâne. Sa mâchoire se serrait sous l'effet de la douleur croissante.

Il s'était endormi au petit jour, une heure ou deux. Au réveil, perdu dans l'espace-temps, il avait mis quelques secondes pour se rappeler pourquoi il avait créché là. Puis, la réalité lui était revenue. Il avait laissé passer la journée et avait attendu que le soleil redescende au loin avant de décrocher son combiné et de passer l'appel fatidique.

Si d'abord Gwen s'était montrée distante tant ce message sur le répondeur l'avait abasourdie, elle n'avait pas raté l'occasion de demander des explications le lendemain en cours.

Pendant deux heures, avant que son professeur n'annonce la fin de la séance, Gwen, les bras croisés sur la poitrine, avait fulminé. Elle avait fixé Matthew d'un regard noir. D'aucuns diraient que si elle avait eu des revolvers à la place des yeux, sa cible aurait déjà été criblée de balles.

Conscient de la rage qui animait sa désormais ex, Matthew avait fui son regard et dispensé son cours comme il l'avait pu. Lui aussi avait perçu les armes qui s'étaient cachées derrière ses deux iris verts.

Si d'ordinaire elle usait de stratagèmes pour rejoindre son professeur en fin de cours et échanger innocemment quelques mots avec lui, cette fois-ci elle avait ignoré les convenances et s'était dirigée d'un pas assuré vers le pupitre de Matthew.

Il avait dégluti.

Les autres étudiants avaient rangé machinalement leurs affaires et disparu dans le couloir.

— Je t'écoute.

— Tu m'écoutes… ?

— Oui, tu n'as rien à me dire ? Je dois me contenter du message sur mon répondeur pour toute explication, c'est ça ?

— Gwen…

— Nan, ne fais pas ça. Ne cherche pas d'excuses et assume ce que tu veux. Dis-le-moi en face que tu ne m'aimes pas, que tout ça c'était juste un petit jeu pour toi, avait-elle dit en haussant la voix.

— S'il te, pas si fort, pas ici.

Il avait regardé la porte de la classe restée entrouverte et avait pris une inspiration.

— Ce n'était pas un jeu, Gwen. Je ne peux pas continuer, c'est tout.

— J'ai fait quelque chose de mal ? J'ai dit quelque chose que je ne devais pas ?

— Non, non, bien sûr que non…

Quelqu'un était passé devant la porte et tous deux avaient retenu leur souffle.

— Il y a une autre femme ? avait-elle repris sans détour.

— Quoi ?

— Si tu vois quelqu'un d'autre, tu peux me le dire ! avait-elle lâché dans un rire nerveux.

— Non, non, il n'y a personne...

— Alors tu es un criminel recherché et tu dois quitter la ville ? J'ai vu des articles à ce sujet, je peux comprendre.

— Mais de quoi tu parles ? Je ne suis pas un criminel, voyons...

— Alors quoi ? L'école est au courant, c'est ça ? On t'a demandé de tout arrêter ou on te renvoyait ?

— Non, Gwen, personne n'est au courant.

— Tu es un agent infiltré et ta mission s'est arrêtée, tu n'as plus besoin de vivre sous couverture ?

— Mais non à la fin ! Où vas-tu chercher tout ça ?

— Je l'ignore ! Je cherche juste une explication valable à toute cette mascarade ! Explique-moi comment tu peux prendre du bon temps avec moi, aller au cinéma, pique-niquer, et le lendemain me larguer comme tu l'as fait ?

Matthew n'avait pas su quoi répondre. En réalité, il cherchait encore lui-même la réponse.

— Je suis désolé, Gwen...

Elle avait senti la colère laisser place à nouveau à la peine et, ne voulant pas le lui montrer, lui avait adressé une expression de dégoût et avait tourné les talons.

Il l'avait regardée disparaître, avait tiré lentement la chaise et s'était assis dessus.

— Mais qu'est-ce que j'ai fait...

L'unique avantage que pouvait tirer Matthew de sa morosité était qu'il noyait son chagrin dans le travail. C'est la raison pour laquelle les cours du professeur Leprince étaient si fournis ces dernières semaines, au grand dam de Gwen qui interprétait cet entrain comme un signe de guérison évidente.

Gwen ignorait que Matthew se rendait plusieurs fois par semaine à la bibliothèque municipale compléter ses recherches.

La section sciences naturelles des *Pins blancs* n'avait jamais autant été visitée depuis qu'un orage avait couché des plants de blé d'une manière si étrange qu'une poignée d'intéressés s'étaient mis en quête de lever le voile sur ce mystère.

— Je vous dis ça, c'était il y a bien dix ans, avait mentionné la bibliothécaire à la jupe plissée.

Matthew, bien trop poli, avait esquissé un sourire aimable, puis s'était envolé, aussi rapidement que les derniers numéros de la presse people sur la table basse dans l'entrée.

Une autre journée comme celle-ci, Matthew regagna son fief de bonne heure, la liste des nouveaux ouvrages à dénicher entre les mains.

Après avoir gravi pour la énième fois les marches qui le menaient à son temple de la solitude, il tomba nez à nez sur un autre être humain.

— Bonjour, lança-t-il.

— Bonjour, lui répondit-on.

— Je suis étonné de voir quelqu'un ici. J'avais fini par croire que cette section du bâtiment était invisible...

Matthew lut sur le visage de son interlocutrice que son trait d'esprit était peut-être un peu trop perché.

— Chut, pas si fort, ils pourraient nous entendre et découvrir notre secret !

Matthew fut d'abord surpris, puis amusé. Il se sentit tout léger.

— Matthew, fit-il, la main tendue.

— Marie, répondit-elle en la lui serrant. Et l'homme là-bas qui vous fixe est mon époux, Gatien, ajouta-t-elle en l'indiquant, assis à la table ronde non loin.

Si Matthew n'avait pas encore été épris de Gwen, il aurait remarqué que Marie avait précautionneusement mis les points sur les i quant à ses disponibilités.

— Vous venez souvent ? Je ne vous ai jamais vue.

— En ce moment oui, mais d'habitude je viens le soir après l'école, et généralement pas dans cette partie de la bibliothèque.

— Enseignante ?

— Institutrice à l'école des Pierres taillées. Quelque chose me dit que vous êtes aussi de la maison, je me trompe ?

— J'enseigne au lycée et dans le supérieur, à Bois-en-terre. Qu'est-ce qui m'a trahi ?

— La veste en tweed m'a mise sur la voie, et les coudières rapiécées n'ont fait que confirmer ce que je pensais.

Ils rirent de nouveau.

Gatien qui se savait admis dans l'écran radar de ce bel inconnu — et manifestement plus jeune — rongeait son frein.

— Vous avez besoin d'aide ? Je peux vous renseigner. Je viens si souvent maintenant qu'on me prend pour un employé.

— C'est la veste en tweed.

Ils rirent encore.

— Je voudrais faire faire un herbier à mes élèves, je cherche un modèle.

Matthew disparut derrière une étagère.

— Je crois avoir trouvé ce qu'il vous faut, dit-il en revenant avec un gros livre entre les mains. J'ai fait mon premier herbier avec celui-là. Sur la page de gauche le dessin de la fleur ou de la feuille à trouver, et vous le collez sur la page de droite. Ça va du plus commun au plus rare, lui indiqua Matthew en tournant les pages.

— Ce n'est pas mal, je vous remercie. Vous me faites gagner un temps fou.

— Tout le plaisir est pour moi, c'est toujours bon d'aider une consœur.

Ils s'avancèrent à la table où Gatien était installé. Ce dernier se leva et tel un coq fier, le salua.

— Gatien, je te présente Matthew qui enseigne à Bois-en-terre. Matthew, voici mon mari.

Gatien n'avait pas spécialement une carrure imposante mais, sachant le charme de son épouse, donnait toujours des épaules pour intimider ses rivaux.

— Excusez mon impertinence, mais vous formez un ravissant couple.

Gatien se radoucit plus vite qu'une barbe de trois jours.

Marie se rapprocha de lui comme pour loger ensemble dans un cadre photo imaginaire.

— Êtes-vous aussi accompagné ? s'enquit Marie, toujours curieuse de connaître la situation amoureuse de ses congénères.

Si Château-sur-foin avait une fête commémorative de l'amour, Marie en serait sans doute l'ambassadrice.

Il mit du temps à répondre. Techniquement il devrait dire non, mais ça lui écorchait la bouche de s'y résoudre.

— Plus vraiment.

— Oh, je vois.

Elle tira une chaise, l'invita à en faire autant et à se livrer davantage.

Gatien, dont les factures et les devis jonchaient la table, comprit qu'il n'obtiendrait pas le silence qu'il était venu chercher dans ce sanctuaire.

— Comment avez-vous su qu'il était le bon ? Qu'elle était la bonne ? ajouta-t-il à l'attention de Gatien.

Matthew avait bien conscience que ces conversations d'usage réservées au beau sexe mettraient sans doute mal à l'aise l'autre mâle autour de la table. Seulement sa détresse lui faisait passer outre toutes les convenances.

Marie et Gatien se regardèrent, comme si plonger son regard dans celui de l'autre apporterait la réponse à la question.

— Il est bon avec moi. Il m'encourage à être moi-même. Il me fait rire. Il est d'une douceur sans fin, dit-elle d'une voix calme sans détacher son regard.

Gatien sourit et se tourna vers Matthew.

— Je l'ai rencontrée dans un café. J'étais encore employé à deux pas, à l'époque. Elle était là, assise toute seule. Je faisais la queue, j'étais à sa hauteur. Elle mangeait ce qui avait dû être un énorme chou à la crème. Je ne sais pas si je fixais plus la dernière bouchée qui restait ou la bouche qui s'en approchait. Elle était si belle. Vous savez ce qu'elle portait ?

Matthew jeta un coup d'œil à la tenue du jour de Marie.

— Une robe à fleurs ?
— Un T-shirt et un jogging.
— Je voulais faire du sport ! intervint Marie sur la défensive.

— Oui, c'est ce que tu m'as dit, la bouche pleine. « J'étais partie courir, et j'ai vu ce ciel menaçant, alors je me suis réfugiée ici. » C'était en plein été, il y avait un magnifique ciel bleu. J'ai su ce jour-là que j'avais eu raison de prendre mon petit-déjeuner dans ce café.
— Et qu'est-ce qui s'est passé ?
— On s'est mariés un an plus tard.

Les amoureux marquèrent un silence en se dévorant des yeux.

— Allez, c'est bon, tu gagnes.

Matthew sourcilla.

— On joue à un jeu, fit Marie pour répondre à son interrogation. Celui ou celle qui parle de nous de la manière la plus romantique remporte le point.
— Qui mène ?
— Lui, et de loin, fit Marie, blasée.
— Vous êtes à la fois charmants et... surprenants !
— La solution pour être de bons adultes, c'est de rester des enfants, confia Gatien sur un ton solennel.
— Oh, c'est beau ça, mon chaton.

Matthew ne pouvait qu'admirer cet exemple de couple uni qui s'offrait à sa vue.

— Retrouvez votre enfant intérieur, fit Gatien.

Tandis que les deux tourtereaux se regardaient amoureusement, Matthew se laissait retomber dans son chagrin taciturne.

— Qu'est-ce qui s'est passé ?
— Je l'ai quittée.
— Pourquoi ?
— J'ai peur de ne pas être bon pour elle, de ne pas être celui qu'il lui faut.

— Bêtise ! Ce n'est pas à vous de décider si vous êtes bon ou pas pour quelqu'un. Laissez-la faire ses propres choix.

Marie revêtait tout à coup sa cape d'entremetteuse et prenait son rôle on ne peut plus sérieusement.

— Vous l'aimez ?

Tout en baissant le regard sur la pile de documents de Gatien, il hocha la tête.

— Si c'est la personne qui compte le plus pour vous, vous devez aller la voir. Elle saura vous écouter et vous rassurer. Dites-vous qu'elle vous aime pour ce que vous êtes, pas pour celui que vous voudriez être.

On vit Gatien acquiescer devant le bon conseil de sa femme.

— Alors, qu'est-ce que vous attendez ?

— « Fermé pour cause d'inventaire », lut Gwen sur la devanture du *Double-Cœur*.

Elle soupira.

— Je connais une autre adresse sympa, ça te dit ? proposa Romane.

— Pourquoi pas... C'est toujours mieux que de rentrer chez moi, le frigo est vide.

Elles remontèrent en voiture, et Gwen se gara quelques minutes plus tard sur le parking réservé à la clientèle de *Chez Léonie.*

— Il est ouvert ? J'ai la flemme de descendre pour rien.

— Ce que tu peux être pantouflarde, très chère. Je vois de la lumière, ça doit être bon, ajouta Romane en scrutant l'intérieur.

Elles s'avancèrent au comptoir et prirent connaissance de l'offre du jour.

— Bonjour mesdemoiselles, vous avez une idée de ce que vous voulez ?

— Vous avez quelque chose de bien sucré et de bien gras ? demanda Gwen sur un ton à la fois indifférent et sarcastique.

— À peu près tout ce que vous voyez là, répondit l'hôte, amusée, mais je peux vous servir un thé vert avec, pour tout faire descendre plus vite.

— Moi je vais craquer pour vos cookies, je vais en prendre un de chaque, mais avec un chocolat chaud, s'il vous plaît, demanda Romane.

Gwen capitula devant autant de choix.

— La même chose, s'il vous plaît.

— Très bien mesdemoiselles, installez-vous, je vous apporte tout ça.

Les deux amies prirent place l'une en face de l'autre sur une banquette.

À travers la vitre, le soleil naissant de mai réchauffait Romane tandis que Gwen profitait de l'ombre du mur.

— T'en es où dans le dossier de Laplanche ? demanda Gwen.

— Quasiment au même niveau que celui de Dubon, dit-elle nonchalamment.

— C'est-à-dire... nulle part ?

— Approximativement, oui. Pourquoi ? T'as fini, toi ?

— Pas loin. Mais je ne suis pas très satisfaite. Et puis faut dire que je m'en fous aussi. Il me tarde d'avoir tout rendu et d'en être débarrassée.

— Eh beh ! Où est passé ton enthousiasme ? Tu ne disais pas ça avant, tu te vantais toujours avec tes devoirs à rallonges. Qu'est-ce qu'il t'arrive ?

— C'est la fin de l'année, c'est normal. Les cours me pèsent... et regarde, v'là qu'il se met à pleuvoir maintenant, on aura tout vu. *En mai, fais ce qu'il te plaît*, mon cul, ouais !

— Vos douceurs, mesdemoiselles, annonça Léonie qui arriva comme le son du gong. Vos cookies duo de chocolats, cœur fondant, maxi chocolat blanc, noix de coco, et noix de pécan. Les chocolats chauds pour faire passer tout ça. C'est une petite averse, ça ne va pas durer. En vous souhaitant un bon appétit !

Elle s'éloigna tandis que les filles, et surtout Romane, la couvraient de remerciements.

— Adieu, corps de rêve ! lâcha Romane, en se jetant sur son assiette. Venez voir maman, mes bébés.

Elle croqua à pleines dents dans le plus gros et déglutit de bonheur.

— Au diable le *Double Cœur*, je déclare cette chapelle du plaisir gustatif notre nouveau QG.

Gwen esquissa un sourire et attaqua le cookie aux pépites de chocolat noir et de chocolat blanc.

— Pas mauvais, je te le concède.

On entendit pendant quelques instants uniquement leurs bouches mastiquer.

À mesure que la pile de gâteaux s'amenuisait, Romane s'enfonçait dans sa banquette, son dos se courbait et son ventre s'arrondissait.

— J'ai la peau du bide tendue.

Gwen ne broncha pas.

— J'ai les dents du fond qui baignent… ? se risqua Romane.

Gwen laissa échapper un rire.

— Tu as ri ! Victoire ! s'écria Romane, enhardie.

En dépit de ce que Gwen éprouvait, Romane arrivait encore à la faire rire. En cela, elle se savait sur la voie de la guérison.

— Dis pas de conneries, je ris souvent.

— Toi, n'en dis pas. Je ne t'ai pas vue rire depuis… depuis des semaines, facile !

— T'exagères.

— Si, ça fait au moins dix jours que tu fais la tête. Si une petite vieille se cassait la figure, tu esquisserais à peine un demi-sourire.

Leurs yeux se posèrent sur Léonie.

— Non, elle, ça ne compte pas, on la connaît et c'est notre nouvelle déesse de la bouffe, dit-elle comme pour se rassurer et mettre en garde l'Univers. Ce que je veux dire, reprit Romane, c'est que je comprends que tu puisses être le genre de personne à être triste à l'approche des grandes vacances, que tu sois peinée de nous quitter, pour autant je trouve ça bizarre que tu sois dans cet état en continu, et surtout depuis peut-être mi-mai. Sachant que notre année scolaire à nous c'est six mois, tu ne peux pas te permettre d'appréhender la fin dès la moitié, exagéra Romane.

Gwen avait les yeux baissés sur le bloc de crème chantilly qui s'enfonçait dans la boisson chaude tel un touriste dans des sables mouvants.

— Qu'est-ce qui t'arrive, Gwen ? C'est ça ou il y a autre chose ? Je sais que je ne suis pas le couteau le plus aiguisé du tiroir, mais tu peux être sûre que pour remonter le moral, j'me défends pas trop mal. Je comprends que tu ne partages pas tout avec moi, c'est normal, on s'connaît pas hyper bien non plus, mais tu sais que tu peux avoir confiance en moi.

Romane marquait des pauses entre ses phrases, elle guettait la réaction de Gwen, qui demeurait prostrée sur sa tasse.

— Enfin, quoi qu'il se soit passé, sache que, bah voilà, si t'as envie d'en parler pour ne serait-ce que te vider, je suis là. Dis-moi au moins si tu m'entends...

— Tu veux mon cookie à la noix de coco ? dit tendrement l'intéressée.

Romane sourit affectueusement. Elle était soulagée de se savoir au moins entendue. Elle ne pouvait forcer Gwen à lui dévoiler ce qui la pesait, mais elle se devait de lui faire savoir sa présence.

— Écoute, ça ne serait pas rendre hommage à cette madame Léonie si l'on gaspillait un tel délice. C'est pourquoi, oui, j'accepte de me dévouer — que dis-je, de me sacrifier — pour l'amour de mon prochain.

Elle s'empara glorieusement dudit biscuit et le présenta en l'air devant elle tel un joyau en attente de briller sous les rayons du soleil. Son jugement fut sans appel.

Trop occupée à mettre en scène la sentence du cookie, le détachement de Romane permit à Gwen de prendre son courage à deux mains.

— Je l'aime.

— Qui ça ? s'interrompit Romane dans son sacrifice sablé.

— Matthew... Leprince, compléta Gwen.

— Ah, oui, bah ce n'est pas nouveau.

— Pardon ?

— Fais pas genre, depuis le début, il te plaît, fit Romane, le regard plein de sous-entendus.

— Nan, je veux dire, je l'aime, vraiment. Et… il m'aime aussi, ajouta Gwen en guettant sa réaction.

Manquant de s'étrangler, Romane toussa.

— Enfin, ça, c'est ce que je croyais, continua Gwen.

Romane avait les yeux ronds comme des soucoupes.

— Tu peux développer ? Je ne suis pas sûre d'avoir saisi toutes les nuances de ton propos.

— Tu te souviens de la sortie en nocturne et de la nuit à l'hôpital ?

Romane hocha la tête, attentive.

— Je ne suis pas vraiment retournée me coucher en rentrant, enfin, pas de suite.

— Ouais… ?

Sous le regard ébahi de Romane, Gwen ne se défila pas et lui raconta — tout en évitant de donner trop de détails — comment une étudiante et son professeur avaient réussi à vivre et à cacher leur histoire aux yeux des autres, tout en menant une existence normale.

Romane tombait de haut. Elle n'en revenait pas.

Durant des mois, elle avait nourri l'idée que sa camarade de classe avait un simple béguin pour son professeur, comme il était commun d'en avoir quand on était élève ou étudiant, rien de plus. La fois où il l'avait renvoyée balader lors de l'excursion en forêt avait marqué dans l'esprit de Romane la fin de toutes tentatives de rapprochement, certainement pas le départ.

— Mais du coup… l'expo d'art ?

— Il voulait me faire une surprise, mais il ne savait pas que tu serais là.

— Ah ouais, d'accord.

Romane accusait le coup.

— Mais alors, je n'ai pas compris, vous ne vous voyez plus ? Pourquoi ?

— Il doute de ses sentiments, je crois. Encore un truc pour me protéger.

— « Ce n'est pas toi, c'est moi », dit Romane sur un ton qui voulait dire qu'elle aussi connaissait la chanson.

— Je ne lui ai pas vraiment donné l'occasion de s'expliquer. Faut dire que me tenir dans la même pièce que lui m'était insupportable au début.

— D'où tes absences… c'est pour ça ?

— Oui, j'étais obligée, je me voyais mal expliquer pourquoi je fondais en larmes en sa présence.

— Et t'as gardé tout ça pour toi durant tout ce temps ?

Gwen baissa les yeux, honteuse.

— C'était seulement les premiers jours que j'ai eu beaucoup de peine, maintenant ça va mieux. Je m'y suis faite. C'est pour ça que j'ai hâte de rentrer chez moi aussi.

Romane hochait la tête et essayait de digérer toutes ces informations.

— Vous reprendrez bien un peu de chocolat chaud, mesdemoiselles ? lança Léonie. Il m'en reste un fond, ça serait dommage de gâcher ça.

Elle ne leur laissa pas le temps de refuser et remplit leurs tasses.

— Vous en tirez des têtes, les cookies ne sont pas à votre goût ?

— Si, ils sont très bons, madame.

— Laissez-moi deviner alors, fit Léonie en scrutant le visage de ses clientes.

Elle passa du visage de Romane à celui de Gwen et pinça la bouche.

— C'est un homme qui se cache derrière cette peine, n'est-ce pas ?

— Qu'est-ce qui vous fait dire ça ?

— Le fait que vous éludiez ma question, très chère.

Gwen, qui n'appréciait guère de déballer son intimité sur la place publique, se trouva fort mal à l'aise quand une dame de l'âge de sa grand-mère mit le doigt sur ce qu'elle s'efforçait de garder secret.

— Partez du principe que c'est un idiot.

— Mais vous ne le connaissez pas, et moi non plus, c'est peut-être moi l'idiote, qui sait ?

— Vous avez choisi de venir me voir, alors vous ne l'êtes pas, c'est certain. Par contre, vous le serez peut-être si vous n'allez pas le voir, lui.

Gwen fronça les sourcils.

— Les temps changent, jeunes filles ! Pourquoi est-ce toujours aux hommes de faire le premier pas, après tout ?

Romane acquiesçait de la tête sans piper mot.

— Vous savez, on prête beaucoup d'intentions aux hommes d'aujourd'hui. Ils sont forts, insensibles, courageux. Mais on oublie que cette image que nous renvoie la société est tout bonnement fausse. Ils sont aussi vulnérables que tout le monde. Votre Jules, dites-vous qu'il a aussi peur que vous.

Gwen marqua de ses sourcils la surprise.

— Je n'ai que deux petits-fils qui ont manifestement votre âge ou un peu plus. Ils ne me disent rien et c'est normal, je n'attends pas d'eux qu'ils me disent tout, mais des fois, ils se confient. Plus mon Charlie. Son frère, non, il ne me dit rien, enfin, qu'il croit. Ses yeux parlent pour lui.

Léonie s'appesantit quelques instants sur ses propos tout en se mordant la lèvre, dubitative.

— Bah alors, qu'est-ce que vous faites encore là ?

Gwen avait bu sa tasse à demi remplie, avait sorti un billet pour régler ses consommations, s'était assurée que Romane pouvait se faire ramener par quelqu'un d'autre et s'était sauvée à toutes jambes.

Tandis que Gwen devait déjà être loin, si ce n'est arrivée à destination, Romane ouvrait la portière de la berline de son beau-frère.

— Taxi, à la maison s'il vous plaît !

— On passe d'abord chercher ta sœur, protesta monsieur le maire.

— Elle est où ?

— À son bureau, et je ne devais pas aller la chercher de sitôt mais je crois que ça ne s'est pas très bien passé. Les bébés vont bien, ne t'inquiète pas, devança William. Mais apparemment ses collègues n'ont pas de peine à la remplacer et ça la chiffonne un peu.

— Je crois avoir ce qu'il lui faut : un maxi cookie trois choco. Ça lui fera du bien.

— Bonne idée ! Sinon ç'a été aujourd'hui ?

— Rien de très original, je dois dire.

Romane se garda bien de partager la découverte récemment faite et se tint à son discours habituel.

— On a eu deux cours sur trois : un prof absent. On a atterri dans ce café avant que la pluie ne nous y garde contre notre gré, ajouta Romane de manière faussement théâtrale.

— Je connais la propriétaire, une charmante dame, justifia William, amusé.

— Elle fait de bons gâteaux. Et j'ai cru voir un chat.

— Marquise ou Baronne, qu'elle s'appelle, ou quelque chose comme ça. Je confonds avec quelqu'un d'autre… Cette pluie n'en finit pas, se plaignit William en accélérant les essuie-glaces.

— Et toi, ta journée ?

— La routine aussi de mon côté. Réunions sur réunions, des visites et de la paperasse. Je profite du calme avant la tempête. D'ici quelques semaines, les travaux de rénovation de la chaussée vont débuter. Cela va forcément créer quelques émules, mais on devrait y survivre.

— La routine, je suis encore jet-lagué de mon dernier meet-up en visioconf', tu comprends, fit Romane, dont l'objectif régulier était de se moquer de son beau-frère et de lui prêter un certain snobisme.

— J'ai que deux cours aujourd'hui, les profs sont toujours absents et personne pour nous offrir le goûter. Mais où va le monde ? fit William pour toute réponse.

Les rires qui s'échappaient de l'habitacle couvraient presque l'incessant ballet des essuie-glaces.

Romane adorait William et la réciproque était sans nul doute valable. Il était loin d'être seulement le beau-frère, l'électron rattaché au noyau que formaient les sœurs Bonnet avant son arrivée. William avait investi ce cocon et était devenu pour Romane le grand frère qu'elle n'avait jamais eu.

Il y a quelques années encore, quand Romane présentait comme une jeune fille et que William, lui, s'affirmait comme un jeune élu à la mairie, il arrivait qu'on les prenne pour un père et sa fille. Ils ne manquaient pas d'éclaircir rapidement la situation mais, l'espace d'un instant, Romane en profitait. Elle n'était pas la petite orpheline qui squattait chez sa sœur et qui devait se justifier sans cesse sur l'absence de ses parents. Pendant une seconde, Romane était une adolescente normale.

Par ailleurs, et en dépit de la confusion, ces paroles innocentes avaient un fond de vérité. Si la vie avait forcé Suzanne à grandir et endosser le rôle de mère de substitution, avant même que Benjamin n'arrive, c'était un euphémisme de dire que William était un second père pour elle.

Il avait été présent pour elles et n'avait eu que faire qu'une petite fille effrayée soit la condition *sine qua non*. Beaucoup auraient fui devant cette surcharge de responsabilités mais pas William. En toute franchise et avec l'humilité qu'on lui connaissait, il n'aurait pas nié autour d'une conversation sérieuse et profonde qu'il avait eu peur et qu'il avait peut-être douté — si ce n'est pris le temps de la réflexion — malgré l'amour qu'il portait déjà à Suzanne en ce temps-là. Il a rapidement vu sa décision comme une bénédiction, « une copine charmante et une petite sœur adorable, j'ai tiré le bon numéro ! ».

Depuis qu'il était entré dans leur vie, les sœurs Bonnet étaient rassurées. Il était devenu leur pilier, le phare auquel se référer après la tempête qu'elles venaient de traverser.

Romane les savait auprès de lui en sécurité, elle et sa sœur, et même si elle n'était encore qu'une enfant à la mort de leurs parents, elle savait tout le réconfort qu'il avait apporté à Suzanne. Et elle lui en était reconnaissante.

— On y est, sors ton appât, elle arrive.

Romane passa entre les sièges-avant pour s'installer sur la banquette et laisser la place à Suzanne, qui entra péniblement dans l'habitacle.

Elle boucla sa ceinture de sécurité non sans peine. Une fois confortablement installée, William remit le contact.

Tout doucement, une main au bout de laquelle se tenait un cookie, passa entre les sièges à hauteur de l'appui-tête et entra dans le champ de vision de Suzanne.

— Bonjour ô déesse des sœurs, je suis une offrande, mange-moi !

Elle pouffa de rire, le saisit et avant de croquer dedans vit que quelqu'un l'avait déjà fait avant elle.

— Si tu te demandes pourquoi il y a la marque de mes dents, c'était parce que je voulais m'assurer qu'il soit bon pour toi avant de te le livrer en pâture.

— Et il l'est ?

— Je ne suis pas sûre, rends-le-moi.

Suzanne cassa un morceau et le tendit à la main demandeuse.

— Fais goûter William aussi, on ne sait jamais.

— Affirmatif, toujours demander un deuxième avis médical.

Si ce n'est les quelques miettes égarées entre le frein à main et le levier de vitesses, il ne resta rapidement plus rien de ce présent.

— Le travail, ça craint, lâcha Suzanne.

Romane regarda sa sœur dans le rétroviseur extérieur et compatit à son tourment.

— On peut inaugurer mon dernier sweat noir à capuche ce soir, si tu veux. Tu sais où elles habitent ?

— Je n'ai rien entendu, dit William, concentré sur la conduite.

— Nan mais c'est vrai, je suis partie depuis quoi, un mois et demi ? Je reviens, et elles m'adressent à peine un sourire. Elles ont fait que passer avec leurs dossiers.

— C'est vrai que les gens qui travaillent, c'est vraiment abusé, fit Romane, sarcastique.

— Quand j'y étais, on trouvait toujours du temps pour papoter, crois-moi.

— Et après on critique les fonctionnaires, glissa William. Je plaisante, ma chérie, je plaisante ! ajouta-t-il aussitôt.

— Ça m'embêtait vraiment d'aller en congé mat' mais maintenant, j'ai même plus envie d'y retourner.

— Oh ne pense pas à ça, tu as encore le temps ! Ce n'est pas avant l'an prochain, voire le printemps. Dans presque un an ! D'ici là, elles se seront peut-être toutes fait renvoyer.

Il fit un clin d'œil à son rétroviseur interne.

On entendit un rire démoniaque survenir des tréfonds de l'arrière.

Profitant du feu rouge, William saisit la main de sa femme et lui lança un sourire qui voulait lui rappeler combien il était là pour elle. Elle l'en remercia en laissant son visage se fendre d'un sourire tout aussi ravissant.

— Ho ! Vous avez une chambre pour ça !

— Comment crois-tu qu'on en soit arrivés là ? fit William en désignant le ventre rond de Suzanne.

Il la vit dans le rétroviseur mimer la nausée.

Romane ne s'en souvenait probablement pas, mais Suzanne avait ce même humour potache avant. Mais puisqu'elle avait été forcée de grandir plus vite que prévu, ce qu'elle avait gagné en responsabilités, elle l'avait perdu en insouciance. Romane avait également hérité de ce gène qu'elle ne manquait pas d'exprimer.

Romane avait presque aujourd'hui l'âge qu'avait sa sœur quand leurs parents sont morts. La ressemblance entre les deux à la même période était frappante. Et le plus étonnant encore, c'est que William aussi leur ressemblait. À croire que Suzanne avait trouvé en la personne de William ce qu'elle avait perdu.

Romane rigolait dans son coin de la bêtise de sa famille. Elle posa la tête sur son gilet roulé en boule contre la fenêtre et détacha son attention de la conversation qui débutait sur les sièges avant.

Le chemin qui leur restait à parcourir pour récupérer Ben chez sa nounou lui laissa le temps de faire le point sur cette journée, et particulièrement sur le secret qu'on lui avait partagé plus tôt dans l'après-midi.

Pendant ce temps-là et prenant les conseils de sa nouvelle amie au pied de la lettre, Matthew se rendait hâtivement voir la personne qui comptait le plus pour lui.

— Grand-mère, tu es là ? fit-il en poussant la porte.
— Au fond, dans la cuisine !
Il se précipita vers elle.
— Eh bien, tu es pressé ! Tout va bien ?

Tout d'un coup, Matthew s'arrêta net. L'énergie et la motivation qui le portaient retombèrent comme un soufflé. Il eut envie de repartir.

— Quelque chose ne va pas ?

On lisait dans le regard de Matthew une grande détresse. Il regrettait déjà ce qu'il n'avait pas encore dit.

— Tu as beaucoup connu papa, toi ? finit-il par lâcher.

Cette question eut l'effet d'une bombe dans sa poitrine.

— Euh, un peu oui. Quand vous étiez petits et que vous viviez ici. Après, quand vous êtes partis, c'était surtout ta mère qui nous appelait, ton grand-père et moi.

— Tu trouves que je lui ressemble ?

— Eh bien, là comme ça, je dirais que tu as sa carrure et son sourire, et un peu ses cheveux. Du reste, tu as surtout pris de ta mère. Enfin c'est parce que je la connais mieux, je ne me rends pas bien compte. Pourquoi ces questions ?

Matthew se décomposait. Il appréhendait d'aborder le sujet qui le peinait vraiment.

— Tu as peur non pas de ne pas lui ressembler mais de trop lui ressembler, n'est-ce pas ? devina Léonie.

Pour tout signe d'affirmation, il déglutit péniblement.

— Viens-là, mon garçon, prends une chaise et assieds-toi.

Les quelques derniers clients du café jonchaient les bords de fenêtre, laissant les deux parents à l'écart.

— Ce n'est pas héréditaire. Ce n'est pas parce que tu lui ressembles un peu, ou même beaucoup, que tu lui ressembles en tout point. Tu as bien les yeux de ta mère, mais tu n'as pas sa susceptibilité. Ne lui dis pas que je t'ai dit ça, le prévint-elle.

Matthew esquissa un sourire, puis son regard s'assombrit de nouveau.

— Il a fait ce qu'il a fait, pour autant rien n'indique que tu vas faire pareil.

Matthew haussa les sourcils de manière presque imperceptible.

— Qu'est-ce qui te faire croire que si ?

— Papa aimait maman avant… ?

— Oui, ils s'aimaient, je crois.

— Et tu sais s'il en avait parlé à maman qu'il… ?

— Qu'il n'allait pas bien ? Je ne crois pas qu'il l'avait fait. Tu sais, je ne crois pas que lui-même en avait conscience. Tout allait bien dans la famille, au travail, et puis un jour, quelque chose s'est passé.

Matthew, le visage grave, était effondré.

— Il ne faut pas que tu t'inquiètes de ça, tu ne dois pas comparer vos vies. Tu en as parlé avec maman ?

Elle lui caressait le dos. Ce geste tendre faisait ses preuves depuis des années.

— Non, non, on n'en parle pas. On n'en a jamais parlé.

— Matthew, c'est que tu as des idées… noires ? tenta Léonie.

— Non, non, rassure-toi grand-mère, je n'ai pas envie de me…

— Suicider. N'ayons pas peur des mots, Matthew. Le dire ne rend pas ça inévitable. Au contraire, c'est en parler qui aide à aller mieux. Malheureusement, ton père est mort à une époque où il n'était pas facile de dire ces choses-là. Et quand bien même, des fois ça ne suffit pas, tempéra Léonie.

Matthew regardait le carrelage.

— C'est qu'il y a une fille là-dessous pour t'inquiéter comme ça ?

Matthew sourit, gêné. Il prit une grande respiration.

— C'est une de mes étudiantes.

Léonie écarquilla les yeux face au visage mutin de son petit-fils. Elle partit dans un éclat de rire.

— Mon petit Matthew séduit ses élèves maintenant, nous v'là bien !

Pendant un instant de répit, et fier comme un paon, Matthew joua de son secret qu'il venait de confier pour la toute première fois à quelqu'un.

— Je ne l'ai pas vu venir, grand-mère. Je ne voulais pas que ça arrive.

— On ne choisit pas ces choses-là, mon garçon.

Ils se sourirent l'un à l'autre, hébétés.

— C'est sérieux, alors ? C'est une élève de cette année ou d'avant ?

— De cette année, c'est ma nouvelle promo de janvier, tu sais, une des sept. Et en fait c'était sérieux, oui, je crois, mais j'ai tout gâché.

— Du coup tu as préféré la faire souffrir maintenant plutôt que de peut-être la faire souffrir plus tard, c'est ça ? Que dis-tu de vivre et de voir en temps voulu ce qui arrive ? Même si je suis persuadée que tout va bien se passer.

Honteux et percé à jour, Matthew acquiesçait.

— Une dernière chose, Matthew. Ton père vous aimait, ta mère, Charlie et toi. Vous n'êtes pas coupables. On ne peut pas prévoir ces choses-là.

— Je sais, grand-mère.

Il marqua un temps de pause.

— En vérité, ce qui me trouble le plus... c'est que je ne le lui reproche pas, commença-t-il. Il a pensé que c'était la meilleure solution, il était peut-être trop aveuglé par son mal-être. J'imagine qu'il ne voulait pas nous faire subir ça. Mais c'est en ça que j'ai des doutes sur moi. Le fait que j'accepte si facilement qu'il se soit… suicidé.

— Le fait que tu lui aies pardonné n'est pas une mauvaise chose. Tu fais juste partie des gens qui ont assez de recul pour avancer. Ça ne signifie pas que tu cautionnes ou que tu encourages ces gestes.

Léonie saisit le menton de Matthew entre son pouce et son index et le releva, afin qu'il cesse de regarder le sol et que son regard vienne croiser le sien.

Ils se sourirent encore, comprenant ce que l'autre voulait dire.

— Va la retrouver, mon petit. Avant qu'elle ne mette le grappin sur un autre enseignant.

— Elle n'est pas comme ça, elle est… vraiment bien.

Elle le regarda partir et se remit à lustrer le bar.

La pluie ne finissait pas de marteler le pavé.

Si Matthew n'avait pas été si concentré sur la route, il aurait remarqué cette ménagère rentrer son linge un peu trop tardivement et s'en serait sans doute amusé. Il aurait aussi timidement ri des malchanceux qui attendaient le bus sans abribus sous lequel se protéger. Ou bien encore, s'il avait été d'une humeur exceptionnellement badine, il aurait roulé dans les flaques, en serrant les trottoirs, pour faire rugir les passants.

À la place de cela, Matthew avait les mains crispées sur le volant, prostré sur son siège, essayant de deviner la chaussée à travers les gouttes qui s'éclataient sur son pare-brise et se faisaient chasser à la hâte par les essuie-glaces.

Il arriva Rue de la Chandelle, cette rue étroite où il valait mieux avoir un petit véhicule, cette rue qu'il avait eu l'occasion d'arpenter par le passé et dont le souvenir de son premier passage était resté gravé dans sa mémoire. Contrairement au code d'accès qu'il n'avait jamais fait l'effort de demander et qui, de nouveau, le laissait planté devant l'entrée.

Cette fois-ci, il n'y avait ni infirmier, ni vieille dame avec son chien pour lui laisser la porte ouverte.

Matthew poussa le bouton de l'interphone de l'appartement 304 et se racla la gorge afin d'être prêt quand il faudrait s'annoncer.

Mais personne ne répondit. Ni à la première, la deuxième et la troisième tentative.

Trempé jusqu'à l'os, Matthew décida d'aller attendre dans la voiture.

En tournant les talons, il vit la petite voiture verte de Gwen arriver. Il la regarda se garer, couper le contact, défaire sa ceinture de sécurité, attraper ses affaires sur le siège passager et s'extirper de son véhicule en ignorant la pluie qui venait perler sur ses boucles.

Elle leva les yeux, et vint rencontrer son regard.

Gwen et Matthew restèrent figés sur place, à quelques mètres l'un de l'autre, comme deux âmes en peine, apeurées à l'idée de faire et de mal faire le premier pas.

Chapitre 19 :
Les housses et les secrets

Août

12 h 30 chez moi

J'arrive

Charlie enfourcha son vélo et grimpa l'avenue à toute allure. Il arriva à l'heure prévue devant une vieille bâtisse, attacha son vélo à un réverbère et monta les deux étages qui le séparaient de son déjeuner.

Une heure, un lieu et en toute réponse « j'arrive ». C'étaient les textos qui revenaient sans cesse ponctuer la messagerie des deux amants. Vivre d'amour et d'eau fraîche était le crédo qu'ils suivaient au pied de la lettre.

— Pardonne-moi, je suis tout transpirant.

— Ce n'est pas un problème, dit Julie en le tirant vers la salle de bain. Nous allons y remédier, ajouta-t-elle d'une voix suave.

Elle ouvrit la fermeture sur le côté de sa jupe, la laissa tomber à ses pieds. Charlie la regarda dégager ses chevilles de ce tissu noir et se défaire de ses talons hauts de la même couleur. Elle déboutonna son chemisier et le fit glisser sur sa peau pour dénuder délicatement son épaule. Elle jeta un coup d'œil à Charlie.

Il la regardait innocemment, à mi-chemin entre un jeune ingénu et un lion devant sa proie. Il mit moins de temps à se séparer de son T-shirt sentant la fleur d'oranger et de son jean usé qu'il n'en fallait pour le dire.

Les sous-vêtements de Julie rejoignirent la jupe et le haut jonchant le sol. La porte de la salle de bain se referma sur deux corps nus.

Il prit sa nuque dans sa main et alla chercher ses lèvres avidement. Il la poussa contre la paroi carrelée de la douche de plain-pied. Elle ouvrit l'eau qui vint en un jet glacé calmer ses ardeurs. Elle reprit l'avantage et le poussa à son tour contre le mur.

S'il est commun de croire que le lion est le roi de la savane, on oublie trop souvent que devant sa lionne, il est doux et dangereux comme un chaton.

L'eau devint plus chaude et rapidement de la buée se forma sur la vitre et le miroir dans lequel se reflétaient deux âmes exécutant une nouvelle danse.

Plus tard, d'autres pas similaires les guidèrent à la fraîcheur des draps, puis le calme revint. Un silence.

— J'ai des sentiments forts pour toi…, avoua Charlie.

Allongée sur le ventre, Julie se tenait appuyée sur ses avant-bras. Elle sonda Charlie.

Le drap couleur ocre lui cachait uniquement les fesses, laissant à la juste appréciation de son interlocuteur la cambrure de son dos. Elle avait, tatouée dans le creux du rein gauche, quelque expression retranscrite dans une langue morte. S'il avait été ne serait-ce qu'un néophyte dans ce dialecte d'une autre époque, il aurait souri. Sa chevelure qui, une heure plus tôt, était remontée en un élégant chignon, ruisselait le long de sa colonne, telle une rivière d'encre noire.

— C'est donc cela. La fameuse discussion…

Charlie ne savait pas de quoi elle parlait. Il hésitait entre regretter ses mots et garder espoir, et décida finalement d'opter pour l'ignorance.

— Quelle discussion ?
— LA discussion. Celle qui officialise qui nous sommes, et le fait qu'il y ait un « nous ».

On voyait dans les yeux de Charlie qu'il y mettait du sien pour comprendre, qu'il cherchait vraiment le sens de ces mots. D'aucuns diraient que c'était la tête qu'il affichait quand il s'étonnait de voir ses meringues coller à la plaque du four.

— Je suis pour qu'on soit exclusifs, mais ne compte pas sur moi pour dire que je suis « à toi », et réciproquement, continua Julie, sans prêter attention à la mine qu'il affichait. Et moi aussi… j'ai des sentiments… forts pour toi.

Ce qui le fit réagir. Il fit courir ses lèvres sur le bas de son dos.

— Je dois y aller, Charlie, murmura-t-elle dans un sourire. Je vais être en retard.
— Tu veux un mot d'excuse ?
— Pourquoi ? Il t'en reste de ta maman ? répliqua-t-elle, amusée.
— Oui ! J'en ai pour les maladies, les « problèmes personnels » et, mon préféré, « mon chat a mangé mes devoirs ».
— Et moi je t'en fais un : « Charlie Leprince, témoin dans une affaire de la plus haute importance, ne pourra assurer son service aujourd'hui. » On se prévoit ça un de ces jours et on part en week-end, qu'en dis-tu ?

Charlie était bien trop surpris par le pas de géant que venait de faire leur couple en l'espace d'une heure pour savoir s'il devait renchérir à la blague ou consulter son agenda. La moue qui sortit du combat interne fut interprétée par Julie comme un signe de renonciation.

— Ta mère ne te laisse pas partir seul ? Ou pire, avec moi ? rajouta-t-elle plus bas.

— Oui, non, 'fin. Oui, je veux bien qu'on parte un week-end. Mais non, pourquoi tu dis ça sur ma mère ? On te donne cette impression ?

— Tu avoueras qu'elle est un peu sur ton dos, et que… elle ne me porte pas dans son cœur.

Julie avait par le passé décidé qu'elle dirait dorénavant tout ce qu'elle pensait, qu'il était fini pour elle d'avoir peur d'assumer ses opinions. Cela ne semblait pas gêner Charlie qui lui, s'appliquait à ne pas prendre pour lui les remarques qui lui étaient faites, des années au côté de sa mère aidant.

— Quelle idée aussi de venir te trémousser à mon bras sous son nez. Je suis son bébé, tu me voles à elle !

— Elle fait pareil avec la copine de ton frère ?

— Bien sûr que non, il la protège !

— Et moi, alors ?

— Insinues-tu que tu ne sais pas te défendre toute seule ? Tu as besoin de moi ?

— Aussi longtemps qu'on me le permettra, commença Julie de manière théâtrale en se mettant debout sur le lit, je me battrai pour ma liberté et mon indépendance, lança-t-elle, le poing levé, tenant de l'autre main le drap lui cachant un sein.

Elle lâcha prise et tomba à cheval sur son amant. Sa crinière noire entourait le visage de Charlie. Il déglutit, complètement médusé.

— Maintenant, passe-moi ma culotte et va-t'en.

En allant ranger son vélo dans la cour privée du café, il passa devant le minibus garé sur les quelques places réservées à la clientèle. Il sourit.

C'était un véhicule qu'on ne pouvait pas croiser sans y jeter un deuxième coup d'œil. Ce véhicule à la carrosserie personnalisée pouvait transporter tout au plus huit personnes. Chaque siège en bout de rangée donnait sur une fenêtre et toutes les personnes s'asseyant près de la fenêtre se voyaient de l'extérieur dotées d'une ravissante silhouette de créature plantureuse, siège du conducteur compris.

En entrant dans le salon par les cuisines, Charlie savait à quoi — ou plutôt à qui — s'attendre.

— Vous auriez dû me prévenir, mesdames, je vous aurais épargné le voyage... et vous auriez épargné le pied de camomille.

— Regardez, jeunes filles, un dessert s'est échappé de la vitrine !

— Sauf votre respect, laissez-moi être le plat de résistance, et je continuerai de vous fournir les desserts, dit-il en baisant la main de Violette.

Ayant grandi dans les jupons de sa grand-mère, on savait Charlie timide, pudique. Mais son nouveau statut d'entrepreneur et d'amant accompli lui avait conféré un certain pouvoir, et une certaine confiance. Elles s'en délectèrent.

— Que diriez-vous d'un amuse-bouche ?

Charlie se dit que tout compte fait, il n'était peut-être pas aussi préparé à une telle répartie qu'il le croyait.

— Trêve de bavardage, nous sommes là pour affaires, intervint Rose. Nous vous livrons les housses ; votre mère était justement en train de les inspecter.

— On a fait comme vous avez dit, avec votre tissu : assez pour toutes les banquettes, ajouta Églantine.

— Que dites-vous de m'aider à toutes les enfiler ?

À peine eut-il fini sa phrase, qu'il comprit ce qu'il venait de déclencher. Une réaction en chaîne dans les esprits de toutes les dames de plus de soixante ans présentes dans la pièce. Il sentit la peur l'envahir. Le jeune homme vit dans le regard de Violette l'envie irrépressible de répondre, avec désinvolture, fougue et passion. Il imagina et anticipa tout ce qu'elles s'apprêtaient à répondre.

Moi d'abord !
Je passe devant !
C'est demandé si gentiment.

Il avait mis le doigt dans l'engrenage.

Son esprit vif brida leur élan.

— ... et je vous offre le café ! enchaîna-t-il très vite.

Charlie demanda de l'aide à sa mère pour enfiler les housses autour de la même table. Il avait peur qu'en se mettant avec une des couturières, l'une d'elles feigne de se tromper de fermeture éclair et qu'il se retrouve à son tour déhoussé.

Charlie avait choisi ce tissu peu après son investiture. C'était l'une des premières grosses décisions qu'il avait prises, avec l'installation du Wi-Fi : donner un coup de fraîcheur au salon.

— Prends la couleur que tu veux, mais je te conseille une matière qui ne se tâche pas, lui avait conseillé Léonie. Tu te souviens du tabouret près de la fenêtre… Tu insistais pour ne pas manger au-dessus du comptoir pour faire comme ton frère, et résultat…

— J'ai tâché le tabouret avec le scone aux myrtilles et tu n'as jamais…

— Et je n'ai jamais réussi à le faire partir.
— Mais ça, ce n'est pas à cause du tissu...
— C'est parce qu'au lieu de me le dire, tu as laissé sécher le tabouret devant la vitre en plein mois de juillet, se remémora Charlie de son échange avec sa grand-mère.

Charlie avait donc opté pour une matière légèrement plastifiée mais qui donnait l'impression d'être du tissu. Il avait choisi une palette de pastel et chaque compartiment avait sa teinte. Il avait dans l'idée de ne plus appeler les tables par des numéros mais par des couleurs.

En ce début septembre, il avait aussi pris la décision de resserrer les tables de quelques centimètres vers le comptoir pour gagner vers la sortie un mètre supplémentaire et créer ainsi assez d'espace pour aménager un coin douillet. Une table basse et trois chaises rembourrées disposées autour, sur un tapis circulaire à poil long. La chatte y était *persona non grata*.

— On voit de moins en moins Léonie. Elle profite de sa retraite ?
— Elle n'est pas là, non. Elle n'est plus souvent là d'ailleurs, déclara Béatrice, qui s'acharnait à faire rentrer un coussin dans une housse bleue.
— Elle est partie rendre visite à un vieil ami, expliqua Charlie.

Béatrice comprit que sa mère s'était rendue aux *Bourgeons bleus* et regretta ses profération. Tandis qu'elle ronchonnait sur son coussin, Charlie la sortit de ses pensées.

— Je te laisse entre de bonnes mains, maman. Je viens de me rappeler, l'électricien va arriver. Je te laisse servir le café à nos amies ; je ne suis pas loin si besoin.

La semaine dernière, le plombier, cette semaine l'électricien, la semaine prochaine, le contrôleur des extincteurs.

— ... toutes les semaines, un nouveau type se pointe en uniforme avec une caisse à outils. Si j'étais sûre que ce n'était pas un salon de thé, je penserais qu'il s'agit d'un cabaret d'effeuillage ou d'enterrements de vie de jeunes filles.

— Qui va se marier ? fit Pétunia, se réveillant de sa sieste.

— Béatrice ! lança Hortense.

— Certainement pas. Une fois, pas deux.

— Charlie !

La maman de l'intéressé fit les gros yeux et se concentra sur la tasse de café qu'elle servait.

— Léonie !

— De mieux en mieux.

Pétunia, émergeant tranquillement, quitta sa place afin de laisser Rose changer la housse de la dernière banquette.

— Iris nous a rejointes ? s'enquit-elle. Elle devait nous aider...

— Elle doit être encore en train de papillonner, lui répondit Rose. Un café ?

— Non merci, je ne dors plus après, répondit Pétunia.

De l'autre côté de la ville, Julie se servait de son quota d'heures supplémentaires pour quitter le bureau plus tôt et rendre visite à son père.

Elle parla de son travail, de son employeur et de ses collègues, lança quelques banalités sur la météo encore très chaude pour la fin de saison et, après un long silence à regarder l'herbe pousser, finit par s'arrêter sur le pot autour duquel elle tournait.

— J'ai un chéri officiel.

Elle regardait son père sourire. Elle voyait dans ses yeux une lueur briller. Quoi que pouvaient dire les médecins, il l'entendait.

— On tient l'un à l'autre. J'ignore si ça va durer, mais si ça ne devait pas se faire, je pense qu'il me manquerait. Bon, au début, je pense. Mais quand même, ça ferait bizarre. On se voit souvent.

Julie avait tourné le fauteuil de son père face aux montagnes, face au vent. Elle se disait que peut-être le vent sur le visage l'aiderait à se remémorer de bons souvenirs, comme les courses à moto qu'il aimait autrefois.

— Je voudrais l'emmener à la mer, dans notre maison. Je ne suis pas retournée depuis un moment…

Elle se leva pour remettre le plaid sur ses épaules, l'embrassa sur la joue et partit.

— À la semaine prochaine, papa.

En remontant vers l'accueil, étape à franchir pour regagner le parking, elle aperçut la grand-mère de celui qu'elle venait de qualifier comme étant son chéri sortir du bâtiment et se diriger dans une autre direction. Elle la regarda marcher quelques secondes pour savoir qui elle venait voir, mais son impatience prit le dessus sur la vitesse de déplacement de Léonie. Elle rejoignit sa moto et rentra chez elle.

— Bonjour Titouan, comment vas-tu ?
— Bien, et ça ira mieux encore quand tu m'auras montré ce que tu as amené de bon ! lança-t-il avec le regard espiègle que Léonie lui connaissait.

— On ne peut rien te cacher.

Elle sortit un scone aux myrtilles de son sac et le présenta à son ami dans une assiette. Une petite assiette à dessert, toujours la même, indémodable avec ses fleurs, dernière rescapée d'un service autrefois rangé dans le vieux buffet de la salle à manger.

— Cela fait un moment que je n'avais pas fait de scones. Régale-toi.

Il ne se fit pas prier.

Et comme à chaque fois, elle le regardait manger ce présent, et comme à chaque fois, il délaissait la cuillère au fond du sac — Léonie l'emmenait par habitude mais ne faisait plus l'effort de la lui donner –, et comme toujours, il mangeait avec les doigts.

— Tu gardes toujours les secrets, n'est-ce pas ?

— Je sais qu'un infirmier gazouille avec la dame de la cantine. Je les ai vus se faire des bisous. Mais je ne l'ai dit à personne. C'est quoi ton secret ?

Léonie sourit. Elle le trouvait si innocent et si attendrissant. Et elle se dit que de toute façon, personne ici ne serait intéressé par la nouvelle, alors à quoi bon priver son ami d'enfance d'une telle réjouissance ?

— Tu te souviens de mon... mon amoureux ?

— Oui. Il est gentil avec toi ?

— Très. Et il est si gentil avec moi que lui et moi... allons nous marier.

— C'est bien.

Il marqua un temps et rattrapa une myrtille.

— Mais pourquoi c'est un secret ?

— Ce n'est pas qu'on ne veut pas le dire. C'est juste qu'on ne veut pas avoir à en parler, se justifier, comme des enfants.

Titouan mâchait et regardait les miettes restantes dans l'assiette. Il avait l'air plus peiné par la disparition de son goûter qu'heureux d'apprendre la nouvelle. Mais Léonie le comprenait. Il était comme ça, Titouan. Il ne montrait peut-être pas les bonnes réactions en surface, mais à l'intérieur, il était très heureux pour elle.

— Bon bah c'est bien.

Elle sourit à sa réponse et fit glisser les miettes dans l'herbe, pour les oiseaux du ciel.

Tandis que Gatien rentrait la voiture chargée de bagages, de matelas gonflable, de parasol, de souvenirs et vidée de carburant et d'énergie, Marie ouvrit la boîte aux lettres, débordante de courrier.

— Pub, pub, fit-elle en feuilletant les prospectus, pub, *Philatélie Magazine*, et… oh. Gadou ? On a une lettre de l'assistante sociale.

Chapitre 20 :
Le marqueur noir et les copies blanches

Juin

— J'en ai marre...
— Plus qu'un chapitre et on arrête.
— Pourquoi tu me tortures comme ça ?
— Tu dois rattraper ton retard. C'est bientôt fini, ajouta Matthew pour la consoler.

Le mois de juin n'avait pas fait cas de la situation de Gwen. Il s'était présenté à l'heure et annonçait avec lui l'arrivée imminente des examens de fin d'année.

— Je ne tiendrais pas...

Pour toute réponse, Matthew soupira.

— On fait une pause cinq minutes, et tu reprends pendant que je fais à manger.

— Conclu ! répondit Gwen, tout de suite plus éveillée.

Matthew vint se placer dans son dos et posa ses mains sur ses épaules. Il les massa avec douceur. Ses pouces faisaient des mouvements circulaires et se rejoignaient à la base du cou, tandis que ses longs doigts venaient chatouiller les clavicules dans un mouvement de va-et-vient. Il remonta sur la nuque, faisant incliner en avant la tête de Gwen, qu'elle laissa tomber dans un gémissement de soulagement, et redescendit. Il profita de l'échancrure du col de son haut pour faire courir ses doigts plus bas, toujours sur sa peau claire.

Matthew sentait le grain de sa peau, toutes les aspérités, scrutait les taches de rousseur, les petites imperfections, la cicatrice qu'elle s'était faite quand elle était enfant, à la mer. Il suivait du doigt le prolongement de son omoplate, il touchait les grains de beauté, étudiait leurs contours. Il s'arrêtait sur chacun d'eux et souriait quand la forme lui paraissait singulière. Peut-être même qu'il cherchait un dessin particulier, comme on peut le faire en regardant les nuages.

— Tu en as vraiment beaucoup...
— Je sais... Hé, ne tire pas, tu vas déformer le col.
— Oui... mais... tu as...

Matthew, en un mouvement brusque, retira ses mains et décida de relever le T-shirt, afin de passer directement par-dessous.

— Non, on doit attendre !
— Voyons, tu me prêtes de bien mauvaises intentions.

Matthew attrapa un feutre dans le pot de crayons sur le bureau devant lequel Gwen tentait de réviser.

— Mais qu'est-ce tu fais ? fit Gwen en tentant de s'échapper.
— Reste tranquille.

Il tenait le T-shirt relevé d'une main et le feutre qu'il venait de déboucher avec les dents de l'autre.

— Tu as... la... constellation... du Cygne... dans le dos, énonça Matthew en reliant les grains de beauté. Tiens, va voir, proposa-t-il quand il eut fini.

Gwen alla se planter devant la porte du placard pourvue d'un miroir. Elle maintint son haut remonté sur les épaules et observa son reflet tant bien que mal.

— Ouais, une croix quoi.

Matthew leva exagérément les yeux au ciel.

— Tu préfères que je te dise que t'as un début de la constellation de la Baleine en bas du dos ? fit Matthew, taquin, puis, en voyant sa chère et tendre afficher une béatitude soudaine, il se souvint qu'elle n'était pas comme les autres filles.

Si n'importe quel individu s'offusquerait d'être lié d'une quelconque manière à une baleine, Gwen faisait exception à la règle. Depuis qu'elle avait suspendu au-dessus d'un lit de bébé une baleine et trouvé l'objet de toute beauté, elle nourrissait une profonde sympathie pour les cétacés.

C'est la raison pour laquelle elle se posta dos au miroir, tirant sur son short dans l'optique d'apercevoir cette si belle créature nager à la naissance de ses fesses.

— C'est où ? Dessine-la s'il te plaît, le supplia-t-elle.

— Viens te rasseoir, miss carte du ciel. T'as tes exams à préparer. Et tu as la constellation de la boussole sur le bras, ajouta-t-il en disparaissant dans la cuisine, mais si tu trouves qu'une « croix », c'est banal, alors celle-là…

Il y eut un silence complet, assez longtemps pour donner l'impression que Gwen s'était replongée dans son cours de Droit de la montagne et des forêts.

— Qu'est-ce que tu fais à manger ?

— Concentre-toi.

On entendit la chaise se rapprocher du bureau.

Matthew saisit un des concombres cueillis ce matin, dans le panier prévu à cet effet, et attrapa l'économe dans l'égouttoir, et, méthodiquement, il l'éplucha.

Je croyais que tu m'aimais !

Il se leva, prit la planche à découper qui longeait le réfrigérateur et resta debout pour trancher le concombre en fines rondelles. Au vu du diamètre du concombre, il opta pour une découpe en quinconce.

Tu m'avais dit que je comptais pour toi !

Matthew se retourna pour prendre les radis et saisit au passage quelques tomates rondes. Il avait planté différents pieds qui donnaient des fruits à la chair sucrée et juteuse, et aux couleurs variées. Il rinça le tout sous le robinet, en prenant soin de conserver l'eau sale ; il arroserait le potager plus tard.

Tu me répétais que j'étais différente !

Regardant le saladier se remplir petit à petit, il pencha la tête comme pour définir ce qu'il manquait dans cette composition estivale. « Des noix ! » se dit-il pour lui-même en accompagnant sa pensée d'un claquement de doigts. Il attrapa son couteau à huître dont il avait détourné l'usage pour casser quelques noix et rajouter du croquant à sa salade.

Tu m'as fait croire que je pouvais te rendre heureux !

D'autres légumes frais ou en conserve — il n'avait jamais pu résister au maïs en boîte — vinrent rejoindre le plat. Dernière touche : une vinaigrette légèrement relevée avec laquelle chacun composerait à sa convenance.

Je te faisais confiance !

Il y repensait encore parfois. Elles allaient et venaient, dans son esprit, ces lamentations, ces paroles assassines.

Même s'ils s'étaient réconciliés depuis, il n'oubliait pas le chagrin qu'il avait causé à Gwen. Il savait que le temps et la communication feraient leur œuvre. Les nouveaux souvenirs qu'ils créeraient ensemble tendraient à remplacer ceux-là.

Elle était loin la journée où ils s'étaient retrouvés, tous les deux, devant chez elle, sous la pluie, à se dévisager, sans savoir quoi faire, laissant à l'autre l'occasion de faire le premier pas, attendre, céder, s'élancer, parler en même temps, rire, laisser la parole, insister et avouer ses torts et ses peines.

Matthew avait autorisé quelqu'un pour la première fois à rencontrer une partie de lui un peu plus fragile, un peu moins lumineuse. Il s'était ouvert à Gwen et acceptait qu'elle ait connaissance de cette brèche.

La salade de légumes, le plateau de fromages et la miche de pain prirent place sur la table de jardin. Il disposa les assiettes et les couverts et s'arrêta devant la table dressée, un torchon sur l'épaule. Il subtilisa un radis ou deux qu'il croqua avec gourmandise — il en donna un second à Archimède qui le croqua plus rapidement encore.

— À table !

Gwen débaroula plus vite que les coups de soleil au premier jour d'été et aussi vite qu'elle était venue, aussi vite elle avait assimilé l'énergie nécessaire pour reprendre ses révisions.

— Bon allez, je file.

— Tu ne prends pas de dessert ? s'enquit Matthew.

— Je le prendrai chez Romane, répondit Gwen en déposant un baiser sur la joue de son cher et tendre.

— Vous sortez ?

— *A priori* non, on va rester chez elle pour réviser. Et toi, tu vas bouger ?

— Je vais passer voir mon frère un peu plus tard.

— Vivement que tu me le présentes, quand on pourra... enfin tu vois. À ce soir ! lança-t-elle en franchissant la porte.

Dans un premier temps, ils avaient décidé d'attendre la fin des examens pour se fréquenter à nouveau. Mais ils avaient été forcés de constater que l'attraction mutuelle était plus forte encore que l'attraction terrestre, et étaient rapidement retombés dans les bras l'un de l'autre.

Gwen se gara devant chez les Bonnet-Beauregard, signala son arrivée par une simple pression de la sonnette — elle ne se lassait pas d'entendre le carillon retentir — et entra sans attendre qu'on lui ouvre. Avec le nombre de visites qu'elle totalisait, cela faisait bien longtemps qu'elle avait laissé le protocole sur le pas de la porte.

Son ordinateur en bandoulière et son sac en toile par-dessus, elle grimpa les marches du grand escalier pour rejoindre la tanière de Romane.

— Tu aères de temps en temps ? fit Gwen en guise de bonjour.

— Seulement quand tu repars !

Gwen salua sa répartie. Elle ôta ses sandales et s'installa en tailleur sur le canapé.

— Ne perdons pas de temps, je suis loin d'avoir tout révisé.

— Je t'attendais ! s'offusqua Romane, en se levant de son lit, le nez devant une série TV.

Pendant que l'une sortait et exposait sur la table les sujets d'examens blancs, l'autre ouvrait et disposait les manuels empruntés à la bibliothèque.

— Je te propose qu'on bosse ici deux heures, puis on va prendre le goûter *Chez Léonie*, là où on était l'autre fois, et on emmène aussi de quoi réviser là-bas.

— Tu as déjà faim ! Tu n'as pas mangé ?

— Si, mais dans deux heures j'aurai faim et je veux retourner voir la petite mamie.

— Et ses cookies.

— Ça va sans dire.

Le radioréveil, les horloges des deux ordinateurs, la montre au poignet de Gwen et le téléphone portable de Romane — Gwen avait laissé le sien captif au fond de son sac — n'avaient jamais été autant consultés en si peu de temps.

— Je déclare forfait ! Viens, prends tes affaires, je prends les bouquins, on va manger, tu conduis, je t'invite, fit Romane dans un souffle.

— Mais… ça ne fait qu'une demi-heure.

— J'ai tenu si longtemps ? s'étonna Romane.

Par chance, elles trouvèrent une place de stationnement facilement, devant un massif de camomille, puis s'installèrent à la même table que la première fois, près des fenêtres.

Le café comptait quelques clients mais était plutôt calme.

Charlie vint se poster à leur table.

— Bonjour, je vous laisse prendre connaissance de l'ardoise, ce sont les spécialités du jour.

— Je vais me laisser tenter par la tarte tatin alors, s'il vous plaît.

— Ça sera un crumble aux pommes pour moi, merci.

— Vous désirez une boisson avec ceci ? Café, thé, chocolat ?

Romane sonda d'un coup d'œil Gwen.

— Une cafetière, s'il vous plaît.

Charlie rit et alla traiter la commande.

— Je vous apporte ça !

Elles reposèrent méticuleusement leurs cours et devoirs sur la table, recréant le confort dernièrement abandonné et se tinrent prêtes à étudier, si tôt que leurs desserts arriveraient.

— Donne-moi la définition de « agroforesterie ». Mon Dieu que cette tarte est divine, fit Romane en roulant des yeux, la cuillère encore dans la bouche. Et je connais un autre dessert, tout aussi divin…

Gwen, qui s'apprêtait à donner la définition, leva le nez de son cours et suivit Romane du regard. Ses yeux se posèrent donc sur le serveur.

— Corrige-moi si je me trompe, tu ne sors pas avec… comment il s'appelle déjà ? … Juan !

— Je ne fais que regarder. Tu ne peux pas le nier, il est pas mal ce type.

— C'est vrai, je reconnais qu'il a un certain charme, avoua Gwen avant de se replonger dans son classeur. L'agroforesterie, c'est une pratique qui lie l'agriculture et la sylviculture, ça consiste en…

— En parlant de beau gosse, ça se passe comment avec monsieur Leprince ? fit Romane en appuyant sa question d'un sourire et d'un haussement de sourcil évocateur.

— Romane… on est venues pour réviser. On a nos exams dans trois jours.

— Oh, dis-moi juste ça et après, promis, on révise.

Gwen soupira et capitula.

— Ça va beaucoup mieux, je dois dire. Je l'ai vraiment retrouvé. C'est comme si on ne s'était jamais quittés. En fait, ça peut paraître idiot, mais ça nous a rapprochés.

— Mouais. Enfin, il t'a quand même quittée. Tu sais pourquoi au final ?

— Alors oui, je le sais. Il a fini par me le dire. Je ne voulais pas au début qu'il se livre pour de mauvaises raisons. Mais il a insisté, pour que je lui pardonne.

— Et tu l'as pardonné ?

— J'estime qu'il n'a rien à se faire pardonner. Il n'a rien fait de mal si ce n'est vouloir me protéger. Je ne veux pas te raconter sa vie, ça ne m'appartient pas, mais en gros, c'est une histoire de famille et il ne voulait pas que sa tristesse finisse par m'impacter. Bon, je reconnais lui avoir reproché qu'il aurait pu s'y prendre autrement, conclut Gwen, le nez dans son café.

Romane écoutait attentivement et était tout à fait d'accord avec ce dernier point.

— Tu m'impressionnes. Juan me quitte sous la douche, même pas il vient me parler.

— *Dixit* celle qui reluque le premier venu.

— Arf, j'imagine qu'il est trop jeune pour toi !

— Tu sais, ce que m'a dit la dame, ici, la dernière fois, ça m'a vraiment aidée, poursuivit Gwen sans relever. Et quand je l'ai retrouvé devant chez moi, complètement trempé sous cette pluie... toute ma peine est partie. On est montés et...

— Et bim ?

— Je lui ai tendu une serviette de bain pour qu'il se sèche les cheveux. Je nous ai fait un café et on s'est assis l'un en face de l'autre. Au début, j'étais gênée. Il était quasi redevenu mon prof et uniquement mon prof. Avoir été avec lui me semblait être un lointain rêve.

— Tu m'étonnes.

— Je t'avoue que j'avais encore de la ressource pour lui lancer des piques, je n'oubliais pas non plus tout le chagrin qu'il m'avait causé.

— T'as raison, ma fille.

— C'était beau. La guerrière belliqueuse qui était en moi avait déposé les armes, elle voulait vraiment faire la paix, avec moi surtout, et…

— Et bim ?

— On a longuement parlé. C'est là qu'il m'a expliqué comment il en est venu à croire que je préférerais être écartée de tout ça. On a posé nos tasses et on s'est pris dans les bras et…

— Et quoi ?

— Et bim.

Romane manqua de s'étouffer.

— Pardon, je plaisante, reste parmi nous. Tu sais, on préfère attendre… Pour l'instant, on ne peut rien lui reprocher vis-à-vis de son statut. Et tu postillonnes sur les fiches, déplora Gwen.

— Je crois que symboliquement cela traduit l'intérêt que je porte à cette matière, à savoir : aucun, et que mon subconscient dépasse mon état conscient, tant et si bien que ma communication non verbale s'en ressent changée.

— Romane, le cours, il faut le lire, pas le faire brûler comme de l'encens.

Les yeux de Romane s'écarquillèrent.

— Tu comptais les brûler tout court, c'est ça ? Tu mates encore le serveur ? s'enquit Gwen, sans réaction de Romane.

— Pas tout à fait. C'est ton mec que je regarde.

Gwen se retourna et regarda Matthew s'avancer vers elles.

— Ça révise dur à ce que je vois. Bonjour Romane.

— Bonjour monsieur…, commença cette dernière, subitement saisie par la peur.

— Il sait que tu sais, la rassura Gwen.

Gwen regarda son homme, qui fit un clin d'œil à Romane pour la détendre.

— Ah. On se tutoie ? tenta Romane pour briser la glace.

— Bien évidemment.

— Qu'est-ce tu fais ici ? Tu viens t'assurer qu'on révise ? demanda Gwen.

— Je ne pensais pas vous trouver là, à vrai dire. Mais comme je te l'ai dit, je viens voir mon frère.

— Ton… frère ?

— Tiens, Charlie, viens s'il te plaît.

— Et merde…, lâcha Romane.

— Excellent ! Alors Romane, t'en pince pour Leprince ?

Gwen venait de se venger d'un semestre de blagues à répétition. Elle avait vu cette ouverture d'enfin pouvoir réclamer justice et s'y était engouffrée. Elle riait à s'en tenir les côtes.

— Salut, frangin. Tu les connais ? fit Charlie en dévisageant les deux jeunes femmes, une riant aux éclats et l'autre abasourdie.

— Cherche pas, elles font toujours ça en cours, lui répondit Matthew comme si elles ne les entendaient pas.

— Tes étudiantes ?
— Plus que pour une semaine !
— T'es si pressé qu'elles partent ?
— Elle, fit-il en désignant Romane, peu m'importe, elle, par contre, pointant du doigt Gwen, non. Ou plutôt, si. J'ai hâte de ne plus être son prof. Charlie, reprit Matthew en s'éclaircissant la gorge, je te présente Gwen, ma petite amie.
— Alors là, frangin, tu m'épates.

Charlie se tourna vers la jeune femme, sur qui soudain le soleil avait décidé de se refléter à travers la baie.

— Gwen, c'est un honneur de faire ta connaissance. Je te souhaite la bienvenue chez les Leprince, et, en voyant la façon dont il te regarde, je crois dire vrai en disant qu'il a déjà fait de toi sa reine...
— Avoue, t'attendais de la sortir, celle-là, fit Matthew.
— Depuis des années.
— Si vous êtes frères... qui est pour vous la dame âgée que j'ai vue il y a un mois ? Elle travaillait là.
— Notre grand-mère, Léonie. Tu es déjà venue ici ?
— Tu ne devineras jamais...

— Bouteille d'eau ?
— Bouteille d'eau.
— À manger ?
— J'ai.
— Mouchoirs ?
— C'est bon.
Gwen et Romane se regardèrent longuement.
— On est bon, là ? s'inquiéta Romane.
— On est bon.

Elles cherchèrent dans les yeux de l'autre tout le réconfort et le courage qui leur manquaient.

— On est dans la merde, geignit Gwen.

— On est dans la merde ! se lamenta Romane.

Elles firent leur danse d'encouragement qu'elles avaient concoctée pour l'occasion. Elle consistait en une succession de pas plus ridicules les uns que les autres et tendait à les faire rire une dernière fois avant de s'assoir et de devoir noircir plusieurs copies.

— C'est la dernière épreuve, on peut le faire !

— On peut le faire ! reprit Romane en acquiesçant de la tête.

Tandis que ces mots résonnaient dans la grande salle, on entendit les dernières fermetures éclair se refermer, les téléphones portables se ranger, et les premiers stylos gratter un quelconque matricule sur le papier.

Chapitre 21 :
Le crabe et la corde

Septembre

Si Château-sur-foin s'était modernisée en préservant ce qui faisait d'elle une ville noble, de caractère, la ville d'à côté ne semblait pas avoir suivi le même chemin.

La vallée de Torallefort comptait, parmi ses communes, une fortement industrialisée.

Plus mécanique, plus squelettique encore, Haut-Lavoir avait poussé là bien tardivement. Elle faisait partie de ces villes dont le développement s'apparentait à celui d'un champignon. Un jour galopent les nouveau-nés du printemps dans les herbes hautes, le lendemain, ce sont les voitures qui courent le bitume.

Comme un gros crabe vouté, elle s'était posée là sur les marais, contre quelques poignées de mains, en écrasant les terres humides de toute sa masse et en plantant ses membres noueux dans le sol. Elle pompait avidement l'or bleu des nappes et personne n'avait réussi à l'en déloger.

De l'eau à foison, autant d'arbres à disposition et un marché à développer : les investisseurs de l'époque avaient trouvé le bon filon. Haut-Lavoir se complaisait dans l'industrie papetière. S'époumonant, suintant, s'expurgeant de toutes ses peines et de ses gaz nauséabonds, elle ne bougeait plus et vomissait son désespoir sur ses habitants.

Une éruption d'usines, de logements, de commerces et de bureaux avait changé à jamais le visage de cette région marécageuse.

Tel pourrait être le tableau dépeint par un homme de Château-sur-foin, heureux de voir qu'il avait fait le bon choix en posant ses valises trente ans plus tôt de l'autre côté du pont.

Mais Haut-Lavoir n'était pas aussi noire et souffreteuse que les riverains le laissaient croire. Elle renfermait aussi, comme toutes les villes sinueuses, des avantages qu'on était bien heureux d'avoir à disposition.

L'hôpital, par exemple, accueillait les patients des villes voisines sans sourciller. Il offrait de nombreux services et les donations faites par les manias de l'immobilier entretenaient le service des urgences et leur aile dédiée.

Les véhicules de secours se déployaient sur les grands axes, se faufilaient dans les boulevards, se glissaient jusqu'aux victimes, les avalaient et les ramenaient, comme des chiens bien dressés, aux portes des urgences. Bien mal aurait pris aux familles des malades de blâmer la ville en pareilles circonstances.

Tantôt l'hôpital prenait la vie, tantôt il la donnait. Il arrivait qu'il la donne sans savoir quoi en faire. Alors l'orphelinat de Château-sur-foin prenait la relève. Il ouvrait ses bras à l'enfant aussi longtemps qu'il en aurait besoin.

L'établissement Sainte-Lucie s'éloignait au possible de la représentation sinistre qu'on se faisait d'un pareil endroit. Façade lugubre, portes grinçantes, fenêtres sans volets, vitres brisées, couloirs humides dont on ne voit pas le bout, hauteur sous plafond vertigineuse, tout cela illuminé par un lustre mal assuré un soir d'hiver. Aucune description n'aurait été plus éloignée de la vérité que celle-ci.

Du moins, pas avant l'incendie.

Il y a quelques saisons de cela, un malheureux hasard fit qu'un raccordement défectueux enflamma un boîtier électrique, un rideau, une tenture, une aile du bâtiment. Le soulagement de n'avoir aucun blessé encouragea l'institution à opérer quelques travaux de rénovation, moyennant le relogement des occupants dans des familles d'accueil de fortune. Mais les coûts devinrent vite très importants et le projet fut reporté…

Aujourd'hui, les familles d'accueil, volontaires pour l'occasion, voyaient s'éterniser la dimension provisoire de leur contribution, et s'en exaspéraient.

Le malheur des uns allait donc faire le bonheur de Marie et de Gatien.

Marie tenait dans ses bras un grand sac dans lequel reposait un plat recouvert de papier d'aluminium, et Gatien la suivait avec une bouteille de la dernière récolte.

Elle retira le loquet et poussa avec sa hanche le portillon. Elle emprunta le chemin dessiné par des ronds de pierre qui la conduisait jusqu'à la porte de la maison.

De chaque côté de l'allée, s'érigeaient toujours les mêmes plantes en pot. Marie était d'ailleurs certaine que ces plantes étaient déjà là quand elle vivait encore dans la maison avec sa sœur, ses deux frères et leurs parents.

Aujourd'hui, la maison vers laquelle le couple s'avançait n'était plus habitée que par la sœur de Marie, l'aînée de la fratrie. Les garçons avaient acheté chacun de leur côté une maison avec leur compagne respective pour y élever leurs enfants. Le père et la mère de Marie et de ses frères et sœur avaient renoncé à ce bien et s'étaient offert une villa sur le bord de mer. Ils revenaient de temps en temps en ville visiter leur famille, quand ce n'était pas celle-ci qui venait profiter du pied-à-terre sur la côte.

C'était un couple à présent âgé qui ne rêvait que d'une chose, profiter de la retraite à l'ombre des parasols.

Parmi les quatre enfants, seule Marie avait quitté Haut-Lavoir, refusant de suivre le chemin que ses parents, puis sa sœur et ses frères avaient tracé pour elle. Avec ses longs cheveux noués par un ruban, sa plus belle robe à fleurs et son livre sous le bras, elle était devenue enseignante et avait trouvé un poste dans une école de Château-sur-foin.

Elle avait décidé que travailler à l'usine papetière ne devait pas dépasser le stade de job d'été, qu'elle n'y ferait pas sa carrière, et encore moins sa vie.

On ne lui en tenait pas rigueur. Elle était comme ça, Marie : jeune, rêveuse et insouciante. Les membres de sa famille admiraient son innocence, mais ils ne se posaient pas autant de questions. Ils s'estimaient déjà heureux d'avoir un emploi.

Gatien secoua la cloche de la porte d'entrée. Une grande femme large d'épaules et les cheveux de la même couleur que ceux de Marie lui ouvrit.

— Bonjour frangine ! entonna Marie.

Tous les trois se saluèrent et se prirent dans les bras.

— Ah, Marie, tu peux…

— Oui ? firent simultanément les deux femmes.

— C'est vrai. Je ne m'y ferai jamais, lâcha Gatien. Marie-Ange, tenez, c'est pour vous, fit-il en lui tendant la bouteille. Marie-Belle, ma chérie, passe-moi la clef de la voiture, s'il te plaît.

Il revint peu après avec un bouquet de fleurs acheté plus tôt.

Tous les trois s'installèrent autour de la table du salon et rattrapèrent le temps perdu.

Pendant que Gatien parlait chiffre d'affaires, bénéfices, retour sur investissement et logique de résultats, Marie le regardait et souriait. Elle portait à sa bouche de manière régulière et rapprochée des pistaches qu'elle venait d'extirper de leurs coquilles. À mesure que Gatien décrivait les dernières actualités de son activité, le sachet de pistaches s'amenuisait.

Elle adorait le regarder parler boulot. Ce n'était pas un grand bavard, mais son métier de comptable l'animait toujours autant.

Il était clair que Marie-Ange ne ressentait pas la même exaltation que semblait éprouver Gatien quand elle faisait sa déclaration d'impôt, mais une chose était sûre, c'est qu'elle voyait bien l'enthousiasme dans les yeux de sa sœur. En quelque sorte, c'était lui, sa déclaration d'impôt à elle.

Ce fut le tour de Marie de parler de son travail. Elle décrivit le plaisir qu'elle avait eu à retrouver ses petites têtes blondes qu'elle avait quittées au début de l'été et le plaisir d'en rencontrer de nouvelles.

Elle fit le tour des prénoms à la mode et fit décrocher quelques rires à sa sœur. Marie culpabilisa légèrement de son manque de professionnalisme, puis se dit qu'après tout, les enfants ne seraient pas au courant. Elle finit son histoire en donnant quelques anecdotes sur les nouveaux parents, soit très exigeants et présents, soit un peu trop confiants et détendus, ce qui fit naître de plus belle chez Marie-Ange la même réaction : elle faisait face à des passionnés.

Marie reprit son sérieux et parla du tricentenaire. Elle énuméra sur ses doigts les différentes animations qui lui étaient confiées et s'aperçut qu'elles étaient toutes — ou presque — prêtes pour la commémoration.

Les costumes étaient fin prêts, les saynètes étaient en cours de révision, les discours étaient écrits et les orateurs s'étaient entraînés à leur diction. Les enseignes étaient peintes et entreposées à la salle des fêtes. Les producteurs surveillaient de près leurs plantations et tout ce qui pouvait être anticipé l'était. En réalité, il ne restait qu'une mission à achever, et elle était le fruit d'une collaboration entre deux établissements.

— Bonjour Matthew, je suis Marie, professeure des écoles aux Pierres taillées. On s'est rencontrés il y a quelques mois. Je ne sais pas si vous vous souvenez de moi. Aujourd'hui, c'est en qualité de consœur que je m'adresse à vous. Vous devez savoir que le tricentenaire de la ville approche à grands pas, et j'aimerais mener un projet interclasse. J'ai une idée qui pourrait vous intéresser, vous et vos étudiants. Rappelez-moi qu'on en discute…, avait-elle laissé sur son répondeur.

Rapidement il l'avait rappelée pour en savoir un peu plus sur son projet et ils s'étaient vus dans la semaine.

Comme Marie, Matthew avait déjà fait sa rentrée, rencontré de nouveaux lycéens et de nouveaux étudiants.

Septembre en était à son commencement.

— J'ai apporté les plans du cadastre, avait dit Marie en sortant les documents roulés de leur tube.

Elle avait extirpé ces grands parchemins, les avait déposés sur la table devant Matthew et en avait lesté les coins avec des poids de fortune, trousse et livres faisant l'affaire.

— L'idée est de matérialiser l'expansion de la ville, avait commencé Marie en suivant avec son doigt sur la carte.

Elle avait mis la main gauche sur le cadastre faisant foi aujourd'hui et la main droite sur le plus ancien plan qu'elle avait pu trouver.

Matthew avait suivi avec attention les va-et-vient que Marie avait faits avec ses deux index. De cette façon, il s'était rendu compte de l'évolution des contours de Château-sur-foin qui s'était pas mal étalée en quelques décennies.

— Et en quoi puis-je t'aider ?

— Mes élèves sont bien trop jeunes pour faire ça, mais je pense que les tiens — tes lycéens ou tes étudiants — adoreraient. Je m'explique : je voudrais qu'on montre à la population le jour du tricentenaire ce à quoi ressemblait la ville en matière d'espace. Il faudrait alors matérialiser les anciens contours. Et c'est là que tu rentres en scène. Tu pourrais demander à tes élèves de proposer des idées, d'en choisir une et de l'appliquer. Et il faudrait aussi qu'ils trouvent un moyen pour faire participer de jeunes enfants.

— Je crois savoir ce que tu veux. Ça peut intéresser ma classe de Seconde. J'ai un volet urbanisme avec eux. Je pense qu'on tient quelque chose !

Il s'était levé, plus motivé que jamais et avait passé le reste de sa journée à préparer sa présentation pour le lendemain.

Au terme de cette séance, les élèves avaient donc une semaine pour rendre leur proposition : un document synthétique exposant l'idée préconisée et argumentée, en précisant pour chacune les avantages et les inconvénients. Le second objectif était également d'apprendre à se montrer convaincant.

La semaine suivante, même jour, même heure, les jeunes avaient vendu leur idée, qu'ils avaient présentées devant leur professeur et Marie.

Le premier groupe avait proposé de dessiner le périmètre avec une bombe de peinture sur le sol. Les élèves avaient estimé comme étant faibles le coût d'achat des produits et le temps de réalisation. Ils avaient émis l'idée que les enfants pouvaient les aider mais que cela demandait des précautions en matière de santé et sécurité. Marie avait pointé du doigt l'écart trop important entre l'évènement historique et la pratique moderne.

Le deuxième groupe avait proposé d'utiliser les guirlandes lumineuses d'hiver de la ville pour illuminer le parcours à faire. Il ne s'agissait pas de poser celles clignotantes de toutes les couleurs mais de choisir les guirlandes qui recréeraient un plafond lumineux. Selon eux, demander à la mairie d'installer les guirlandes de fin d'année plus tôt que prévu ne devrait pas coûter beaucoup. En retenant le commentaire de Marie sur la proposition précédente, ils avaient reconnu que l'utilisation de l'électricité ne coïncidait pas avec la création de la ville. Elle avait acquiescé mais avait paru pouvoir s'en accommoder.

Le troisième groupe avait amené un échantillon de leurs propositions.

— On a pensé à délimiter le contour de l'ancienne ville avec de la corde, avait dit le jeune garçon en sortant de son sac une corde de plusieurs mètres enroulée.

Matthew avait jeté un regard à Marie, intrigué.

— La corderie est une pratique artisanale très ancienne, et même si, aujourd'hui, on en fait de manière industrielle, il reste des cordiers qui cultivent ce savoir-faire. Je le sais car mon grand-père est cordier et il m'a prêté cette corde, avait-il expliqué en la tenant à bout de bras. Alors on a pensé qu'il pourrait nous en prêter — il en a plein chez lui — et qu'on pourrait faire le tour avec, ou du moins une partie, selon la distance à couvrir…

— On pensait, était intervenue la seule fille du groupe, que son grand-père pourrait nous montrer, à nous, comme à vos élèves, madame, comment on fait de la corde. Ça serait sympa comme activité…, avait-elle ajouté, à mi-voix.

Marie avait regardé Matthew et lui avait souri.

Après ce long récit, Marie souffla et reprit quelques pistaches.

Gatien la regarda. Elle regarda Gatien. Elle regarda sa sœur. Sa sœur les regarda.

Marie souffla encore.

— On avait un rendez-vous en ville ce matin.

Gatien prit la relève.

— Ce que Marie-Belle peine à vous dire, fit-il en prenant la main de son épouse, c'est que nous avions rendez-vous avec l'assistante sociale pour devenir maison d'accueil et à terme parents adoptifs.

— Ah! Et alors? Qu'est-ce qu'elle a dit?

Marie trépignait d'impatience.

— Elle a dit que nous devions changer de maison, continua Gatien, sans prêter attention au fait que sa femme lui broyait les phalanges.

— Elle n'est pas assez bien, la vôtre? s'inquiéta Marie-Ange, qui dévisageait tour à tour les deux cachotiers.

— Ce n'est pas qu'elle n'est pas assez bien, poursuivit Gatien. Elle n'est juste pas assez grande… pour accueillir trois enfants.

Sur le visage de Marie-Ange se mut un vaste sourire.

— Je vais être tata!

Elle saisit le tire-bouchon et la bouteille, fit se rencontrer les deux — « je me permets ! » — et remplit les trois verres à ballon. Elle leva le sien et porta un toast pour marquer le coup : sa sœur et son beau-frère étaient heureux.

— Avant d'aller trop vite, rappelons-nous que pour l'instant nous allons juste être famille d'accueil, fit Gatien pour se convaincre lui-même. On va rencontrer les enfants cette semaine et on doit prendre rendez-vous avec l'agence immobilière. On va y passer tout à l'heure d'ailleurs, proposa-t-il à Marie.

— Ce sont deux garçons et leur petite sœur. Ils ont onze et neuf ans, et elle n'a que cinq ans. L'assistante sociale nous disait que les gens en général ne veulent pas adopter plusieurs enfants d'un coup, mais elle a dit qu'elle ne voulait pas les séparer, expliqua Marie. Et du coup, nous les accueillons et, si au terme de l'hiver, ils se plaisent chez nous et que ça se passe bien, on pourra les adopter et devenir… leurs parents.

Marie essuya une petite larme qui s'échappait. Gatien lui caressa la joue et lui sourit tendrement. Elle se lova contre sa main.

Ils allaient enfin réaliser leur rêve. Ils allaient quitter leur location biscornue sur trois étages et investir leurs économies dans un plain-pied avec jardin, balançoire et vraisemblablement piscine gonflable. Ils allaient être parents. Ils allaient être heureux.

Edgard n'était pas rancunier. Même s'il avait souffert de la chaleur d'août, il profitait tout de même de sa présence un mois après. Dans sa véranda, coupé des courants d'air, il jouait aux cartes avec ses vieux amis, Edmond et Ernest.

— Tu triches, Edmond !

— C'est la poêle qui se fout du chaudron, lança Ernest.
Edgard secoua la tête de dépit.
— Il n'y en a pas un pour rattraper l'autre.
Il se leva pour se resservir de la citronnade fraîche.

Planté devant la fenêtre derrière la vitre, il détailla pour la énième fois le napperon posé sur le guéridon. Il avait bien fait de faire de la citronnade. Le citronnier avait bien donné cette année. Tenant encore son verre à hauteur de la bouche, il se délecta de l'arôme de la boisson. Edgard plissa la paupière un court instant, le temps d'en accepter l'acidité.

L'arrivée de la factrice le ramena à la réalité. Il la vit mettre une enveloppe dans la boîte aux lettres. Tandis qu'elle s'éloignait en pédalant, il alla, aidé de sa canne, chercher le courrier.

— Le programme de l'opéra, très bien.

Depuis qu'Edgard avait emmené Léonie voir un ballet, elle en redemandait. Il se souvint comment elle avait été si émerveillée en regardant s'élancer les ballerines dans les airs. Une petite fille n'aurait pas mieux réagi. Il était donc ravi de recevoir le nouveau programme du Grand Théâtre et de planifier leurs prochaines sorties.

— Que fais-tu, Edgard ? Tu te défiles ? s'enquit l'un des joueurs de cartes.

Edgard revint à la table et se souvint du pourquoi de leur visite.

— Hélas, non. Tu le sais bien, j'accepte toujours mes gages. Mais étiez-vous vraiment obligé de m'organiser un enterrement de vie de garçon ?

— C'est le jeu, mon bon ami. Tu n'avais qu'à mettre moins de temps à finir tes mots croisés. Décidément, l'amour, ça te ramollit !

— Soit… mon sort est scellé. Où m'emmenez-vous ?
— On a pensé au saut à l'élastique…

Edgard porta une main à sa poitrine.

— … puis on s'est dit qu'il ne fallait pas que tu meures.
— On a pensé à un cabaret d'effeuillage.
— … puis on s'est dit qu'il ne fallait pas que Léonie te tue.
— Alors…, commença Ernest.
— … on a décidé que tu allais…, poursuivit Edmond.
— Poser nu pour une école d'art ! entonnèrent les deux en chœur.
— La peste soit de vous deux, laissa échapper Edgard, qui relisait en ce moment de grands ouvrages sur une époque lointaine et révolue. Quel est le rapport avec un enterrement de vie de garçon ?
— C'est la dernière fois que tu peux te montrer nu comme un ver à quelqu'un d'autre qu'à ta future femme, profite ! se justifia Ernest, hilare.
— Ça te plaît ? voulut se rassurer un instant Edmond.
— Ai-je le choix ?

Edgard défit un à un les boutons de son gilet. Il n'osait pas regarder les étudiants entrer dans la salle et s'installer devant leur chevalet. Il ôta sa chemise, son pantalon. Il les plia délicatement et les posa sur la chaise mise à disposition. Il repoussa au mieux sa sentence.

Puis, laissant entrevoir une peau claire de l'extrémité de ses orteils jusqu'à la racine de ses cheveux blancs, il prit place dans le fauteuil surélevé et risqua un œil vers son public. Les jeunes ne semblèrent guère surpris, inquiétés ni même déçus. Certains sortaient leur matériel, d'autres commençaient déjà à observer le modèle. On entendit quelqu'un ajuster la hauteur de son tabouret. Le crissement du métal incommoda Edgard, les autres personnes étant probablement déjà habituées.

On demanda à Edgard de choisir une première position qu'il devrait tenir une vingtaine de minutes. Il préféra s'enfoncer dans son siège et garder les jambes croisées pour cette entrée en matière. Ce n'est qu'au changement de pose, qu'il se pencha en avant, les coudes sur ses cuisses, les mains jointes au-dessus du vide.

Il regardait droit devant, fixant un point invisible au mur et au fur et à mesure de la séance, Edgard se détendit. Il osait regarder les artistes. Une femme devait être en train de reproduire ses pieds, un autre était concentré plus haut, ses épaules peut-être. Quand Edgard croisa son regard, l'homme fronça les sourcils et Edgard se hâta de reprendre sa posture initiale. Il sentit ses jours s'affaisser comme s'il avait fait une bêtise. Se montrer nu ainsi lui donna l'impression de redevenir un enfant, vulnérable sans doute. En même temps, il gagna aussi en assurance. Une étrange opposition.

En se rhabillant, Edgard parut satisfait. Il avait apprécié ce défi. Il reconnut que cette pratique pouvait probablement aider les plus timides à se surpasser. Il nierait bien sûr avoir pris un quelconque plaisir. Edgard repartit avec une toile qu'il accrocherait un temps au-dessus de la cheminée.

Chapitre 22 :
La couverture et les couches

Juin

Lors de son dernier cours avec ses étudiants, Matthew Leprince, professeur vénérable et vénéré par ces derniers, leur fit la proposition d'une ultime excursion, la dernière pour la route.

— Pour la plupart d'entre vous, si ce n'est vous tous, j'imagine que vous allez quitter la ville sitôt les examens passés, avait-il commencé. Vous vivez donc vos derniers instants à Château-sur-foin. Et, à ce titre, j'aimerais vous faire découvrir, en gage de ma sincérité, mon endroit préféré de toute la vallée. Pour une ultime sortie, que dites-vous de nous retrouver dans une semaine, après vos examens, à l'aube, regarder le soleil se lever ? Les plus téméraires d'entre vous préféreront faire la fête toute la nuit avant. Qu'ils ramènent des bières, je ferai le café.

Ce jour-là était arrivé.

À Château-sur-foin, il y avait une fontaine, *a priori* aussi vieille que la ville elle-même.

La fontaine, sculptée dans la pierre de la main de l'homme et de la caresse de la nature, trônait fièrement au centre de la Place des Bains. Il s'agissait d'une jeune paysanne qui déversait le contenu de son pot en terre à ses oies.

Le matin, les marchands vendaient leurs fruits, leurs fromages et autres produits du maraîchage et de l'élevage. Un bouquiniste et un horloger y faisaient même leurs affaires. L'après-midi, les parents en poussette échangeaient les dernières anecdotes sur leurs bambins. Et le soir, tout le monde se retrouvait pour étancher sa soif et refaire le monde assis sur le rebord de la fontaine.

Autour de la place, il y avait de quoi se rassasier et connaître l'ivresse. Bars, bistrots, brasseries. Chacun y trouvait son compte. Gwen et sa promo avaient trouvé le leur.

Tandis que Gwen et Juan officiaient comme chaperons, les cinq autres étudiants arrosaient la fin de leurs examens.

L'idée insufflée par leur professeur de rester éveillés toute la nuit pour le rejoindre au petit matin les avait séduits. Mais voilà qu'il commençait à se faire tard et que tous montraient déjà des signes avancés de fatigue.

Après la fermeture des bars, les jeunes avaient continué leur soirée chez Maxime étant, par élimination, le plus apte à recevoir.

Juan, ayant estimé que dans un tel état d'ébriété un tapis ferait un très bon matelas, en avait décidé ainsi : Luc aurait tout le loisir de s'y étaler. Maxime dormirait dans son lit d'appoint, les Thomas se serreraient sur le canapé. Gwen embarquerait Romane chez elle.

— On repasse vous chercher dans trois heures. Essayez de dormir. Maxime, j'ai pris ton double des clefs, avait dit Juan en fermant la porte derrière eux.

Trois heures plus tard, Gwen était revenue à l'appartement de Maxime prêter main-forte à Juan tandis que Romane dormait dans la voiture, le front collé contre la vite. Elle nierait bientôt qu'un filet de bave coulait délicatement de ses lèvres entrouvertes.

Gwen leur avait fait boire à tous un verre d'eau et avait écouté leurs jérémiades.

— Mes frères…, avait commencé Maxime, ne m'attendez pas, je vous ralentis. Partez… tant que vous le pouvez.

— La ferme et enfile ça, avait répondu Juan, en lui jetant ce qui devait être son pantalon de la veille. Je ne laisse aucun de mes frères sur le champ de bataille, avait-il ajouté.

Il faisait encore nuit noire quand les deux voitures s'avancèrent à pattes de velours sur le parking du vieil Harold. Une voiture les attendait, ronronnant. Elle quitta sa place et se faufila dans un sentier par derrière la vieille cahute du quincailler. Les deux autres la suivirent. Étroit et dégradé, le chemin blanc semblait ne pas en finir. Romane, qui s'endormait contre la vitre ouvrait les yeux à chaque nid de poule.

Ils s'arrêtèrent.

Matthew sortit le premier. Les bras chargés, il s'enfonça dans la pénombre, guidé par le souvenir qu'il avait des lieux, et de la lumière de sa lampe-torche.

La clairière, exposée à l'est, s'ouvrait sur la ville en contrebas.

Quatre troncs, faisant office de bancs, étaient disposés autour d'un foyer. Deux par deux, ils s'y installèrent. Matthew sortit de son sac une lampe à gaz, l'alluma et la disposa sur le tas de cendres. Voyant que certains se frictionnaient les épaules ou les cuisses, il se glorifia d'avoir pensé à prendre des couvertures. Il en distribua trois grandes à partager et en garda une pour lui. Une fois assis, il vit qu'il se trouvait à côté de Gwen et n'avait pas prévu une cinquième couverture, il lui tendit la sienne. Sans un mot, elle se rapprocha de lui et tendit la couverture devant eux. Elle plaça sa partie sur ses jambes, il en fit autant sur les siennes. Elle lui sourit. Son regard disait : « Ne t'inquiète pas, il n'y a aucune ambiguïté. »

La lumière qui émanait du centre se reflétait sur les visages. Certains riaient, d'autres luttaient contre le sommeil, d'autres encore semblaient regarder la source lumineuse avec beaucoup d'application, comme hypnotisés. Matthew était un de ceux-là. Il prit la parole.

— Ce que je vous ai dit l'autre jour était vrai, c'est mon endroit préféré de ce côté de la vallée. Il est très prisé par les jeunes et les amoureux. Mais en général, quand je viens, à cette heure-ci principalement, il n'y a jamais personne. Ou un raton laveur peut-être.

Gwen sourit dans son écharpe.

— Vous l'aurez compris, la tranquillité que peut nous offrir la nature compte beaucoup pour moi. Et l'autre chose qui a aussi de l'importance à mes yeux, une des autres choses, reprit-il, c'est mon métier. J'aime enseigner et je suis heureux de pouvoir le faire avec vous. Je voudrais vous remercier. Aussi courte fût-elle, j'ai passé une bonne année. Vous avez été de très bons étudiants, et ça a été un plaisir de vous donner cours et de vous emmener faire des randonnées...

— Ouais, nous aussi, monsieur, lança quelqu'un de l'autre côté de la lampe.

Matthew le remercia silencieusement d'un hochement de tête.

— Si vous avez des remarques, questions, plaintes, propositions, remerciements, je suis tout ouïe.

Il y eut des « bah c'était bien » et des « j'ai bien aimé les rando » et beaucoup de « moi aussi ».

— Rencontrer plus de professionnels, ça aurait été pas mal.

La remarque de Romane fut favorablement accueillie et en étonna plus d'un, car tous la pensaient en train de dormir, confortablement couchée sur les genoux de Juan.

Matthew opina de la tête, lui aussi convaincu que ça apporterait un plus à l'enseignement.

— Et… vous savez ce que vous allez faire après ? Continuer les études ou travailler ?

Il y eut un silence. Cette question semblait déjà préoccuper les esprits.

— Vous savez, ce n'est pas grave, à votre âge je…

— Je rentre à l'école des pompiers, coupa Romane.

Si elle avait eu les yeux ouverts, elle aurait peut-être vu toutes les paires d'yeux hausser les paupières de surprise.

— J'ai été deux fois… sensibilisée à ce métier, risqua Romane, et je leur en suis reconnaissante. Je veux faire comme eux. Je pense que ça donnera du sens à ma vie.

Elle fit l'impasse sur les deux expériences qu'elle avait eues avec eux, à savoir dernièrement le secours de sa sœur enceinte, et la désincarcération de ses parents dans leur voiture accidentée qui lui avait donné le temps de leur dire au revoir il y a de cela dix ans.

— Et je surmonterai peut-être enfin ma peur de conduire et passerai le permis… souffla-t-elle pour elle-même.

Tous réfléchirent à leurs propres projets et se dirent qu'ils n'avaient pas autant de panache.

— J'ai été accepté à l'école d'architecte, osa Juan.

Romane, deux têtes plus bas, le regarda tendrement et renouvela ses félicitations du bout des lèvres. Elle était fière de lui.

— Je continue les études, fit Thomas, qui ne savait s'il pouvait en être fier.

— Moi aussi, s'empressa l'autre Thomas, comme débarrassé de cette prise de parole.

— La biologie maritime, répondirent-ils à la question silencieuse que se posait le professeur curieux.

Ce dernier concéda intérieurement que c'était un domaine qui valait la peine d'être étudié.

Les Thomas étaient soulagés d'avoir confié à leurs amis qu'ils continuaient leurs études ensemble sans éveiller les soupçons. Ils osèrent joindre leurs mains sous la quiétude de la couverture.

— Je veux enseigner, moi aussi, fit Luc. J'ai assez fait d'études, il me faut juste passer le concours, ajouta-t-il d'un rire étouffé.

Matthew, qui ne pensait plus à ses propres cours de biologie, regardait Luc à sa droite avec envie et fierté, animé d'une nostalgie vivifiante. C'est donc lui, la relève, l'unique parmi les sept…

— Je crois que je suis partie pour en faire autant. Je vais accepter le poste dans mon ancien collège. Ils cherchent quelqu'un pour enseigner les arts plastiques, expliqua Gwen. *Et je n'ai pas vraiment le choix*, pensa-t-elle.

Cette annonce tomba comme un couperet. Matthew comprit. Son enthousiasme était redescendu aussi vite qu'un taux d'alcoolémie face à une situation de stress. Car c'était ce que la situation était devenue : stressante. Il comprenait alors qu'elle partirait : elle n'avait pas l'intention de rester.

Maxime resta muré dans le silence. Il n'avait pas envie de partager ses plans d'avenir, aussi flous soient-ils. Et personne ne sembla s'en soucier.

Le ciel perdit de sa noirceur au-dessus d'eux. Matthew tourna la tête et vit les premiers nuages rougir à l'est. Il ramena sa partie de la couverture sur Gwen et s'éloigna d'elle. Il ne sut pas dire s'il le faisait pour simplement ne pas la déranger tandis qu'il s'affairait une nouvelle fois autour de son sac ou s'il profitait de cette excuse pour lui laisser de l'espace, en avance.

— J'ai amené des croissants et du café, servez-vous…

Chacun piocha dans le grand sachet à côté de la lampe un croissant encore tiède et se servit un café dans une tasse de camping. Matthew avait tout prévu et s'en félicita.

— Vous nous excuserez, on n'a pas pris de bières, fit Juan.

Ils échangèrent un sourire et Matthew éteignit la lampe.

Tous étaient tournés vers le soleil levant. Le ciel s'éclaircissait à mesure que les secondes s'égrainaient, comme si les ténèbres ramenaient sur elles une couverture tâchée de rose et de blanc.

Gwen, en se retournant, délaissa elle aussi la couverture. Le paysage qui s'offrait à elle la préoccupait bien plus que d'avoir froid.

Le ciel ressemblait en tout point à ce qu'on pouvait admirer sur les plafonds d'édifices religieux. Des nuages — des *cumulus a priori* — se découpaient sur la toile. On aurait dit que mère Nature en personne les avait sculptés à même les blancs en neige. Une maryse était tout indiquée pour découper si nettement les contours.

Et la couleur, quelle couleur ! Un juste milieu entre le rose de la barbe à papa et la chair d'une pêche de vigne.

Puis Gwen reprit la couverture, la mit sur ses épaules, et tendit l'autre bout à Matthew ; il en fit autant. Sans la regarder, à l'abri des regards indiscrets, il vint lui caresser la main. Elle ouvrit ses doigts, saisit les siens et les serra fort, comme il lui plaisait de faire.

L'été avait frappé fort cette année-là. Il avait posé ses valises, fait grimper le mercure et avait décidé qu'il n'en serait pas autrement pour les semaines à venir. Du matin au soir, les terrasses des cafés ne désemplissaient pas. Tandis que les habitants se repaissaient à l'ombre, les touristes se laissaient prendre par les places ensoleillées. On les revoyait le lendemain matin à la pharmacie à demander conseil pour soigner les brûlures. Bien mal aurait pris à celui qui sous-estimait le soleil de montagne.

Malgré le peu de temps qu'il lui restait à vivre dans son appartement avant que le préavis n'expire, Gwen avait décidé de battre en retraite et de rentrer une semaine chez ses parents, profitant de la climatisation et du réassort de glace à la vanille. Quelques cartons entassés dans sa chambre avaient permis de commencer le déménagement en douceur ; sa paire de béquilles en tête du manège. Sa cheville douloureuse était à présent un lointain souvenir.

Un soir, allongée sur son tapis soyeux, un gros oreiller sous la tête, Gwen feuilletait les magazines de sa mère. Ce genre de magazines que l'on feuillète sous le parasol et avec écrit « 10 conseils pour avoir un corps de rêve cet été » sur la couverture.

Gwen faisait les tests de personnalité. Une fois qu'elle sut quelle femme elle serait dans dix ans et que disaient ses amis d'elle, Gwen tourna la page.

— « Êtes-vous faite pour être votre propre patron ? » C'est ce qu'on va voir.

Elle entoura précautionneusement les ronds, carrés et triangles et comptabilisa les points.

— « Aucun doute, vous avez tout d'une autoentrepreneuse ! » lut-elle à haute voix.

Gwen posa son stylo et se releva, pensive. Elle vint taper « travailleur indépendant » dans la barre de recherche de son navigateur. Elle remplaça le premier mot par « dessinateur » et constata les nombreux choix.

Si ses sourcils s'étaient mis à froncer à la lecture des résultats de son test, c'était au tour de ses yeux de se plisser. Gwen incarnait la concentration en personne, à en dépasser les limites de la physique.

Elle passa en revue les sites qui s'affichaient en tête de liste et s'enfonça dans son siège. De nouvelles possibilités s'offraient à elle.

— M'man ? appela Gwen. T'es là ?

— Qu'est-ce qu'il y a mon canard ? fit sa mère dans l'embrasure de la porte.

— Tu en penses quoi des autoentrepreneurs, ceux qui bossent à leur compte ?

— Eh bien, ce n'est pas la voie la plus facile, j'imagine. Ça demande certaines qualités et de la discipline… Pourquoi ?

Gwen soupira.

— Je ne sais pas si je veux travailler dans un collège, maman.

— La rentrée est dans deux semaines, c'est un peu tard pour annuler. C'est ça, c'est travailler à ton compte qui t'intéresse ? se ravisa-t-elle. Dans quel domaine ?

— Dans le dessin. Je suis en train de regarder et il y a plein de gens qui gagnent leur vie là-dedans. Il y a ceux qui font les dessins dans les journaux, ceux qui travaillent avec la police pour les portraits, ceux qui font les illustrations pour des livres pour enfants par exemple. Il y a pas mal de possibilités, je pourrais faire l'une de celles-là, tu ne crois pas ?

— Et pourquoi pas toutes ?

Plus on glissait vers l'automne, plus les jours s'amenuisaient et les températures devenaient plus supportables. Les chaleurs d'août avaient laissé des traces, des marques de bronzage pour certains, des pieds gonflés pour d'autres.

Suzanne était à l'aube de son huitième mois de grossesse et aurait préféré faire partie de la première catégorie, au grand dam de ses chevilles.

La chaleur menaçait amplement sa grossesse déjà à risque, la contraignant à rester au calme et au frais, repliée dans leur maison climatisée.

C'est une après-midi comme celle-ci que Romane organisa la fête prénatale. Si le programme était gardé secret, ni l'évènement ni la date n'étaient une surprise. Pour voir débarouler dans son salon une escouade de banquières, il valait mieux que la principale intéressée soit au courant.

— Et les gâteaux au chocolat et ceux au glaçage jaune servis dans des couches, c'est pour… ? fit Suzanne en découvrant le menu du goûter. « Cup-caca et cup-pipi », je vois.

Dans la minute qui suivit, le salon était enseveli. Huit femmes étaient arrivées en même temps, rendant impossible le stationnement dans la majeure partie de l'avenue. Elles s'étaient agglutinées devant la porte d'entrée pour faire retentir ensemble le carillon. William leur avait ouvert, Benjamin sur les talons, profitant alors de cette entrée en masse pour faire leur sortie à tous les deux. Ils leur laissaient la maison entre femmes tandis qu'une après-midi père-fils se profilait.

Très vite, la table ronde disparut sous des cadeaux, tous mieux emballés les uns que les autres. Gwen franchit la porte restée entrouverte, un paquet plat emmailloté dans un papier kraft sous le bras.

— C'est une cafetière ? estima Romane en se tapotant le nez. J'ai du flair pour ça.

— Presque ! Une bouilloire.

Les deux complices rejoignirent la future maman et ses amies. Ces dernières étaient alignées, les jambes croisées sur les deux canapés, face à la reine de la journée, enfoncée dans son fauteuil club. Gwen s'installa en retrait dans un fauteuil crapaud et Romane se percha non loin, dans son fauteuil suspendu.

Elle guettait, tel un félin tapi dans l'ombre, l'instant où ses proies cesseraient de piailler pour servir le café et commencer les festivités. Elle avait aussi très hâte de goûter un gâteau au chocolat — ou « cup-caca », comme elle se plaisait à dire. En attendant, elle échangea avec son amie, la seule aussi qui lorgnait sur le plateau de couches.

— Alors cette nouvelle vie, ça donne quoi d'être une femme d'affaires slash prof ? Et de ne plus avoir ton appart' ? Et ça va, vous gérez bien la distance avec Matthew ? s'inquiéta une Romane très curieuse.

Les deux anciennes étudiantes ne s'étaient pas beaucoup croisées ces dernières semaines, mais avaient tout de même gardé le contact, pour le plus grand soulagement de Gwen, qui appréhendait la perte de ses amis à chaque fin d'année scolaire.

— Alors, tout d'abord, je ne suis pas une femme d'affaires, contesta Gwen. Mais, oui, ça y est, je suis officiellement une micro-entrepreneuse. J'ai décroché déjà deux contrats : avec le tribunal près de chez mes parents pour faire des croquis d'audience et avec la gazette de Château ; ma mère s'est abonnée au journal pour garder mes dessins. J'ai des entretiens pour d'autres clients encore, mais je n'en dis pas plus. Et, à côté, j'ai ouvert une boutique en ligne qui me permet de montrer mes dessins et d'en faire sur commande. Et, en plus, oui, je travaille quelques heures au collège. Mais ça, ça ne dura que le temps qu'ils trouvent quelqu'un de plus qualifié...

Gwen soupira devant l'énoncé de toutes ses activités. Elle concéda : elle était devenue une femme d'affaires.

— Je me suis organisée de façon à venir la moitié de la semaine ici, reprit Gwen, ce qui me permet de voir assez Matthew, oui, répondit-elle. J'avais un peu peur d'emménager chez lui et en même temps de retourner chez mes parents, mais au final, l'un comme l'autre, ça se passe très bien.

Romane sourit jusqu'aux oreilles, avide de détails. Elle aurait aimé lui poser mille questions sur ce que ça faisait de vivre chez son ancien professeur. Elle profita de cette mine radieuse qu'elle arborait pour servir ses hôtes.

— Je vous propose un petit jeu. Comme vous le savez, j'ai demandé à chacune de me faire parvenir une photo d'elle enfant.

Romane alla chercher contre le mur un tableau retourné qu'elle présenta au groupe.

— Vous voici donc, très jeunes, numérotées de 1 à 11, et là des photos récentes avec vos prénoms pour que Gwen vous repère plus facilement. Prenez une feuille et un crayon et indiquez en face de chaque nom le numéro de la photo correspondante. Normalement, vous devriez tous avoir au moins un point, et toi, Suzie chérie, tu m'as vue naître alors, essaie d'en avoir deux, hein.

Les femmes se regardèrent. Sans un mot, elles se scrutèrent, les yeux plissés, les lèvres pincées.

— Ce n'est pas facile, vous avez toutes tellement changé, heureusement que je vous connais depuis longtemps pour la plupart, fit une grande brune en robe rouge.

Gwen se mordait la lèvre, plus concentrée que jamais. Suzanne inscrivait amoureusement le chiffre 3 à côté du prénom « Romane » et cette dernière consultait sa feuille de réponses.

Elle ramassa les copies et procéda à la correction. Romane, se prenant pour un professeur, remonta ses lunettes imaginaires et actionna son stylo-bille.

— Et nous avons une gagnante qui comptabilise 9 points ! Il s'agit de... Gwen, lut Romane en retournant la feuille. Bien joué !

— Bravo, comment as-tu fait ? Tu ne nous connais pas, s'étonna la femme à la robe rouge.

— Je n'ai pas eu besoin de vous connaître, vos visages parlent d'eux-mêmes. Trente ans vous séparent de votre photo, risqua Gwen, mais vos yeux n'ont pas changé.

La dame reconnut le talent qu'elle avait en face d'elle.

— C'est son métier, elle est dessinatrice, l'encensa Romane.

Gwen salua cette précision toute indiquée.

— D'ailleurs Gwen, tu sais où tu as perdu les deux points ?

— Je t'ai confondue avec ta sœur, n'est-ce pas ?

Romane acquiesça sur le ton de l'ironie et Gwen ferma lourdement les paupières et reconnut son échec.

Leur complicité n'avait pas disparu.

— C'est moi qui ai tes deux points, Gwen ! Tu me confirmes, Romane ? s'enquit Suzanne.

— Oui, tu en as même le double. Vous vous êtes d'ailleurs toutes bien débrouillées, fit la maîtresse de cérémonie, en attachant les réponses aux tableaux. Je vous invite donc à passer à table avant le prochain jeu. Gwen, à toi l'honneur !

Les hôtes prirent place tout autour de la table. Elles avaient dans leur assiette une couche propre et ouverte avec placés à l'intérieur deux cup-cakes.

— Les cup-caca sont au chocolat, et les cup-pipi sont au citron, fit Romane, pas peu fière de son génie.

Il y eu des « oh ! » et des « ah ! ». On reconnut aussi aux expressions du visage, celles qui étaient déjà maman et qui auraient aimé avoir ce genre de trouvailles bien plus souvent.

— Tu veux mon cup-caca ? proposa Romane à Gwen.

— Ça ne va pas ? Je ne t'ai jamais vue refuser un gâteau. Mais si t'insistes...

— J'ai assez avec un. Tu sais, avec l'entraînement, je dois y aller mollo sur les lipides.

Gwen compatit, comme si on venait de lui apprendre une terrible nouvelle.

— Bon, l'avantage, c'est que j'ai un popotin d'enfer.

Gwen prenait conscience qu'en effet, Romane avait gagné en musculature. Elle qui était longiligne semblait s'être endurcie, tant au niveau physique que mental. L'emménagement dans les dortoirs de l'école des pompiers l'empêchant de rentrer chez sa sœur plus d'une fois par mois y était pour beaucoup.

Romane suivait un entraînement intense. Elle devait rattraper le retard qu'elle semblait avoir pris par rapport aux autres apprentis pompiers, à dominante masculine.

— Et ça va, ce n'est pas trop dur de n'être entourée que de mecs ?

— Ils ont voulu m'impressionner au début, puis je leur ai montré que j'étais un vrai bonhomme. Concours de rot et d'autres choses, glissa-t-elle du revers de la main. Et s'ils me chauffent encore, je leur montrerai qui pisse le plus loin !

Gwen manqua de s'étouffer.

— Et… tu as des nouvelles de Juan ? se risqua-t-elle.

— J'ai vu sur les réseaux qu'il avait fait sa rentrée, mais je n'en sais pas plus. T'en as toi ?

Gwen fit non de la tête.

Romane et Juan avaient rompu durant l'été. Ce n'est pas qu'ils ne s'aimaient plus, c'est simplement qu'ils ne s'aimaient plus comme il fallait pour continuer à se fréquenter. Leurs projets divergeaient et leur séparation devenait une évidence. Il cherchait de la tranquillité. Elle voulait goûter à la vie et sortir de sa zone de confort.

Leurs chemins s'étaient séparés, comme ça, un soir, avec plus de bienveillance qu'il était possible d'avoir en pareil cas.

Romane sortit des souvenirs que lui avait rappelés cette conversation et reprit les rênes de la fête prénatale. S'enchaînèrent plusieurs jeux : changer des couches sur un poupon de Ben dans un temps record, goûter à l'aveugle des petits pots de bébé, deviner le poids de couches lestées, et autres concours sur les prouesses des nouveau-nés. Romane remporta la première place de la descente de biberon. Gwen se dit que son entraînement avec la bière consistait un gros avantage.

— Et si tu ouvrais tes cadeaux maintenant ? proposa Romane.

Il y eut des « oh oui » encourageants et des « ah ! » impatients.

Tout le petit monde retourna sur les canapés. Gwen alla se poser gracieusement sur le perchoir molletonné. Romane resta debout à faire les va-et-vient entre la table et Suzanne.

Le premier paquet que tendit Romane à Suzanne était un panier garni de produits de bien-être.

— ... des crèmes de soin, des masques à l'argile, des savons de toutes les couleurs, des sels pour le bain..., énuméra Suzanne, déjà excitée à l'idée de se détendre au fond de la baignoire.

Elle s'appuya sur les accoudoirs pour se relever et son amie vint à sa rencontre pour échanger un câlin.

Romane continua de transmettre les cadeaux un par un et Suzanne continua d'être surprise, ravie et reconnaissante envers ses amies. Elle était à présent l'heureuse propriétaire d'un sac à main chic assorti au sac à langer, d'un kit pour faire des empreintes de mains de toute la famille, d'une guirlande lumineuse à accrocher dans la chambre, d'un bon pour un massage à partager avec les bébés, et d'une montagne de vêtements et d'accessoires pour les futurs arrivants.

— Et voilà le dernier, fit Romane en lui tendant le paquet emballé dans du papier Kraft.

Suzanne le secoua légèrement et tendit l'oreille :

— C'est une cafetière ?

— Déjà fait, s'amusa Romane en lançant un clin d'œil à Gwen.

Suzanne défit précautionneusement le ruban adhésif. Elle déchira sur sa largeur l'emballage et en sortit un tableau à l'envers, elle put lire l'inscription qu'elle garda secrète avant même de voir ce qu'il en retournait. Les larmes lui montèrent aux yeux et elle la regarda :

— Oh Gwen…, fit-elle, la voix étranglée.

— Retourne-le voyons, répondit Gwen qui sentait déjà son nez piquer.

Suzanne retourna la toile. Ses yeux ne retinrent pas plus longtemps ses larmes. Elle la contempla un moment et se résolut à partager l'œuvre avec ses convives.

Il y eu des « oh ! » et des « ah ! ».

Au fusain était représentée Suzanne avec son ventre rond, entourée de son époux, leur fils, sa sœur, ainsi que leurs parents. Le père et la mère de Suzanne et de Romane étaient représentés vieillis, avec l'âge qu'ils auraient dû avoir s'ils étaient encore en vie. C'était un portrait à la fois très réaliste et empreint de mysticité.

Gwen expliquerait plus tard s'être fait prêter un album de famille par Romane dans le secret le plus total. Vieillir les portraits s'était révélé être un nouvel exercice très stimulant.

— J'ai mis du fixatif mais fais quand même attention à ne pas trop toucher le dessin.

Suzanne ignora cette remarque et prit Gwen dans ses bras. Romane ne sut pas dire laquelle des deux pleurait le plus sur l'autre. Le tableau qui pendait du bras de Suzanne vibrait en légers soubresauts. On entendit un « merci beaucoup » étouffé entre les larmes, les sécrétions nasales et le T-shirt de Gwen.

La fête prénatale prit fin peu après cet épisode émouvant. Suzanne se retira dans sa chambre faire une sieste. Gwen aida à rassembler les cadeaux et les emballages. Romane remit de l'ordre dans les fauteuils et les coussins.

Les garçons rentrèrent.

— Alors cette journée ? Aussi bien que la nôtre ? demanda William.

— À vous de nous dire, c'était comment entre mecs ?

— On a eu une discussion d'homme à homme, intervint Benjamin tout penaud.

— Ah ouais ? On va voir qui est le bonhomme, feinta Romane en défaisant sa braguette.

Chapitre 23 :
Le tricentenaire

Octobre

Les bâtonnets en cristaux liquides rouges du réveil matin indiquaient quatre heures passées quand Suzanne, dans son sommeil, porta instinctivement la main à son bas-ventre et sentit avec appréhension qu'en dessous des draps, le taux d'humidité était plus élevé qu'à l'accoutumée. Elle pressa l'interrupteur et constata ses doutes.

— Chéri, réveille-toi.

Elle eut un ronflement pour toute réponse. Elle secoua William.

— Chéri, les bébés arrivent.

William grogna, ouvrit les yeux, comprit et se leva d'un bond.

— Tu ne dois pas paniquer, tout va bien. Tu te souviens du plan ?

— Le plan ? Le plan ? répéta-t-il. Oui, le plan… quel plan ?

— Va réveiller Romane…

Vêtu d'un short et de son T-shirt fétiche logoté d'un festival de musique durant lequel il avait été bénévole pendant ses études, William détala dans le couloir. On entendit :

— Romane, Romane ! Ta sœur va naître ! Les bébés accouchent !

Romane apparut quelques secondes après. Elle nouait ses longs cheveux blonds dorés en un épais chignon.

— J'ai bien fait de rentrer ce week-end… Au rapport, grande sœur.

— J'ai perdu les eaux ; je ne sais pas depuis combien de temps. Je n'ai pas encore eu de contractions.

— OK. Tes affaires et celles des bébés sont prêtes ?

— Oui, dit-elle en montrant du doigt un sac de voyage dans le coin de la chambre.

— Où sont les berceaux et la poussette ?

— Dans la voiture depuis une semaine.

— Tu peux te lever ?

Suzanne se releva et s'assit sur le bord du lit.

— Je pense pouvoir, oui.

Benjamin entra dans la chambre, son père sur les talons.

— Les filles, je crois que papa débloque, fit le jeune garçon en ramenant son père par la main. Occupez-vous-en, je vais prendre mes jouets.

Sa mère et sa sœur se regardèrent, bouche bée.

— Chéri, prends le linge, fais chauffer la voiture, et installe Ben. On arrive.

Romane aida sa sœur à se changer — et enfila une tenue plus présentable par la même occasion — et à descendre les escaliers.

Le radioréveil n'indiquait pas cinq heures quand la petite famille prit la route vers l'hôpital, prête à accueillir deux nouveaux membres.

Plus tôt dans la semaine, la municipalité avait fait quelques aménagements dans la ville pour les festivités du tricentenaire. L'accès aux voitures était restreint aux riverains pour certaines ruelles et complètement interdit aux véhicules à moteur pour le centre-ville. Désormais, piétons, poussettes, hasardeuses trottinettes et chiens tenus en laisse pouvaient sans encombre déambuler sur les chemins pavés. Ce remue-ménage permit alors aux organisateurs du tricentenaire d'installer les différents stands, chapiteaux et autres barnums.

Le jour n'était pas levé que déjà s'affairaient les cantonniers, les techniciens, les artistes, les producteurs et les dizaines d'autres collaborateurs de l'entreprise. Les quelques bêtes rustiques qui avaient fait la route de nuit pour être exposées à des fins pédagogiques, ruminaient paisiblement leur fourrage dans leur box de fortune. L'agitation des organisateurs ne semblait pas être contre-indiquée avec leur rythme de vie.

L'absence de véhicules et en particulier, de leurs gaz d'échappement, et l'apparition de vaches et de chevaux aux poils drus et de meules de foin tendaient à libérer de nouvelles senteurs dans le cœur de la ville. En quelques heures, Château-sur-foin retrouvait déjà de sa superbe d'antan, et ce n'était que le début…

Le marché des producteurs fut la première attraction de la journée. Comme d'habitude, le samedi, c'était jour de marché. Seulement, cette fois-ci, les producteurs jouaient le jeu et avaient décoré leurs tables. Les maraîchers disposaient des coloquintes çà et là tandis que le cordonnier prêtait quelques sabots. Un fromager exposait une grande meule de fromage et un confrère avait ressorti de ses antiquités personnelles des pots à lait en métal. Ce à quoi s'ajoutaient les bottes de paille déposées par les éleveurs. Elles ne tardèrent pas à être foulées par les pieds des enfants et les postérieurs des passants. Exceptionnellement, une cheffe cuisinière avait pris place entre le vendeur de fruits et l'éleveur de poules. Elle installait son matériel de cuisson et bientôt elle ferait une démonstration avec les produits frais.

Avec l'automne arrivait une palette d'orange et de marron dans les étals. Doubeurre, citrouilles, potimarron… Des paniers de châtaignes ponctuaient le paysage. Ces couleurs s'accordaient à merveille avec les pulls moutarde et les jupes en velours côtelé. Bien qu'il fît encore très doux pour la saison, l'été avait bel et bien disparu.

Devant l'assurance de l'obstétricienne qui avait affirmé que l'accouchement ne se ferait pas de sitôt, William avait confié Suzanne à sa sœur, à qui il avait également laissé Benjamin sous surveillance.

— Pitié chérie, attends-moi ! Ben, sois sage ! Romane, tu gères ! Promis, je fais vite ! avait-il dit avant de partir à tombeau ouvert. Je vous aime !

William avait détalé de l'hôpital pour se rendre à l'hôtel de ville et accueillir les citoyens en fête.

Il sauta de sa voiture qu'il décrirait plus tard comme étant encore en marche et vint prononcer son discours.

— Mes chers concitoyens, mes chères concitoyennes, bonjour à tous. Nous sommes réunis aujourd'hui devant l'hôtel de ville pour célébrer le tricentenaire de Château-sur-foin. Cet illustre bâtiment est le témoin de son histoire puisque, comme vous devez sans doute déjà le savoir, avant d'être la mairie, cette maison était celle du couple fondateur de Château-sur-foin, débita le maire avec entrain.

William expédia ses notes prises sur des fiches rigides.

— Si vous souhaitez en savoir plus, continua William, je vous invite tout au long du week-end à interroger les personnes, adultes et enfants, qui sont habillées en costume d'époque. Ils auront beaucoup de secrets à vous révéler sur l'histoire de la ville mais aussi sur ses héros, ses habitants, son quotidien, etc. Vous avez également à votre disposition des dépliants avec le plan des activités et le programme, pour ne pas rater la parade des chars fleuris, les dégustations, le grand bal ce soir et les soirées dansantes les prochains jours et, bien sûr, le feu d'artifice.

William marqua une pause et sonda son auditoire.

— Je dois vous avouer que je suis particulièrement impressionné, reprit-il, vous êtes venus nombreux et je vous en remercie. Malheureusement, je ne vais pas pouvoir être aussi présent ce week-end que vous l'espériez, j'ai comme qui dirait… du lait sur le feu.

Il fit un clin d'œil à Marie, toujours sensible aux richesses de la langue.

— Je vais dans la journée être une nouvelle fois papa, déclara William, dont l'aveu extirpa un « oh » du public. Je laisse à présent la parole à notre très estimé doyen, monsieur Edgard Degorce, qui saura avec grande sagesse vous parler de Château-sur-foin. Je vous souhaite à tous une excellente fête du tricentenaire ! Edgard, c'est à vous !

William serra la main du doyen.

— Ma femme va accoucher d'une minute à l'autre, mais je serai de retour pour vous, dans l'après-midi, comme prévu.

Puis, il alla saluer Marie.

— Je ne reste pas, j'ai déjà lu son discours. Votre mari n'est pas là ?

— Il est resté avec les enfants. Ils me rejoindront tout à l'heure, répondit-elle.

William parut content de l'apprendre et s'en alla.

Edgard monta les quelques marches, et se posta derrière le pupitre. Il jeta un regard timide sur l'assemblée. Le maire n'avait pas menti : les habitants de la vallée s'étaient réunis en nombre et se retrouver face à eux était impressionnant. Il saisit dans la poche intérieure de son pardessus un épais feuillet qu'il s'entreprit à déplier.

Edgard posa la grande feuille sur le pupitre et la lissa de ses longs doigts noueux.

— Bonjour à tous, commença-t-il timidement. Je suis Edgard Degorce, le doyen de Château-sur-foin. Cela signifie que je suis l'habitant le plus âgé vivant actuellement sur la commune. Pour ceux qui s'interrogent à propos de mon âge, qu'ils se rassurent : je n'ai pas connu les fondateurs !

Il déclencha un rire auprès de ses auditeurs.

— Il est par contre vrai que mes ancêtres les ont connus. J'ai la chance d'avoir pu hériter de mes parents qui les tenaient de leurs parents avant eux des écrits et de rares photographies qui témoignent du quotidien de leur génération. Une partie de ces archives sont depuis peu disponibles à la consultation à la mairie pour les plus curieux d'entre vous…

Il relut pour lui-même les lignes suivantes et prit finalement la décision de s'en passer. Edgard rangea maladroitement la feuille repliée dans la poche intérieure de son pardessus.

J'ai toujours rêvé de faire ça.

Marie déglutit et essaya de ne pas penser au temps passé avec lui à finaliser son discours.

— Quand monsieur Beauregard m'a demandé de me tenir devant vous aujourd'hui, c'était pour vous faire vivre le souvenir que j'ai de Château-sur-foin de quand j'étais petit. Alors sachez que grandir à Château-sur-foin a été exaltant. J'ai eu la chance comme tous ceux de ma génération de profiter d'un air pur, d'une alimentation riche et saine grâce aux cultivateurs de la vallée. Et on ne s'ennuyait jamais, enfants. Il y avait tant à faire, à voir, à découvrir…

Edgard oublia son public et commença à parler avec les mains, signe qu'il était absorbé par ses souvenirs. Il raconta qu'il distribuait les journaux pour se payer des bonbons, qu'il aidait les voisins à ramasser les feuilles mortes en échange de leçons de piano.

Il berça un moment le public de ses mémoires et vit aux quelques bâillements qu'il était temps de conclure.

— … c'est donc avec beaucoup d'estime que je vous souhaite de connaître également la même passion et de pouvoir à votre tour, la partager. On m'a demandé de vous dire, rajouta-t-il, l'index pointé en l'air, il est encore temps pour ceux qui ne se sont pas inscrits au banquet de le faire, il reste quelques places ! Le banquet du tricentenaire aura lieu ici sur la place, demain à midi. Nous vous attendons nombreux pour goûter aux délices de la vallée.

En retournant à sa voiture, dont le stationnement avait été exceptionnellement autorisé à l'intérieur de la zone piétonne, le maire jouait avec ses clefs de voiture. Il bouillonnait d'impatience à l'arrivée de ses jumeaux et imagina que Gatien avait dû éprouver la même sensation quand on lui avait confié trois enfants d'un coup. Il vérifia son hypothèse une fois dans la voiture en lui passant un appel depuis l'écran tactile du tableau de bord.

— Allô, William ?

— Salut Gatien. Je profite de mon trajet retour vers l'hôpital pour venir aux nouvelles.

— À vous de me dire, où en est votre femme ? Les bébés sont en chemin ?

— Ça ne devrait plus tarder ! Ma belle-sœur me tient au courant tous les quarts d'heure. Il y a une infirmière qui la surveille. Suzanne l'a déjà eue. Elle est un peu gauche dans sa façon de parler, à ce que me dit Romane, mais elle est réputée pour bien s'occuper des nouveau-nés, s'égara William. Vous vous en sortez avec les vôtres ?

— Oh, les miens sont déjà grands, vous savez, plaisanta Gatien. Mais ils sont géniaux, oui. Ils commencent à nous faire confiance. Je ne sais pas toujours comment m'y prendre, si je fais ce qu'il faut. L'aîné est distant. D'ailleurs..., hésita-t-il.

— Je vous écoute.

— Quand votre belle-sœur est venue vivre avec vous, ça ne vous a pas fait bizarre d'élever l'enfant d'un autre ? se risqua Gatien.

William expira profondément, les deux mains sur le volant.

— Allô ?

— Je suis toujours là. Je réfléchissais. Si, forcément, reprit-il. Pour commencer, ça me gêne de dire que je l'ai élevée. Je laisse cet honneur à sa sœur ; on va dire que, au mieux, j'ai participé à son éducation, insista William. Ce qui m'amène à vous répondre : je n'ai pas eu longtemps le sentiment d'être un imposteur, si c'est ça votre crainte.

On entendit Gatien inspirer un léger « ouais ».

— On ne vous demande pas de remplacer qui que ce soit, d'être quelqu'un d'autre. Comme on dit, la place est déjà prise. Que ce soit pour Romane ou pour vos trois enfants, ils sont arrivés dans nos vies, ou plutôt, on est arrivés dans la leur, marqua William, et ils ont juste besoin qu'on soit nous-mêmes. C'est le seul rôle qu'on est capable de tenir, de toute façon. Moi, son beau-frère. Vous, leur père. Et c'est aussi ce qu'ils attendent de nous !

Gatien dodelinait de la tête à l'autre bout du fil.

— Au début, j'y suis allé avec des pincettes, bien sûr, et j'imagine que comme moi, vous avez dû prendre dix ans d'un coup.

— Ah c'est sûr…

— Et puis, rassurez-vous, vous êtes préparé, vous êtes plus mature que moi à l'âge où j'ai dû vendre mon coupé sport.

Gatien compatit à l'autre bout du fil.

— Si ça vous dit, avec Marie, venez manger à la maison. Romane pourrait parler aux enfants. Ça pourrait les aider, qui sait ?

— Faisons ça, oui. Justement, les petits s'agitent, je vais aller les préparer. J'imagine que la prochaine fois que je vous vois, vous serez un autre homme ?

— Vous me reconnaîtrez facilement : je serai l'homme à la cravate et au bavoir.

Les nuages s'étaient éloignés, le soleil trônait fièrement dans son écrin d'azur et les visiteurs s'étaient également allégés d'une épaisseur ou deux. Gwen portait une salopette en jean. Elle était assise sur un tabouret à trois pieds et dessinait sur une grande feuille de papier épais les passants qui posaient devant elle. Gwen avait noué ses cheveux en une longue natte qui lui arrivait au milieu du dos. Des mèches rebelles caressaient ses tempes. Ses grandes lunettes rondes se voyaient remonter du bout du doigt à intervalles réguliers, et grâce à leur monture dorée, elles sublimaient la clarté de sa peau et encadraient ses yeux pour l'instant concentrés sur un jeune couple. Gwen était l'une des artistes à occuper la place de l'hôtel de ville.

Non loin d'elle, de ses feuillets et de son chevalet, se tenaient les deux frères gardes-forestier, Simon et Daniel. Ils étaient, semble-t-il, assis sur des bûches, sans doute ramenées de leur propre réserve. D'autres étaient empilées derrière eux. Daniel, toujours pourvu de sa grosse barbe fournie, attrapa un morceau de bois et empoigna un de ses couteaux exposés devant lui. Il fit une première encoche, puis une deuxième. D'autres vinrent rapidement ciseler la bûche, et bientôt une forme apparaîtrait.

Simon, lui, échangeait avec des parents et faisait manipuler à leur fillette les ustensiles de cuisine confectionnés par ses soins, puis les instruments avec lesquels il avait pu obtenir un tel résultat. L'enfant parut impressionnée. Simon eut l'air un instant ravi de pouvoir partager son art, si ce n'est sa passion.

Le dernier modèle à peine reparti avec son esquisse, Gwen voulut profiter de ce moment de répit pour mettre de l'ordre dans ses pastels. Elle ne put s'empêcher de remarquer la beauté de la scène : deux frères et une petite blondinette qui échangent des spatules. Elle se remémora un conte à propos d'ours et d'une enfant curieuse à la chevelure d'or et fit ce qu'elle faisait de mieux : elle les dessina.

La benjamine descendit en dernier de la voiture. Marie s'accroupit devant elle et remonta la fermeture éclair de son manteau.

— Ma puce, les garçons, nous allons voir une parade de chars. Ce sont des grandes constructions qui roulent lentement ; ils sont recouverts de fleurs. C'est beau, on aurait envie de les voir de plus près, mais il ne le faut pas. Vous devez rester tous les trois avec nous, derrière les barrières. Est-ce que vous avez compris ? s'inquiéta Marie.

— Et il va y avoir beaucoup de monde, on se tient tous les mains et on ne lâche pas, insista Gatien, baissé à leur hauteur.

Les enfants hochèrent la tête derrière leur écharpe. Marie et Gatien se relevèrent et prirent chacun une main du cadet tandis que l'aîné marchait avec sa sœur devant eux.

Si le plus jeune garçon s'acclimatait très bien à sa nouvelle famille, son grand frère était encore sur la défensive, dans l'attente d'en être une nouvelle fois séparée. Il ne s'était pour l'instant pas départi de son froncement de sourcils.

En peloton fin serré, ils rejoignirent la foule et la fanfare ouvrit le cortège. Les chars lui emboîtèrent le pas. Le camion de pompier en fleurs sembla plaire au petit garçon. Il sautillait sur place pour mieux le contempler. Gatien le prit par la taille et vint le placer sur ses épaules. L'enfant était aux anges.

L'aîné n'appréciait pas tellement cette faveur mais ne put que constater la joie de son petit frère. Comme si l'effort lui était douloureux, il demanda à Marie de bien vouloir aussi aider sa sœur à mieux y voir.

Marie lui sourit et prit dans ses bras la fillette, qui se plaça naturellement sur son flanc. Le garçon se faufila parmi les gens jusqu'à la barrière.

— Ne va pas trop loin…

— Oui, Ma… Marie.

Les derniers chars disparurent dans un tourbillon de pétales et le flot de visiteurs regagna le centre-ville. L'aîné avait récupéré la main de sa petite sœur ; elle longeait le cordage délimitant le cœur historique de Château-sur-foin.

Au croisement de deux ruelles agitées, Marie, Gatien et les enfants rencontrèrent Léonie.

— Ma puce, tu te souviens de Léonie ? s'enquit Marie auprès d'une petite fille intimidée.

— Le chocolat chaud ? hésita l'enfant.

— Oui, c'est moi !

Léonie leur proposa de rejoindre sur la Place Charlie, qui serait en mesure de leur en servir.

— Marie, c'est toujours bon pour vous, 16 h devant la mairie ?

— Bien sûr, Léonie. Ma sœur nous rejoindra pour veiller sur les enfants.

Entre le marché couvert et la bande enherbée que s'étaient accaparée les artistes, étaient organisés en ligne les stands des commerçants, des partenaires financiers, des associations et un espace était réservé à l'orphelinat Sainte-Lucie, un des bénéficiaires des recettes engendrées ce week-end-là. C'était aussi l'occasion pour les exposants venus de toute la vallée de faire connaître leur savoir-faire ou de faire valoir leur cause.

Charlie avait dressé deux tables pliantes et les avait recouvertes d'une nappe à carreaux blancs et rouges. Il avait soigneusement disposé dessus deux présentoirs à gâteaux à trois étages chacun, et tous les deux largement garnis de mignardises. À côté, dans des plats en grès, une tarte à la rhubarbe et un moelleux au chocolat faisaient de la buée sous leur cloche de verre. Sur l'autre table, des boissons chaudes et des prospectus. Une ardoise posée contre le percolateur à café retint l'attention.

— Vous cherchez quelqu'un ?
— Ça t'intéresse ?
— Je n'ai pas d'expérience…
— Tu saurais apprendre ?

Il hocha la tête.

— Tu peux commencer lundi ? Charlie, fit-il en lui tendant la main.
— Maxime, répondit-il en acquiesçant.

Il y a moins d'une semaine, Béatrice avait plié bagage. Ses deux mois de payes et les pourboires avaient renfloué son compte. Elle avait estimé ne pas avoir besoin de rentrer avant longtemps et avait rendu son tablier, devant un Charlie impuissant mais pas vraiment surpris.

— … et j'ai besoin de prendre un peu l'air aussi.
— On vit à la montagne, maman.
— Là-bas, il n'y a pas de chats. Ici, mes allergies m'étouffent, avait-elle réussi à glisser entre deux éternuements.

Charlie recrutait donc. Entre l'installation du Wi-Fi, les forfaits des boissons chaudes à l'heure, le nouvel agencement du salon, et le développement du service de gâteaux personnalisés, les améliorations apportées au salon avaient porté leurs fruits : les recettes grimpaient. Et Charlie, voyant son temps libre se réduire à peau de chagrin, décida d'investir dans des paires de mains supplémentaires.

— Tu me donnes chaud à remuer dans tous les sens, Charlie. Viens donc t'asseoir…, susurra Julie.

L'intéressé se retourna et vit sa belle assise sur la table, les jambes croisées, en train de savourer une barbe à papa du bout des doigts.

Charlie eut un rictus face à cette longueur de jambes.

— Je travaille, moi, madame, se reprit-il.

— Pour l'instant, minauda Julie, pour l'instant…

Et elle repartit.

Charlie et Julie jouaient au chat et à la souris et prenaient autant de plaisir l'un que l'autre à voir leur couple se consolider dans ce sens. Ils avaient conclu d'un commun accord que leur relation était très bien comme ça. Elle ne connaissait que trop bien sa famille et lui avait eu l'occasion de rencontrer son père. Les bases étaient posées, il ne leur restait plus qu'à profiter.

Cette pause féline ne l'empêcha qu'un court moment de ressasser la dispute entre sa petite amie et sa mère, dont il avait été témoin peu avant la démission de cette dernière.

C'était un jour où Julie avait quitté tardivement l'office et où Béatrice avait servi des clients dont la politesse n'était pas la priorité. À la vue de l'une, l'autre avait déjà commencé à s'échauffer.

— Il manquait plus qu'elle.

Et à la rencontre de l'autre, l'une avait perdu les derniers grains de patience et de motivation qui lui restaient.

— Haut les cœurs…

Derrière sa vitrine, Charlie avait été aux premières loges.

— Un café, s'il vous plaît.

Béatrice n'avouerait jamais avoir pris le temps de laver le comptoir expressément avant de servir Julie.

— Il est brûlant ! s'était écriée Julie.

— Attention, c'est chaud, avait répondu Béatrice d'une voix doucereuse, la bouche pincée.

— Dites, belle-maman — je peux vous appeler belle-maman ? — je...

— Je ne préfère pas.

— J'emmène Charlie ce week-end, avait-elle continué, sans relever sa désapprobation. J'espère que ça ne vous dérange pas.

Béatrice lui avait souri d'une manière si condescendante que la situation en était devenue risible.

— Il a besoin de prendre l'air, avait ajouté Julie.

— Nous sommes à la montagne, avait sifflé Béatrice.

— Et pourtant, il nous arrive d'étouffer ici.

Il est fort à parier que dans son esprit, Béatrice avait déjà déversé le contenu de la cafetière qu'elle tenait en main sur Julie. Et si elle avait mis en pratique ses pensées, elle aurait probablement dit « oups ».

— Je ne vous retiens pas, alors.

— Vous aussi, vous avez besoin de vacances, n'est-ce pas ? Je vous trouve un peu fatiguée.

— Cela vous donne un aperçu de ce qui va vous arriver bientôt, avait riposté Béatrice. Commencez à préparer Charlie.

Béatrice avait fait allusion à l'écart d'âge entre elle et son fils, bien qu'elle ne le dépassait que de deux ans.

— ... enfin, si vous faites toujours partie de sa vie à ce moment-là.

— Ce n'est pas étonnant que vous me parliez de départ, pour quelqu'un dont c'est la spécialité. Vous avez un conseil à me donner ?

— Oui, ma petite. Je vous conseille de baisser d'un ton avec moi. Ce n'est pas une parvenue qui va me donner des leçons.

La cafetière avait commencé à vibrer dans sa main. Béatrice n'avait pas attendu sa réponse pour regagner le comptoir.

— Charlie, je te serai gré d'expliquer à ta copine ce qu'est le respect et de lui rappeler où est sa place.

— Très bien, mère. Après je te l'expliquerai à toi aussi, puisque tu ne sembles pas non plus le savoir.

Charlie avait demandé peu après à Julie s'il avait dû intervenir. Elle lui avait assuré que non, qu'il avait bien fait de ne pas prendre parti.

— C'est entre elle et moi. Mais à l'avenir, je ne viendrai plus ici. Ça ne sert à rien de la confronter.

Charlie avait été attristé d'être le fruit de la discorde.

— Je ne voudrais pas qu'elle mette du poison dans mon café…, avait surenchéri Julie pour le faire sourire.

En repensant à ces mots, Charlie haussa subrepticement les sourcils comme si, quelque part, cela n'aurait pas été impossible.

Il renseigna encore deux-trois personnes intéressées par l'offre d'emploi et donna de nouveau rendez-vous la semaine suivante à l'une d'elles pour une période d'essai.

Tout au long de l'après-midi, on assista au récit d'un jeune garçon qui expliqua devant le témoin fixé au mur comment la montée des eaux avait forcé la population à se retrancher dans les hauteurs. On fit le tour des machines agricoles et les enfants purent se mettre à califourchon sur les bœufs de trait.

Il y avait tant d'exposants que le reporter de la gazette ne savait où donner de la tête et aurait de quoi illustrer son article à paraître dès le lundi suivant.

Pour immortaliser la célébration, le comité des fêtes avait débusqué un photographe collectionneur d'antiquités. Contrairement au reporter, cet amateur faisait preuve de plus de patience. Caché derrière le tissu noir de la chambre photographique de son appareil, il prenait son temps. Le comité avait également engagé un photographe plus moderne. L'homme à la gâchette facile jouait du coude avec le reporter. Les trois photographes, chacun avec son style, sa méthode et son époque, apparaîtraient sur la vidéo souvenir réalisée par un duo de vidéastes dépêchés par leur entreprise, partenaire de l'évènement.

Puis, la nuit tomba sur Château-sur-foin et les guirlandes s'illuminèrent. Le plafond des ruelles à hauteur du deuxième ou troisième étage des maisons couvait la foule de sa lumière chaude. La démonstration d'un allumeur de réverbères perché sur un grand escabeau de bois fut également du plus bel effet.

Les passants s'arrêtaient un instant, en profitaient pour commander un cornet de frites auprès de la carriole stationnée là et regardaient la scène. L'allumeur de réverbères — ou falotier, comme il se plaisait à raconter — descendait de son échelle, faisait quelques mètres, la positionnait sous l'objet de sa visite et grimpait dessus de nouveau. Quelques curieux le suivaient ainsi et remontaient avec lui la ruelle. Quand ils croisaient dans l'autre sens des heureux consommateurs de marrons chauds, ils quittaient bien vite le spectacle ambulant et se consacraient sans tarder à leur nouvelle quête.

Matthew, garé sur le parking du vieil Harold, observait la ville en contrebas. Embarqué malgré lui par Marie dans l'organisation du tricentenaire, il avait passé une partie de la journée à cocher des listes. Cette escapade, niché en altitude, lui apportait tout l'oxygène dont il avait besoin.

— Bon, Archi, il faut qu'on parle...

Archimède était assis sur le siège passager. Il essayait d'attraper le jouet suspendu au pare-soleil.

— Tu sais, nous t'aimons, Gwen et moi.

Archimède réagit à l'évocation de son nom, puis jeta son dévolu sur la boîte à gants.

— Et nous t'aimerons toujours, quoi qu'il arrive... et sache que nous pouvons aussi aimer d'autres que toi sans que l'amour que nous te portons diminue.

Archimède s'attaquait à présent à la ceinture de sécurité.

— Mais promis, tu ne seras pas obligé de partager tes jouets...

Matthew soupira et se retourna vers la banquette arrière. Un jeune hérisson mal en point dormait dans une cagette en bois.

— Tu as un petit frère, Archi. Il me reste plus qu'à le dire à Gwen...

Le club de couture du troisième âge avait capitulé : Rose et sa bande acceptaient de prêter leur nouveau local pour le bal du tricentenaire. Et quel local ! L'unique véritable salle de bal dans laquelle autrefois l'on donnait de grandes réceptions. La salle des fêtes utilisée aujourd'hui, plus grande, plus moderne, plus équipée certes, n'avait pas autant de cachet. Une hauteur sous plafond à se rompre le cou, d'immenses fenêtres drapées de rouge, un parquet en chêne massif… On faisait croire que les rois même l'avaient foulée du pied autrefois.

Le groupe sur l'estrade joua son premier morceau. Les convives entrèrent dans la salle à mesure qu'un sablier s'égrainait ; bientôt, la piste serait noire de monde et tous danseraient.

Gwen se fondait dans la tapisserie à côté du bar. Elle portait une longue robe bustier rouge bordeaux et avait ramené sa chevelure flamboyante aux larges boucles sur son épaule. Dissimulées sous la robe, Gwen était perchée sur ses chaussures à talons hauts achetées pour l'occasion — elle les échangerait plus tard avec la paire de baskets reléguée pour l'heure au vestiaire.

Elle tenait fermement sa coupe de champagne, le majeur battant en rythme sur le verre la mélodie du violoncelle ; instrument qu'elle aurait sans doute choisi si l'occasion lui avait été donnée d'apprendre à en jouer.

Matthew entra dans la salle obscure avec beaucoup d'assurance. Il portait un costume trois-pièces à carreaux bleu marine qu'il était fier de porter pour la première fois. Son mètre soixante-quinze semblait en faire dix de plus avec cette paire de chaussures vernies et ce rasage de près. On aurait dit qu'il sortait tout droit d'une publicité de parfum pour homme. Il se faufila dans la foule jusqu'à pouvoir se présenter à sa cavalière.

Si les deux amoureux ne couraient plus aucun risque à vivre au grand jour leur histoire, ils n'avaient pas spécialement non plus eu l'occasion de s'afficher. Le bal du tricentenaire était là une belle façon de le faire. Leurs activités respectives les avaient gardés éloignés toute la journée, rendant leurs retrouvailles en de si belles tenues des plus appréciables.

Une main dans le dos, Matthew tendit l'autre à Gwen. Elle posa son verre et la saisit. Il l'emmena dans son sillage au milieu de la piste de danse, sous le grand lustre en cristal, et leurs deux corps se rapprochèrent.

Comme lui, elle posa une main sur sa hanche et saisit sa main libre de l'autre. Elle le trouvait si beau. Il n'avait d'yeux que pour elle.

Elle risqua un regard sur son entourage et vit qu'on les regardait. Les reconnaissait-on ? Il caressa sa joue, comme pour la rappeler à lui, la rassurer. Ils formaient simplement un couple très élégant et cela était somme toute logique qu'ils accaparent l'attention. Elle lui sourit. La musique se fit plus lente, plus douce. Il plongea son regard dans ses deux lagons verts comme il avait pu le faire la première fois qu'il s'était tenu sur le pas de sa porte. Elle occulta tout le reste. Et de la même façon que la première fois, ils s'embrassèrent. Elle posa ensuite sa tête contre son torse et le laissa la guider, les yeux fermés.

De nombreux couples se formèrent ou se retrouvèrent cette nuit-là ; ce fut le cas pour Léonie et son époux. Ils portaient encore tous deux leurs habits de cérémonie. Leur annulaire gauche était dorénavant lesté d'un anneau en or blanc que la Providence les amènerait à porter au moins jusqu'à leurs noces de soie. Ils se balançaient, appuyés tantôt sur un pied, tantôt sur l'autre, à leur rythme, sans vraiment suivre celui de la musique.

Si le bal du tricentenaire marquait la fin de la première journée des festivités, il annonçait aussi le début de beaucoup d'autres.

Château-sur-foin était en fête, pour la journée, pour le week-end, et pour les quelques jours qui suivraient encore. On parlerait de cette célébration pendant longtemps et longtemps après dans toute la vallée de Torallefort, entre les bois et les collines, là où prospérait d'ouest en est une population heureuse d'y vivre.

Épilogue

Romane avait laissé une longueur d'avance à sa sœur et déambulait dans les allées. Elle relevait les pots de fleurs que le vent avait fait tomber et s'attardait sur quelques stèles. Elle calculait de tombe en tombe la durée de vie des occupants et réagissait en conséquence.

Les noms ne lui disaient rien.

Rien de ce cimetière, de cette ville ne lui rappelait sa vie d'avant, ses jeunes années où ses parents étaient encore vivants. Peut-être aurait-elle reconnu l'école à laquelle elle allait si le but de leur venue avait été de visiter le coin.

Romane arriva à la hauteur de Suzanne, recueillie devant la pierre tombale de monsieur et madame Bonnet, *à nos parents tant aimés et à jamais dans nos cœurs.*

Suzanne sortit sa fille de la poussette spéciale jumeaux déballée il y a maintenant deux mois et l'installa dans les bras de plus en plus confiants de Romane. Elle prit dans les siens son jeune fils. Les bébés étaient emmitouflés dans deux grandes combinaisons, le nez à peine visible. Quelques cheveux dépassaient de leurs bonnets. Pour un matin d'automne, il faisait agréablement doux, comme si décembre ordonnait au même vent qui faisait tomber les pots de fleurs de laisser une journée de répit à cette famille.

— Maman, papa…, je vous présente vos petits-enfants.

Vous avez aimé votre lecture ?
Découvrez les autres romans des éditions Feel So Good
disponibles en format papier et numérique.

Les lumières du bout du monde
Tome 1 : Dans les steppes sans fin

Reporter passionnée, Elina arpente depuis des années champs de bataille et terrains minés. Mais Nicolas, son premier amour, souffre trop de ses absences à répétition et se fiance à une autre. Elina refuse de s'apitoyer sur son sort et se réfugie dans son travail. Sa douleur la pousse néanmoins à commettre des imprudences sur le terrain, au péril de sa vie. Contrainte par sa supérieure à des congés forcés, elle plie bagages et entreprend un long voyage en Mongolie. Dans les steppes, elle rencontre Federico, bel Espagnol à la tête d'une association visant à réintroduire une espèce de chevaux en voie d'extinction dans leur milieu naturel...

La vie trépidante et rocambolesque de Madison Nichols
Tome 1 : Le jour où elle a dérapé au coin de la rue

Madison Nichols est une jeune anglaise à l'imagination débordante. Douée d'un grand sens de l'observation, elle est également très organisée. Pas question de laisser de la place à l'imprévu ! Jusqu'au jour où elle rencontre Mac, un sans-abri méconnu des habitants du quartier et installé depuis peu à l'angle de sa rue. Si aux yeux des autres, Mac n'est rien d'autre qu'un mendiant, il en va différemment pour Madison qui pense être témoin d'un échange peu scrupuleux lorsqu'elle le voit récupérer mystérieusement un sac dans la pénombre..

Les fleurs renaissent toujours au printemps
Tome 1 : Jour d'orage
Un SMS et tout s'écroule. Son mari la quitte et demande le divorce après vingt ans de mariage. C'est la descente aux enfers pour Florence, qui était persuadée que son couple était solide. Entourée par ses amis fidèles et sa fille, elle commence alors un travail d'introspection et de reconstruction. Commence alors un travail d'introspection et de reconstruction, entourée par ses amis fidèles et sa fille. Florence se reconnectera à elle-même et découvrira ses véritables passions...

Un puceron sur le nez d'un géant
Tome 1 : Survivre
Charlène voit sa vie se décomposer petit à petit devant ses yeux. Quelques mois après le décès brutal de son mari, son employeur la nomme DRH d'une filiale de province. Son rôle : liquider un maximum de travailleurs. Pour cette humaniste convaincue, c'est une véritable erreur de casting, mais surtout un véritable crève-coeur.
Et si ce déménagement forcé devenait finalement l'opportunité d'un nouveau départ ? Ce serait peut-être l'occasion pour Charlène et ses deux jeunes filles de vivre des nouvelles rencontres surprenantes et inspirantes...

Pour en savoir plus
https://www.feelsogood-editions.com/

© Éditions Feel So Good, 2021 pour la présente édition

Éditions Feel So Good
10/8, rue Jules Cockx
1160, Bruxelles
www.feelsogood-editions.com/

D/2021/14.771/11
ISBN : 9782390452393

Maquette de couverture : Philippe Dieu

Photo : © StockSmartStart ; Ljupco Smokovski / Shutterstock

Toute reproduction ou représentation intégrale ou partielle, par quelque procédé que ce soit, du présent ouvrage est strictement interdite.